2024

Abitur

Original-Prüfungsaufgaben
mit Lösungen

Gymnasium · Baden-Württemberg

Geographie

STARK

21. ergänzte Auflage
www.stark-verlag.de

Inhaltsverzeichnis

Sobald die Original-Prüfungsaufgaben 2023 freigegeben sind, können sie als PDF auf der Plattform **MyStark** herunterladen werden (Zugangscode vgl. Farbseiten vorne im Buch/ Umschlaginnenseite).

Autoren und Autorinnen

JOHANNES SCHELLHAMMER: Hinweise, Lösungen/schriftl. Abituraufgaben, Übungsaufgaben 1 bis 4/mündl. Kombinationsprüfung

GERHARD ALTMANN: Übungsaufgabe 5/mündl. Kombinationsprüfung

NIKOLA KNIES: Übungsaufgabe 6/mündl. Kombinationsprüfung

PETRA WACHTER: Übungsaufgabe 1/schriftl. Abiturprüfung

FRANZISKA LOCHER: Übungsaufgabe 2/schriftl. Abiturprüfung

KEVIN HEPP: Übungsaufgabe 3/schriftl. Abiturprüfung

Vorwort

Liebe Schülerinnen und Schüler,

der vorliegende Band ermöglicht Ihnen, sich effektiv auf das **schriftliche** und **mündliche** Geographie-Abitur vorzubereiten.

Das einführende Kapitel „**Hinweise und Tipps**“
- informiert Sie über das Wichtigste zu Inhalt und Struktur der Abituraufgaben.
- zeigt Strategien auf, wie Sie die **Abiturklausur** bzw. die **mündliche Kombinationsprüfung in Geographie/Gemeinschaftskunde** erfolgreich bewältigen können.

Der anschließende **Übungsteil**
- enthält **Übungsaufgaben** und **Original-Abituraufgaben** der letzten Jahre zum Üben des „Ernstfalls“,
- ausformulierte **Lösungsvorschläge** zu allen Aufgaben,
- **Hinweise und Tipps** zu jeder Aufgabe, die Sie über die entsprechenden Schwerpunktthemen informieren, die Aufgabenstellung erschließen, die Operatoren erläutern und zeigen, in welchen Einzelschritten die Lösung der Aufgabe erarbeitet werden kann.
- Somit wird Ihnen eine gezielte Vorgehensweise beim Lösen der Aufgaben vermittelt, ohne dass die Lösung selbst vorweggenommen wird, und Sie lernen, auch an schwierige Aufgaben selbstständig heranzugehen.

Sollten nach Erscheinen dieses Bandes vom Kultusministerium noch wichtige Änderungen im Abitur 2024 bekannt gegeben werden, finden Sie aktuelle Informationen dazu im Internet unter: *www.stark-verlag.de/mystark*.

Lernen Sie gerne am PC, Tablet oder Smartphone? Auf der nächsten Seite finden Sie Hinweise zu den digitalen Zusätzen zu diesem Band.

Die Autoren und Autorinnen wünschen Ihnen viel Erfolg in der Abiturprüfung!

Hinweise zu den digitalen Zusätzen

Auf alle digitalen Zusätze können Sie online über die Plattform **MyStark** zugreifen. Ihren persönlichen Zugangscode finden Sie auf der Umschlaginnenseite.

PDF der Original-Prüfungsaufgaben 2023

Sobald die Original-Prüfungsaufgaben 2023 freigegeben sind, können Sie sie als PDF auf der Plattform MyStark herunterladen. Hier finden Sie auch die gekennzeichneten Abbildungen in Farbe.

Lernvideos

Die Auswertung geographischer Materialien ist ein wichtiger Teil aller Klausuren. Mithilfe der **Lernvideos zum richtigen Umgang** damit können Sie sich optimal auf das Lösen von Aufgaben vorbereiten.

Folgende Lernvideos sind enthalten:

- Bilder analysieren und auswerten
- Karten analysieren und interpretieren
- Diagramme verstehen und auswerten

Interaktives Grundlagentraining mit **Glossar**

Das Online-Training ermöglicht die **Wiederholung wichtiger Inhalte**. Alle Aufgaben können direkt am PC oder Tablet bearbeitet werden, Sie erhalten dann sofort eine Rückmeldung zu Ihren Antworten.

Folgende Themengebiete sind enthalten:

- Klimageographie
- Ressourcen
- Landwirtschaft
- Industrie
- Dienstleistungen
- Bevölkerungsgeographie
- Siedlungsgeographie
- Mobilität – Migration, Pendlerwesen, Tourismus
- Globalisierung und Weltwirtschaft
- Unterschiedliche Entwicklung in der „Einen Welt“

Ein **Glossar** ermöglicht Ihnen das Nachschlagen wichtiger Fachbegriffe.

HINWEISE UND TIPPS

Hinweise und Tipps zur Abiturprüfung

1 Inhaltliche Schwerpunkte im Leistungsfach

Welche inhaltlichen Schwerpunkte die Abituraufgaben in den einzelnen Jahren haben, wird von der Abituraufgabenkommission für mehrere Jahre vorab mit den sogenannten „Sternchenthemen“ festgelegt. Diese **Schwerpunktthemen** sind so zu unterrichten, dass die Schülerinnen und Schüler unabhängig vom behandelten Raumbeispiel den Transfer auf vergleichbare Räume leisten können.

Die Aufgaben der **Abiturprüfung 2024** stammen aus den folgenden **Themenfeldern**:

Sphären im System Erde

Formen und Prozesse der Reliefsphäre

- physikalische, chemische und biogene Verwitterung darstellen und deren Bedeutung für die Oberflächenformen charakterisieren
- charakteristische Oberflächenformen von Fluss- und Küstenlandschaft als Ergebnis endogener und/ oder exogener Prozesse erklären
- die Verwundbarkeit von Räumen durch Naturgefahren erläutern

Prozesse in der Atmosphäre

- lokale Wetterereignisse und Wetterlagen anhand von Wetterkarten und Satellitenbildern erklären und Wetterprognosen erstellen
- die Vielfalt der Klimate als Folge solarer Einstrahlung und atmosphärischer Prozesse erklären

Prozesse in der Hydrosphäre

- den Wasserkreislauf und seine grundlegenden Prozesse charakterisieren
- das lokal, regional und global unterschiedliche Wasserdargebot erklären

Entwicklungen in der Anthroposphäre

- die raum-zeitliche Entwicklung der Weltbevölkerung sowie ihre alters- und geschlechtsspezifische Struktur erläutern und daraus resultierende Herausforderungen darstellen
- die Veränderung der Raumstrukturen in ausgewählten Wirtschaftsregionen als Ergebnis wirtschaftlichen Handelns im Globalisierungsprozess erklären

Globale Herausforderungen

Globale Herausforderung: Klimawandel

- aktuelle Maßnahmen gegen und Anpassungsstrategien an den Klimawandel unter dem Aspekt einer nachhaltigen Entwicklung auf unterschiedlichen Maßstabsebenen bewerten

Globale Herausforderung: Städte unter dem Einfluss gesellschaftlicher und naturräumlicher Veränderungen

- Ursachen und Dimensionen weltweiter Verstädterung anhand unterschiedlicher Erklärungsansätze überprüfen
- Veränderung städtischer Strukturen in einer globalisierten Welt erläutern
- die Besonderheit des Stadtklimas analysieren und die Vulnerabilität von städtischen Lebensräumen im Klimawandel darstellen
- Strategien einer nachhaltigen Stadtentwicklung erörtern

Achtung:
Auch wenn die Abiturprüfungsaufgaben aus diesen Themenfeldern stammen, müssen Sie bei Ihrer Lösung auch Kenntnisse aus anderen Themenfeldern einbeziehen. Die genauen Inhalte der einzelnen Themenfelder können Sie im Bildungsplan 2016 nachlesen oder bei Ihrem Fachlehrer/ Ihrer Fachlehrerin erfragen.

2 Struktur der Abituraufgaben

In der Prüfung erhalten Sie **zwei** Aufgaben mit je 60 Verrechnungspunkten. Hiervon wählen Sie **eine** aus und bearbeiten diese.

Jede Aufgabe bezieht sich auf einen **geographischen Raum**, z. B. den Mittelmeerraum. Die jeweiligen Teilaufgaben behandeln Bereiche dieser Großregion und Aspekte der Schwerpunktthemen. Jede Aufgabe wird physisch-geographische und human-geographische Inhalte enthalten.
Zu jeder Aufgabe gibt es einen **Materialienpool**. Sie müssen jeweils die Materialien auswählen, die zur Bearbeitung der einzelnen Teilaufgaben notwendig sind.

Diese **fachspezifischen Methoden** können in den Aufgaben verlangt werden:
- Auswertung folgender Materialien: Karten, Profile, Diagramme, Bevölkerungsstrukturdiagramme, Klimadiagramme, Statistiken, Bilder, Luftbilder, Satellitenbilder, Karikaturen, Texte.
- Darstellung geographischer Informationen als Diagramm (z. B. Analysespinne), Profil, Skizze, Fließschema, Wirkungsgefüge oder Mindmap.

Nutzen Sie die in diesem Band abgedruckten Übungs- und Abituraufgaben, um sich auf die geforderten fachspezifischen Methoden vorzubereiten.

Im Abitur 2024 beträgt die **Bearbeitungszeit** 270 Minuten einschließlich Auswahlzeit *(siehe auch Kap. 6.2, S. VIII)*.

Folgende **Hilfsmittel** dürfen verwendet werden *(siehe auch Kap. 6.1, S. VII)*:
- ein zugelassener Atlas (die Fachlehrerin/ der Fachlehrer bestimmt den Atlas, der von allen Schülerinnen und Schülern verwendet werden darf),
- ein im Kurs eingeführter wissenschaftlicher Taschenrechner,
- Millimeterpapier
- sowie ein Nachschlagewerk zur deutschen Rechtschreibung.

Bevor Sie mit der Bearbeitung beginnen, müssen Sie prüfen, ob die Angaben vollständig sind. Auf der Reinschrift notieren Sie, welche Aufgabe Sie bearbeitet und welchen Atlas Sie benutzt haben.

Die schriftliche Abiturprüfung soll Ihre im Unterricht erworbenen Kompetenzen möglichst differenziert erfassen. Dazu werden gemäß den einheitlichen Prüfungsanforderungen (EPA) der Kultusministerkonferenz drei Anforderungsbereiche unterschieden.

Diese **drei Anforderungsbereiche (AFB)** lassen sich nicht scharf abgrenzen. Der AFB III schließt allerdings auch die AFB I und II mit ein und der AFB II beinhaltet auch den AFB I.

Grundsätzlich gilt, dass die Aufgabenstellung **in der Abiturprüfung Anforderungen aus allen drei Bereichen** enthält und dass sich der unterschiedliche Schwierigkeitsgrad der Bereiche in der Zuordnung der Verrechnungspunkte zu den Einzelaufgaben widerspiegelt.

Anforderungsbereich I	Anforderungsbereich II	Anforderungsbereich III
umfasst das Wiedergeben und Beschreiben von Inhalten und Materialien (Reproduktionsleistungen)	umfasst das selbstständige Erklären, Bearbeiten und Ordnen bekannter Sachverhalte sowie das angemessene Anwenden gelernter Inhalte und Methoden auf andere Sachverhalte (Reorganisations- und Transferleistungen)	umfasst den reflexiven Umgang mit neuen Problemstellungen, eingesetzten Methoden und gewonnenen Erkenntnissen, um zu Begründungen, Urteilen und Handlungsoptionen zu gelangen (Reflexion und Problemlösung)

Den Anforderungsbereichen sind jeweils bestimmte **Operatoren (handlungsleitende Verben)** zugeordnet. Die gesellschaftlichen Fächer, neben Geographie also auch Gemeinschaftskunde, Geschichte und Wirtschaft, verwenden dieselben Operatoren *(siehe Tabelle, S. V)*.
Machen Sie sich unbedingt mit diesem Operatorenkatalog vertraut. Denn wer die Aufgabenstellung richtig versteht, hat bereits einen großen Schritt in Richtung Lösung getan!

Beispiele für Aufgabenstellungen in der Abiturprüfung
(Jg. 2021, Aufgabe I: Madagaskar):

AFB II: *Erläutern* Sie die hohen Niederschlagswerte in Antalaha.
AFB II: *Erklären* Sie das Phänomen der Mischungskorrosion bei der Höhlenbildung.
AFB III: *Erörtern* Sie ausgehend von M 7 die Eignung Madagaskars als Produktionsstandort für die Symrise AG.

Operatoren	AFB	Beschreibung
analysieren	II	Materialien oder Sachverhalte systematisch untersuchen und auswerten
begründen	II	Aussagen (z. B. eine Behauptung, eine Position) durch Argumente stützen, die durch Beispiele oder andere Belege untermauert werden
beschreiben	I	Sachverhalte schlüssig wiedergeben
beurteilen	III	Aussagen, Vorschläge oder Maßnahmen untersuchen, die dabei zugrunde gelegten Kriterien benennen und ein begründetes Sachurteil formulieren
bewerten	III	Aussagen, Vorschläge oder Maßnahmen beurteilen, ein begründetes Werturteil formulieren und die dabei zugrunde gelegten Wertmaßstäbe offenlegen
bezeichnen	I	Sachverhalte (insbesondere bei nichtlinearen Texten wie z. B. Tabellen, Schaubildern, Diagrammen oder Karten) begrifflich präzise formulieren
charakterisieren	II	Sachverhalte und Vorgänge mit ihren typischen Merkmalen beschreiben und in ihren Grundzügen bestimmen
darstellen	II	Sachverhalte strukturiert und zusammenhängend verdeutlichen
ein-, zuordnen	II	Sachverhalte schlüssig in einen vorgegebenen Zusammenhang stellen
entwickeln	III	zu einer vorgegebenen oder selbst entworfenen Problemstellung einen begründeten Lösungsvorschlag entwerfen
erklären	II	Sachverhalte schlüssig aus Kenntnissen in einen Zusammenhang stellen (z. B. Theorie, Modell, Gesetz, Regel, Funktions-, Entwicklungs- und/oder Kausalzusammenhang).
erläutern	II	Sachverhalte mit Beispielen oder Belegen veranschaulichen
erörtern	III	zu einer vorgegebenen These oder Problemstellung durch Abwägen von Pro- und Contra-Argumenten ein begründetes Ergebnis formulieren
erstellen	II	Sachverhalte (insbesondere in grafischer Form) unter Verwendung fachsprachlicher Begriffe strukturiert aufzeigen
gestalten	III	zu einer vorgegebenen oder selbst entworfenen Problemstellung ein Produkt rollen- beziehungsweise adressatenorientiert herstellen
herausarbeiten	II	Sachverhalte unter bestimmten Gesichtspunkten aus vorgegebenem Material entnehmen, wiedergeben und/oder gegebenenfalls berechnen
nennen	I	Sachverhalte in knapper Form anführen
überprüfen	III	Aussagen, Vorschläge oder Maßnahmen an Sachverhalten auf ihre sachliche Richtigkeit hin untersuchen und ein begründetes Ergebnis formulieren
vergleichen	II	Vergleichskriterien festlegen, Gemeinsamkeiten und Unterschiede gewichtend einander gegenüberstellen sowie ein Ergebnis formulieren

4 Punkte- und Notenzuordnung

Bei der **Punkte- und Notenzuordnung** gilt in den gesellschaftswissenschaftlichen Fächern laut EPA-Verpflichtung folgende Verrechnungstabelle:

Verrechnungspunkte	Notenpunkte	Note
60–57 56–54 53–51	15 14 13	sehr gut
50–48 47–45 44–42	12 11 10	gut
41–39 38–36 35–33	9 8 7	befriedigend
32–30 29–27 26–23	6 5 4	ausreichend
22–19 18–15 14–11	3 2 1	mangelhaft
10–0	0	ungenügend

5 Bewertungskriterien

Die Lösung der Aufgaben soll in der Regel als durchgehend formulierter Text erfolgen. Stichworte sind nur in Ausnahmefällen, d. h., wenn dies ausdrücklich gefordert wird, erlaubt. Die **Bewertungskriterien** (Punktevergabe) orientieren sich an folgenden Aspekten:

- sachliche Richtigkeit und angemessene Verwendung der Fachsprache,
- Differenziertheit,
- sachliche und logische Darstellung mit einer klaren gedanklichen Strukturierung und Zielorientierung ohne überflüssige Abschweifungen und Wiederholungen,
- Fähigkeit zum vernetzten Denken,
- geschicktes Verknüpfen unterschiedlicher Materialien (dabei besonders wichtig: Belegen der eigenen Aussagen mithilfe des Materials: Zitieren!),
- sorgfältige, saubere und übersichtliche Darstellung bei der Zeichnung von Profilen und beim Erstellen von Wirkungsgefügen, Diagrammen, Skizzen sowie Mindmaps,
- Einhaltung standardsprachlicher Normen,
- fachspezifische sowie stilistische Angemessenheit.

Bei der **Bewertung** werden inhaltliche, methodische und sprachliche Leistungen als Gesamtheit erfasst.

Kriterien für die Beurteilung der inhaltlichen Leistungen (Fachkompetenz):

- Qualität der inhaltlichen Leistungen: Genauigkeit, Differenziertheit und Abstraktion der Ausführungen,
- Quantität: Umfang der Kenntnisse, Vielfalt der Aspekte und dargelegten Bezüge.

Falls Richtiges durch weitere Ausführungen wieder infrage gestellt wird, erfolgt Punktabzug.

Kriterien für die Beurteilung der methodischen Leistungen:

- Übersichtlichkeit der Gliederung,
- Beachtung der Operatoren,
- Methodenkompetenz, d. h. sichere Beherrschung geographischer Fachmethoden,
- Logik der Gedankenführung
- und Fähigkeit zum vernetzten Denken.

Kriterien für die Beurteilung der sprachlichen Leistungen:

- souveräne Beherrschung der Fachsprache,
- die stilistische Qualität der Formulierungen
- und die sprachliche Richtigkeit.

Beachten Sie, dass bei erheblichen sprachlichen Mängeln ein Abzug von bis zu zwei Notenpunkten erfolgen kann!
Ebenso spielt die saubere, übersichtliche äußere Form eine wichtige Rolle, besonders beim Zeichnen von Profilen und Erstellen von Wirkungsgefügen, Diagrammen, Skizzen sowie Mindmaps. Auch hier drohen bei Nichtbeachtung Punktabzüge.

6 Strategien zur erfolgreichen Bewältigung der Abituraufgaben

6.1 Hilfsmittel

Soll eine Arbeit gelingen, braucht man gutes Werkzeug. Bringen Sie also zur Abiturprüfung die richtigen **Hilfsmittel** mit:

- Füller oder nicht schmierenden Kugelschreiber,
- Bleistift, Radiergummi, Farbstifte, Textmarker,
- Geodreieck, Zirkel
- sowie eine Uhr.

Atlas, Taschenrechner, Rechtschreibduden und Millimeterpapier werden von der Schule zur Verfügung gestellt *(siehe Kapitel 2)*.

Wer sich im Atlas auskennt, verfügt in der Klausur über eine reiche Fundgrube von Informationen zu nahezu allen geographischen Themen. Deshalb ist ein regelmäßiges **Atlas-Training** ein lohnender Zeitaufwand. Üben Sie auch rechtzeitig den souveränen Umgang mit dem Register (Kartenverzeichnis und Übersicht der thematischen Karten nach Sachgruppen).

6.2 Zeiteinteilung

Sie haben insgesamt 270 Minuten Zeit.

Reservieren Sie **30 Minuten** für die **Auswahl einer Aufgabe**, die sie bearbeiten wollen. Aus der **Überschrift** können Sie entnehmen, um welchen **Raum** es sich handelt und eventuell auch schon, wo der geographische Schwerpunkt der Aufgabe liegt, z. B. „Madagaskar ist die viertgrößte Insel der Welt. Sie ist für ihre einmaligen Naturlandschaften und eine große geographische Vielfalt bekannt" *(Abiturprüfung, Jg. 21).*

Auch wenn Sie nach dem Lesen der Überschriften zu einer Entscheidung tendieren, sollten Sie sich trotzdem alle **Teilaufgaben und Materialien genau ansehen**. Der Teufel steckt oft im Detail. Nur nach gründlichem Lesen können Gesamtzusammenhänge erfasst und Querbezüge zwischen Teilaufgaben hergestellt werden.
Überprüfen Sie ausgehend von Ihren Kenntnissen, ob Ihnen die Materialien aussagekräftig erscheinen, ob es zu diesem Thema geeignete Karten im Atlas gibt und ob ähnliche Fragestellungen zu einem vergleichbaren Raum im Unterricht behandelt wurden.

Aus Ihrer Erfahrung wissen Sie, für welche Aufgaben Sie persönlich eher mehr Zeit brauchen (z. B. zum Zeichnen eines Profils oder zum Erstellen eines Wirkungsgefüges). Überschlagen Sie, wie schnell und leicht Sie wie viele Verrechnungspunkte „einfahren" können, denn bei einer Arbeitszeit von 240 Minuten und 60 Verrechnungspunkten haben Sie im Durchschnitt **vier Minuten Zeit pro Verrechnungspunkt**.

Meist macht es Sinn, nach der Aufgabenauswahl die einzelnen Aufgaben von Teilaufgabe 1 ausgehend nacheinander abzuarbeiten. Die physische Geographie zu Beginn kann immer wieder auch für die Beantwortung der kulturgeographischen Fragen von Bedeutung sein; zum Beispiel kann die Beschäftigung mit dem Klima später für die Beantwortung einer Tourismus-Aufgabe durchaus helfen.

6.3 Arbeitsanweisungen

Die Arbeitsanweisungen sollten Sie unbedingt befolgen, um Themaverfehlungen zu vermeiden. Dafür ist wichtig, dass Sie die Operatoren in ihrer Bedeutung kennen und anwenden können *(siehe Kapitel 3, S. IV f.).*

6.4 Grundkonzept

Es ist nicht empfehlenswert, ein vollständiges Konzept zu schreiben, das kostet zu viel Zeit. Aber schreiben Sie auch nicht einfach drauflos! Sammeln Sie auf dem Konzeptpapier Ideen und wichtige Aspekte und strukturieren Sie diese logisch zu einem Grundkonzept/ Schreibplan (eventuell Mindmap anlegen). Dann fällt die Beantwortung der Aufgabe leichter und Sie vergessen keine wichtigen Gesichtspunkte.

6.5 Strukturierung

Formulieren Sie einleitende und verbindende Antwortsätze. Gliedern Sie Ihre Ausführungen – oft bietet bereits die Aufgabenstellung Strukturierungshilfen wie „... unter ökologischen, ökonomischen und sozialen Aspekten ...“.

Sinnvolle Absätze oder Zwischenüberschriften machen einen souveränen Eindruck. Oft enthalten die Aufgaben Ihnen bekannte **Schlüsselbegriffe**, für deren Untergliederung Sie bereits im Unterricht Schemata entwickelt haben. Wenn eine Aufgabe z. B. die Beschreibung des Naturpotenzials einer Region verlangt, sollten Sie wissen, dass dazu folgende Aspekte gehören: Relief, Geologie und mineralische Rohstoffe, Klima, Hydrologie, Böden, potenzielle natürliche Vegetation.

Schreiben Sie in ganzen Sätzen, denn die Art der Satzverbindungen lässt wichtige Schlüsse auf das Problemverständnis zu. Mitunter ist es hilfreich, wenn Sie Ihre Ausführungen mit kleinen Skizzen ergänzen und veranschaulichen. Diese können nicht die verbale Ausführung ersetzen, aber die Wirkung von zusätzlichen sauber ausgeführten Hilfszeichnungen sollte man nicht unterschätzen. Behalten Sie bei der Erstellung solcher Skizzen aber immer die Uhr im Auge!

6.6 Fachsprache

Verwenden Sie die geowissenschaftliche Fachsprache, das verschafft Klarheit und erspart wortreiche und doch nicht hinreichend treffende Umschreibungen. Eventuell ist es sinnvoll, wichtige fachsprachliche Begriffe zu definieren und von anderen abzugrenzen, z. B. Bruttonationaleinkommen und Bruttoinlandsprodukt.

Manchmal kann es für einen Sachverhalt mehrere mögliche Erklärungen geben. Zeigen Sie diese Alternativen auf und begründen Sie, warum für die betreffende Aufgabe welche Form relevant ist. Sie beweisen damit Überblick und fachliche Kompetenz.

6.7 Auswertung der Materialien

Geographie-Klausuren enthalten neben Karten, Blockbildern und Profilen meist Informationen in Form von Diagrammen, Statistiken und Texten. Setzen Sie diese Materialien bei Ihrer Aufgabenlösung erkennbar ein, indem Sie sie geschickt miteinander verknüpfen und nicht nur isoliert „abarbeiten“.
Wichtig ist es, die eigenen Aussagen stets durch zitierte Informationen aus dem Material zu belegen. Denken Sie daran, wörtliche Zitate in Anführungszeichen zu setzen und bei Texten die Zeilen anzugeben.
Mitunter wird es notwendig sein, statistisches Material aufzubereiten, etwa absolute Zahlen in Prozentwerte umzurechnen oder Streckenberechnungen vorzunehmen. Dazu wird Ihnen von Ihrer Schule ein Taschenrechner zur Verfügung gestellt.
Von Ihnen kann auch verlangt werden, dass Sie anhand von vorgegebenen Materialien eine Analysespinne, Diagramme, Skizzen, Mindmaps oder eine kommentierte Profilskizze erstellen. Nehmen Sie daher ein Geodreieck und geeignete Stifte mit in die Prüfung.

7.1. Leistungsfach

Im fünfstündigen Leistungsfach Geographie müssen Sie eine schriftliche Prüfung ablegen und können **nach der Bekanntgabe der Abiturergebnisse** zusätzlich eine **freiwillige mündliche Prüfung** zur Verbesserung Ihrer Abiturnote beantragen. Sprechen Sie mit Ihrer Oberstufenberaterin/Ihrem Oberstufenberater und Ihrer Fachlehrerin/ Ihrem Fachlehrer ab, ob eine mündliche Zusatzprüfung für Sie gegebenenfalls sinnvoll ist. Eine rein mündliche Prüfung im Leistungsfach Geographie ist nicht möglich.

Die Zusatzprüfung besteht aus zwei Teilen: Einer **Präsentation** und einem anschließenden **Kolloquium**. Die Aufgabe der Präsentation stammt aus einem Themenbereich, der in den vier Kurshalbjahren unterrichtet wurde. Zur Vorbereitung Ihres Vortrags haben Sie 20 Minuten Zeit. Danach sollte Ihre Präsentation der Aufgabenstellung zwischen neun und elf Minuten lang sein. Direkt im Anschluss findet das Kolloquium statt. Es entwickelt sich im Regelfall ausgehend von der zuvor präsentierten Prüfungsaufgabe und kann sich auf den gesamten Unterrichtsstoff des Leistungsfachs beziehen.

7.2. Pflichtfach (Kombinationsprüfung)

Im zweistündigen Pflichtfach Geographie ist in **Kombination mit dem Fach Gemeinschaftskunde** das Ablegen einer mündlichen Prüfung möglich. Dabei müssen Sie ein Fach als **Schwerpunktfach** festlegen.
In diesem Schwerpunktfach bekommen Sie am Prüfungstag eine Aufgabe, die Sie bearbeiten müssen. Sie haben nach Erhalt der Aufgabe **20 Minuten Zeit zur Vorbereitung**. Direkt im Anschluss an die Vorbereitungszeit müssen Sie Ihre erarbeiteten Ergebnisse der Prüfungskommission präsentieren. Die Dauer der **Präsentation** sollte rund **zehn Minuten** betragen. Beachten Sie hierbei, dass Sie mindestens neun Minuten sprechen müssen, aber die maximale Redezeit von elf Minuten nicht überschreiten dürfen. Sprechen Sie im Vorfeld mit Ihrer Fachlehrerin/ Ihrem Fachlehrer ab, welche **Präsentationsmöglichkeiten** Ihnen zur Verfügung stehen!

Im Anschluss an Ihren Vortrag werden circa drei Minuten **Rückfragen zu Ihrer Präsentation** im Schwerpunktfach gestellt. Danach wird das Kolloquium für die **restliche Prüfungszeit von etwa sieben Minuten im „Nicht-Schwerpunktfach"** fortgeführt. Die Überleitung zwischen den beiden Fachbereichen erfolgt durch einen **Impuls**, der aus dem Nicht-Schwerpunktfach stammt.

Insgesamt besteht die mündliche Kombinationsprüfung aus 20 Minuten Vorbereitungszeit und 20 Minuten Prüfung (je 10 Minuten für Vortrag und Kolloquium).

Die **Prüfungskommission** setzt sich im Normalfall aus drei Personen zusammen. Geprüft werden Sie in der Regel von Ihren Lehrkräften aus den Fächern Geographie und Gemeinschaftskunde. Welchen Fachbereich der oder die Vorsitzende der Prüfungskommission studiert hat, ist Ihnen im Vorfeld nicht bekannt.

ÜBUNGSAUFGABEN

Kombinationsprüfung Geographie/Gemeinschaftskunde

Übungsaufgabe 1: Schwerpunktfach Geographie

THEMA: ENTWICKLUNGSSTAND VON STAATEN IM SÜDLICHEN AFRIKA

Die Staaten der Erde weisen große Entwicklungsunterschiede auf. Versucht man, den Entwicklungsstand von **Staaten im südlichen Afrika** zu vergleichen, so stehen hierzu verschiedene Möglichkeiten zur Verfügung.

Aufgabenstellung

1 **a** *Beschreiben* Sie einige Instrumente zur Einordnung des Entwicklungsstandes von Ländern.

b Mithilfe des Human Development Index (HDI) kann man den Entwicklungsstand von Ländern beurteilen.

Analysieren Sie dessen Aussagekraft und zeigen Sie Verbesserungsmöglichkeiten auf.

2 *Vergleichen* Sie anhand von M 1 den Entwicklungsstand der Länder Botsuana und Mosambik.

3 *Beurteilen* Sie die Behauptung, dass es sich sowohl bei Botsuana als auch bei Mosambik um Entwicklungsländer handelt (M 1).

Material: M 1, Atlas

M 1 Ausgewählte statistische Daten zu Mosambik und Botsuana sowie die Werte Deutschlands zum Vergleich

	Mosambik	Botsuana	Deutschland[1]
Gesamtbevölkerung in Millionen (Stand 2019)	30,4	2,3	83,1
Lebenserwartung bei Geburt in Jahren (Stand: 2019)	60	69	82
Durchschnittliches jährliches Bevölkerungswachstum in % (2010–2019)	2,9	1,8	0,2
Bruttonationaleinkommen bei KKP pro Einwohner in US-$ (KKP = Kaufkraftparität: Bereinigung von Wechselkursschwankungen durch Berücksichtigung der tatsächlichen landesspezifischen Konsumkaufkraft)	1 300	17 970	55 800
Gesamtfruchtbarkeitsrate pro Frau	5,1	2,5	1,5
Müttersterblichkeitsrate pro 100 000 Lebendgeburten (Stand 2015)	489	129	6
Betreute Geburten in % (Zeitraum: 2006 – 2017)	54	100	99
Geburten pro 1 000 Frauen im Alter von 15–19 Jahren (Stand: 2018)	167	39	8
Säuglingssterblichkeit pro 1 000 Lebendgeborene	55	30	3,3
Nettoeinschulungsrate in die Primarstufe in % (2009–2018)	M: 89 W: 86	M: 89 W: 90	M: 100[1] W: 100
Städtische Bevölkerung in %	32	70	77

1 Die Werte für Deutschland wurden aufgrund der Schulpflicht ergänzt. Der DSW-Report weist hier keine Werte aus.

eigene Darstellung, Daten nach: PRB World Population Data Sheet 2019, UNFPA/DSW Weltbevölkerungsbericht 2019

TIPP **Allgemeine Hinweise zur Lösung der Aufgabe**

Die Aufgabe behandelt die **globale Herausforderung „Disparitäre Entwicklungen"** am Beispiel von Mosambik und Botsuana. Die erste Teilaufgabe können Sie unabhängig von den Materialien mit Ihrem Wissen aus dem Unterricht und der Prüfungsvorbereitung bearbeiten. Die vorgegebene Statistik müssen Sie erst für die zweite und dritte Aufgabe heranziehen. Dabei bilden die ersten beiden Aufgaben die Basis für die Beurteilung in Aufgabe 3. Daher bietet es sich an, die Aufgaben nacheinander abzuarbeiten.
Beachten Sie, dass es sich bei der hier abgedruckten Lösung um eine mögliche Lösung handelt. Insbesondere bei der Teilaufgabe 1 a kann es sein, dass Sie im Unterricht andere oder nicht alle der hier aufgeführten Instrumente zur **Beurteilung des Entwicklungsstandes von Ländern** kennengelernt haben. Deshalb sind andere oder umfassendere Lösungen genauso wie Antworten geringeren Umfangs denkbar. Der Begriff des Human Development Index sollte Ihnen allerdings für die Bearbeitung der Aufgaben geläufig sein.

Lösungsvorschlag

1 a **TIPP**

Der Operator „Beschreiben" erwartet von Ihnen, dass Sie Ihre wesentlichen Kenntnisse zu den Einordnungsmöglichkeiten des Entwicklungsstandes von Ländern schlüssig darlegen. Beachten Sie, dass Sie (auch aus Zeitgründen) auf der beschreibenden Ebene bleiben.

Indikatoren zur Messung des Entwicklungsstandes von Ländern

Um die Entwicklung einzelner Staaten zu erfassen, bedient sich die Geographie verschiedener Indikatoren, die Rückschlüsse auf die Entwicklung eines Landes zulassen. Dabei kann mit einem **Indikator** meist auch nur ein **Entwicklungsmerkmal** gemessen werden. Dies macht sich beispielsweise die Weltbank zunutze. Sie basiert ihr „Entwicklungsranking" lediglich auf dem Indikator des Bruttonationaleinkommens pro Kopf. Dieser Betrachtungsweise von Entwicklung liegen rein **wirtschaftliche Kriterien** zugrunde, weitere Aspekte fließen in diesen „Weltentwicklungsbericht" der Weltbank nicht mit ein.

DAC-Liste

Eine ähnliche Entwicklungsabfolge liefert die **DAC-Liste**, die im Wesentlichen auf der oben beschriebenen Einteilung der Weltbank beruht. Das Development Assistance Committee (DAC) ist eine Unterorganisation der OECD und veröffentlicht die DAC-Liste in regelmäßigen Abständen. An ihr orientiert sich die staatliche Entwicklungszusammenarbeit vieler Länder, so auch die der Bundesrepublik Deutschland.

LDC-Liste

Neben diesen Einordnungen, die im Wesentlichen rein wirtschaftliche Indikatoren zur Bestimmung des Entwicklungsstandes von einzelnen Ländern nutzen, existieren auch Kennlisten, die **mehrere Indikatoren** einbeziehen. Eine derartige Liste stellt die von den Vereinten Nationen (UN) veröffentlichte **LDC-Liste** dar; diese führt die am wenigsten entwickelten Länder (Least Developed Countries) auf. Ihr liegen neben wirtschaftlichen Kriterien (Bruttonationaleinkommen im Dreijahresdurchschnitt) mit dem Human Asset Index (HAI) und dem Economic Vulnerability Index (EVI) auch andere Aspekte zugrunde. Sie dient im Wesentlichen zur gezielten Vergabe von Geldern der Entwicklungszusammenarbeit.

Human Development Index

Das vermutlich bekannteste Werkzeug zur Einordnung des Entwicklungsstandes von Ländern stellt der ebenfalls von der UN herausgegebene **Human Development Index** (HDI) dar. In ihn fließen wirtschaftliche, aber auch soziale Kriterien ein. Neben der realen Kaufkraft pro Kopf werden auch die Lebenserwartung bei Geburt sowie der Bildungsgrad der Bevölkerung – gemessen an der Alphabetisierungs- und der Einschulungsrate – berücksichtigt. Aus diesen Einzelelementen wird ein Index als Kennzahl errechnet, der zwischen 0 und 1 liegt, wobei 1 der höchste zu erzielende Indexwert ist. Es werden dabei verschiedene Kategorien unterschieden: Länder mit sehr hohem Entwicklungsstand weisen einen HDI-Wert auf, der größer ist als 0,9. Hoch entwickelte Länder besitzen einen Wert zwischen 0,899 und 0,8. Länder mit mittlerem Entwicklungsstand finden sich im Bereich zwischen 0,799 und 0,5. Liegt die Indexzahl eines Landes unter 0,5 Punkten, so spricht man von einem niedrigen Entwicklungsstand.

1b **TIPP**

Dieser Aufgabenteil verlangt von Ihnen, dass Sie die Aussagekraft des HDI zunächst untersuchen und anschließend Verbesserungsvorschläge unterbreiten.

International anerkanntes Vergleichsinstrument

Der **Human Development Index** (HDI) **basiert auf mehreren Indikatoren**, die den wirtschaftlichen (Kaufkraft pro Kopf) und sozialen Bereich (Bildungsgrad und Lebenserwartung) abdecken. Dadurch ist er besser zur Beurteilung des Entwicklungsstandes von Ländern geeignet als Einordnungen, die nur einen einzigen Aspekt (z. B. die wirtschaftliche Entwicklung) berücksichtigen. Der HDI fand nach seiner Erstveröffentlichung im Jahr 1990 rasch Verbreitung und wird heute häufig herangezogen, wenn Länder gemäß ihres Entwicklungsstandes eingeteilt werden sollen. Da der Index **international anerkannt** ist, eignet er sich gut als Vergleichsinstrument.

Kritikpunkte

Dennoch gab es am Human Development Index von Anfang an vielfältige **Kritikpunkte**, die auch heute noch angeführt werden. So werden beispielsweise die regionalen Disparitäten innerhalb eines Landes im HDI nicht berücksichtigt. Es wird ebenfalls kritisiert, dass ökologische Aspekte nicht in den Human Development Index einfließen. Auch weitere soziale Aspekte wie die Stellung der Frau in der jeweiligen Gesellschaft, der Umgang mit Minderheiten oder die Menschenrechtssituation finden keinen Eingang in den Index.

Erweiterungen des Human Development Index

Dies führte immer wieder zu Erweiterungen des Human Development Index.

- So wurde beispielsweise der **Gender Development Index** (GDI) eingeführt, der auch geschlechtsspezifische Kriterien wie die Rolle der Frau in der jeweiligen Gesellschaft berücksichtigt.
- Eine weitere Verfeinerung des HDI stellt auch der **Human Poverty Index** (HPI) dar. Während im HDI die Armut der Bevölkerung lediglich über die Kaufkraft pro Person definiert wird, fließen in den HPI auch weitere Kriterien wie Unterernährung, Trinkwasserzugang oder Zugang zu medizinischer Versorgung ein, die den Armutsbegriff auf eine breitere Basis stellen.
- Um die Disparitäten innerhalb einzelner Staaten besser abbilden zu können, wurde der **Inequality-adjusted Human Development Index** (IHDI) geschaffen. Aufgrund der kleinräumigeren Berechnungsgrundlagen lassen sich Unterschiede innerhalb eines Landes besser abbilden.
- Mittlerweile spielen auch Überlegungen zur Nachhaltigkeit eine Rolle bei den Erweiterungen des HDI. So wurde im Jahr 2010 erstmals der **Human Sustainable Development Index** (HSDI) veröffentlicht. Er berücksichtigt neben den Indikatoren des HDI auch die Treibhausgas-Emissionen pro Kopf. Mit diesem Index können somit auch die Nachhaltigkeitsbestrebungen in den einzelnen Ländern abgebildet werden.

Allerdings konnte sich bis heute keine der Erweiterungen des Human Development Index dauerhaft durchsetzen, sodass der HDI immer noch das Instrument ist, das am häufigsten herangezogen wird, wenn der Entwicklungsstand von einzelnen Staaten beurteilt werden soll. Ein Grund dafür ist sicherlich, dass jede Erweiterung den Einsatz zusätzlicher Indikatoren bedeuten würde. Dadurch wäre das Vergleichsinstrument HDI deutlich komplexer und schwerfälliger in der Handhabung.

2 **TIPP**

Vergleichen bedeutet, dass Sie die Gemeinsamkeiten und Unterschiede im Entwicklungsstand der beiden Staaten gewichtend gegenüberstellen und anschließend ein Fazit ziehen sollen. Es bietet sich an, die einzelnen Indikatoren nach den Bereichen, über die sie Auskunft geben, zu gruppieren, um die Gefahr einer reinen Faktenaufzählung zu minimieren.

Mosambik und Botsuana im Vergleich

Im nachfolgenden Vergleich werden mit **Mosambik** und **Botsuana** zwei Staaten des südlichen Afrikas im Hinblick auf ihren Entwicklungsstand gegenübergestellt.

Gemeinsamkeiten

Sucht man im Material nach Gemeinsamkeiten der beiden Staaten, so findet man kaum vergleichbare Statistikdaten. Einzig die Nettoeinschulungsraten in die Primarstufe weisen ähnliche Werte auf (alle zwischen 86 % und 90 %), was auf eine akzeptable **Basisbildung** in den Bereichen „Lesen“, „Schreiben“ und „Rechnen“ schließen lässt.

Unterschiede

Alle weiteren Indikatoren zeigen deutliche Unterschiede zwischen den beiden Ländern auf. Während Mosambik mit einem Bruttonationaleinkommen von nur 1 300 US-$ pro Kopf zu den ökonomisch schwächsten Ländern der Welt gehört, hat Botsuana mit einem BNE pro Kopf von fast 18 000 US-$ eine **Wirtschaftskraft** erreicht, die für afrikanische Staaten weit überdurchschnittlich ist.
Die ökonomische Stärke Botsuanas lässt öffentliche Investitionen zu, die in Mosambik nicht möglich sind. Betrachtet man die Zahl der betreuten Geburten (Botsuana: 100 %, Mosambik: 54 %), so werden die getätigten **Investitionen in das Gesundheitssystem** deutlich. Die Tatsache, dass alle Geburten betreut verlaufen, führt direkt zu einer geringeren **Mütter-** (in Mosambik fast viermal so hoch wie in Botsuana) und **Säuglingssterblichkeit** (in Mosambik fast doppelt so hoch wie in Botsuana).
Außerdem beeinflussen auch die Kenntnisse über Hygiene und Infektionen die Säuglings- und Müttersterblichkeit in den jeweiligen Ländern. Die häusliche **Hygiene** fällt in den Staaten des südlichen Afrikas meist in den Zuständigkeitsbereich der Frauen. Deshalb ist es wichtig, dass insbesondere diese eine Grundbildung erhalten, die ihnen das nötige Wissen vermittelt. Außerdem ist es von Vorteil, wenn die **Stellung der Frauen in der Gesellschaft** nicht mehr alten traditionellen Vorstellungen folgt und die Frauen Kenntnisse über Familienplanung und Verhütung besitzen. In diesen Bereichen hat Botsuana einen deutlich höheren Entwicklungsstand als Mosambik erreicht. Betrachtet man den Indikator der „Geburten von Frauen im Alter von 15–19 Jahren“, so zeigt sich, dass Mosambik den mehr als vierfachen Wert Botsuanas aufweist. Auch die Gesamtfruchtbarkeitsrate pro Frau ist in Mosambik mehr als doppelt so hoch wie in

Botsuana. Diese Werte führen in Botsuana letztlich zu einem deutlich geringeren **Bevölkerungswachstum** pro Jahr (Mosambik: 2,9 %, Botsuana: 1,8 %).
Die bessere medizinische Versorgung führt zusammen mit besserer Hygiene und besserer Ernährung auch zu einer höheren **Lebenserwartung** in Botsuana, die jene in Mosambik um neun Jahre übersteigt.
Neben diesen Indikatoren, die im Wesentlichen dem sozialen Bereich zuzuordnen sind, wird in der Tabelle die städtische Bevölkerung als weitere Kenngröße aufgeführt. Höher entwickelte Staaten weisen bekanntlich meist auch einen höheren **Verstädterungsgrad** auf. Auch dies zeigt den deutlich besseren Entwicklungsstand Botsuanas, da die städtische Bevölkerung hier mehr als doppelt so hoch ist als in Mosambik.

Zusammenfassung

Zusammengefasst zeigen die Vergleichsdaten, dass **Botsuana** einen deutlich **höheren Entwicklungsstand** aufweist als Mosambik.

3

TIPP

Der Operator „Beurteilen“ erwartet von Ihnen, dass Sie die gegebene Aussage prüfen. Wichtig ist, dass Sie dabei die gewählten Beurteilungskriterien benennen und am Ende ein persönliches Urteil formulieren.

Beurteilungskriterien

Als Beurteilungskriterium kann in der abschließenden Aufgabe der Human Development Index genutzt werden. Die ökonomische Seite kann über das **Bruttonationaleinkommen pro Kopf** beurteilt werden. Die in den **HDI** einfließende Lebenserwartung bei Geburt ist ebenfalls direkt gegeben und der Bereich der Bildung ist über die Nettoeinschulungsrate analysierbar, auch wenn Angaben zur Alphabetisierung fehlen.

Sind Botsuana und Mosambik Entwicklungsländer?

Der vorangegangene Vergleich zeigt bereits, dass Botsuana aus ökonomischer Sicht deutlich besser dasteht als Mosambik. Das Bruttonationaleinkommen in Botsuana ist fast 14-mal so hoch wie jenes in Mosambik, was sich durch die vorhandenen **Rohstoffvorkommen** (v. a. Diamanten) erklären lässt. Auch die **Lebenserwartung** übersteigt jene von Mosambik deutlich (Botsuana 69 Jahre, Mosambik 60 Jahre). Einzig im Bereich der Grundbildung kommt Mosambik an die Werte Botsuanas heran. Hier sind keine signifikanten Unterschiede in den statistischen Werten zu erkennen.
Der Vorsprung Botsuanas zeigt sich auch in den Werten zur medizinischen Versorgung und den Indikatoren, welche die stärkere Stellung der Frau in der Gesellschaft Botsuanas andeuten. Bezieht man diese Werte mit ein, geht man bereits den Schritt in Richtung einer

Erweiterung des HDI hin zum „**Gender Development Index**" (GDI).
Insgesamt lässt sich festhalten, dass **Botsuana** einen **deutlich höheren Entwicklungsstand** aufweist als Mosambik. Daher stellt sich die Frage, ob beide Länder trotz der starken Unterschiede noch Entwicklungsländer sein können.

Definition „Entwicklungsland"

Zur Klärung dieser Frage bietet es sich an, zuerst den Begriff des Entwicklungslandes näher zu betrachten. Auch wenn keine einheitliche Definition für ein „Entwicklungsland" existiert, lassen sich dennoch einige **Kriterien** ableiten, die allen Definitionen gemeinsam sind. So weisen Entwicklungsländer immer ein recht hohes Bevölkerungswachstum, eine stark agrarisch geprägte Wirtschaftsstruktur, eine unzureichende Nahrungsmittel- und Gesundheitsversorgung, Analphabetismus und ein niedriges Pro-Kopf-Einkommen auf.

Entwicklungsland Mosambik

Bezieht man diese Kriterien auf Mosambik und Botsuana, so zeigt sich, dass Mosambik alle (vermutlich abgesehen vom Analphabetismus) erfüllt. Die agrarische Wirtschaftsstruktur lässt sich anhand der Tabelle aufgrund des sehr niedrigen Wertes des BNE von nur 1 300 US-$ vermuten und durch geeignete Atlaskarten bestätigen. Da **Subsistenzwirtschaft** hier noch weitverbreitet ist und die Leute kaum freies Kapital besitzen, muss auch von einer **unzureichenden Nahrungsmittelversorgung** ausgegangen werden. Daher muss Mosambik eindeutig als Entwicklungsland bezeichnet werden.

Schwellenland Botsuana

Für Botsuana stellt sich die Situation anders dar. Das Bruttonationaleinkommen pro Kopf ist schon recht hoch, sodass es vermutlich nicht mehr durch eine vornehmlich agrarisch geprägte Wirtschaftsstruktur erzielt wird. Die Gesundheitsversorgung ist für afrikanische Verhältnisse weit überdurchschnittlich, was die im Material angeführten Indikatoren deutlich belegen. Auch die relativ hohe Lebenserwartung, die durch die hohen **HIV-Zahlen** noch deutlich gedrückt wird, deutet auf eine ordentliche Nahrungsmittelversorgung hin. Hohem Analphabetismus widersprechen die Nettoeinschulungsraten und das Bevölkerungswachstum ist mit 1,8 % (zumindest für afrikanische Verhältnisse) moderat.
Diese für Botsuana sehr positiven Werte übersteigen jene der klassischen Entwicklungsländer deutlich. Sie zeigen, dass das Land in seiner Entwicklung bereits weiter fortgeschritten ist und nicht mehr als Entwicklungsland bezeichnet werden darf. Botsuana weist in vielen Bereichen (insbesondere BNE/Kopf, Alphabetisierung, Lebenserwartung) die **Merkmale eines Schwellenlandes** auf.

Fazit

Daher kann der in der Aufgabe aufgestellten Behauptung, dass sowohl Mosambik als auch Botsuana Entwicklungsländer sind, nicht zugestimmt werden.

TIPP **Nach Ihrem Vortrag** schließt sich ein ca. **3-minütiges Prüfungsgespräch** an, das Rückfragen, weiterführende Fragen und auch Fragen zu anderen Lehrplanthemen enthalten kann.
Die folgenden Aspekte dienen als Anhaltspunkte. Dabei wird davon ausgegangen, dass Sie die Aufgabe gut oder sehr gut präsentiert haben, sodass sich keine Fragen zu Ihrem Vortrag ergeben.
Versuchen Sie während des Kolloquiums ausführlich zu antworten, um einen souveränen Eindruck zu hinterlassen! Dies gelingt Ihnen am besten, wenn Sie in ganzen Sätzen in zusammenhängender Rede antworten und dabei die nötige Fachsprache einfließen lassen.

Die gestellten Teilaufgaben beziehen sich im Wesentlichen auf die Analyse der Entwicklungsunterschiede zwischen den Staaten Mosambik und Botsuana, wobei der Human Development Index im Zentrum steht.
Es bietet sich daher an, die „Globale Herausforderung: Disparitäre Entwicklungen" mit Fragen zu folgenden Themenbereichen weiter zu vertiefen:

1 **Ursachen und Folgen von Entwicklungsunterschieden**, z. B.:
- endogene/exogene Ursachen,
- Migration.

2 **Entwicklungsstrategien**, z. B.:
- Dissoziationsstrategie,
- Befriedigung der Grundbedürfnisse,
- nachholende Entwicklung,
- nachhaltige Entwicklung.

Hier wäre auch eine Weiterführung Ihres Kolloquiums denkbar, bei der nach den Sustainable Development Goals gefragt wird und/oder Ihre eigenen Handlungsmöglichkeiten thematisiert werden.

Kombinationsprüfung Geographie/Gemeinschaftskunde
Übungsaufgabe 2: Schwerpunktfach Geographie

THEMA: VERSTÄDTERUNG AM BEISPIEL LAGOS (NIGERIA)

Die Millionenstadt **Lagos** liegt an der Südküste Nigerias und ist eine der größten Städte Afrikas mit einem enormen Bevölkerungswachstum. Dieses starke Wachstum stellt die Stadt vor eine Vielzahl von Herausforderungen, die es zu bewältigen gilt.

Aufgabenstellung

1 **a** *Bezeichnen* Sie die bisherige und die prognostizierte Entwicklung der Einwohnerzahl von Lagos anhand von M 2 kurz.

b *Erklären* Sie, weshalb es zu einer derartigen Entwicklung kommen kann.

2 *Stellen* Sie ausgehend von M 1 Probleme *dar*, welche aus einer derart rasanten Bevölkerungsentwicklung resultieren.

3 *Bewerten* Sie die im Text genannten Lösungsansätze, um die Situation in Lagos zu verbessern.

Material: M 1, M 2, Atlas

M 1 Lagos in Nigeria

Lagos könnte die größte Metropole weltweit werden. Die nigerianische Megacity ist ein gewaltiges Experiment – unreguliert und wild, mit endlosen Staus, Armenvierteln auf dem Wasser und einer beeindruckend zähen Bevölkerung.

[…] In der gesamten Metropolregion Lagos wohnen nach verschiedenen Angaben bereits 21 bis 24 Millionen Menschen, im engeren Großraum mehr als 14 Millionen. Und täglich wächst die Megacity um 3 000 Menschen. Experten rechnen damit, dass es bis zum Ende des Jahrhunderts die größte Stadt der Welt sein wird.
Lagos ist laut, alles hier hat ein Geräusch. Das Hupen der endlosen Staus, die unbarmherzige, stets leicht überdrehte Musik aus den Lautsprechern der Geschäfte. Oder die fliegenden Händler, die Dienstleistungen anbieten […]
Lagos ist eine Stadt, in der Reiche ihren Reichtum nicht verstecken und Arme ihre Armut nicht verstecken können. […]

Es ist die Urangst der Bewohner von Makoko, hier wegzumüssen. Aus dem vermeintlichen Elendsviertel. Platz machen zu müssen für ein weiteres Luxusprojekt, für schicke Häuser, für die die Lagune aufgeschüttet werden soll. […]

Tatsächlich arbeitet die Lokalregierung regelmäßig an Plänen, die Bewohner von Makoko umzusiedeln. „Aber was sollen wir in einem Apartment auf dem Land, damit können wir gar nichts anfangen“, sagt die Bewohnerin. Fast jede Familie lebt hier vom Fischfang. Mitten in der Stadt.

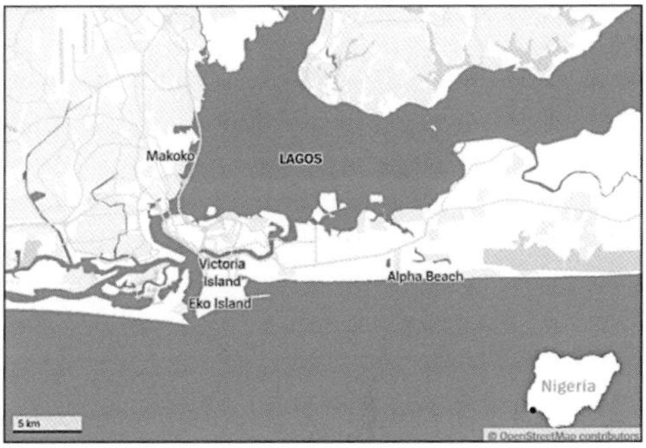

DER SPIEGEL (online), 12. 09. 2021

„Makoko ist typisch für Lagos“, sagt Stadtplanerin Lawanson. „In der Abwesenheit von effektiver Steuerung schaffen sich die Bewohnerinnen und Bewohner selbst Lösungen.“ Auch für die Folgen des Klimawandels. Die Lokalregierung geht bis 2090 von einem Anstieg des Meeresspiegels um bis zu 2,40 Meter aus. Sie spielt mit dem Gedanken, künftig Pumpen einzusetzen, um das Wasser wieder loszuwerden. Bislang wurde recht viel geredet und recht wenig umgesetzt.
Dabei stehen nach immer heftigeren Regenfällen bereits jetzt die niedrig gelegenen Stadtgebiete regelmäßig unter Wasser. Teile der Küsten- und Lagunenstadt, die mit all ihren Ausläufern zehnmal so groß ist wie München, drohen schlichtweg unterzugehen. „Wenn das Wasser hier steigt, bauen wir die Stelzen einfach höher“, sagt Makoko-Bewohnerin Ajagun. Das Verschwinden des Wassers macht ihnen mehr Angst als dessen Anwachsen.

Die Regierung träumt indes lieber von einem „Dubai light“, einer Finanz- und Wirtschaftsmetropole mit funkelnden Neubauten. Plant Megaprojekte wie Eko Atlantic, eines der größten Infrastrukturprojekte des Kontinents. Mehr als 500 000 Menschen sollen hier wohnen oder arbeiten.

Das Land dafür hat man dem Meer abgerungen, Sand vom Grund des Ozeans ausgebaggert. Eine Handvoll Hochhäuser steht schon. Die Tiefgaragen sind voller Range Rover, Mercedes SUVs und Porsches. Vor dem Aufzug ein schwer bewaffneter Sicherheitsmann. Im Hof ein Swimmingpool, „olympic size“. […] Eko Atlantic ist auch unter Stadtplanern umstritten. „Die Lokalregierung sucht immer nach europäischen, westlichen Lösungen“, kritisiert Deji Akin. […]

Zwei Milliarden Liter Wasser, so schätzen Experten, werden in Lagos täglich benötigt. 795 Millionen Liter stellen die Wasserwerke bereit. Es ist eine Ironie, die so typisch ist für diese Stadt: Sie ist umgeben von Wasser, doch nichts fehlt so sehr wie Wasser. Also tun die Lagosians das, was sie immer tun: Sie helfen sich selbst. Und verdienen Geld dabei. […]

Doch weil immer mehr Privatleute immer tiefer bohren, um sich selbst mit Wasser zu versorgen, droht das unterirdische Wasserreservoir langsam zu verschwinden. „Lagos ist eine Katastrophe in Wartestellung. Eine nachhaltige Stadtplanung ist kaum existent, und Wasser ist der schwächste Punkt“, sagt Deji Akin von Rethinking Cities. […]

Heiner Hoffmann, DER SPIEGEL, 12.09.2021, https://www.spiegel.de/ausland/lagos-in-nigeria-eine-woche-in-der-chaotischsten-stadt-der-welt-a-69e5f262-a163-45d8-8cf6-15ff7349638b

M 2 Beständiges Wachstum – Einwohnerzahl der Stadt Lagos

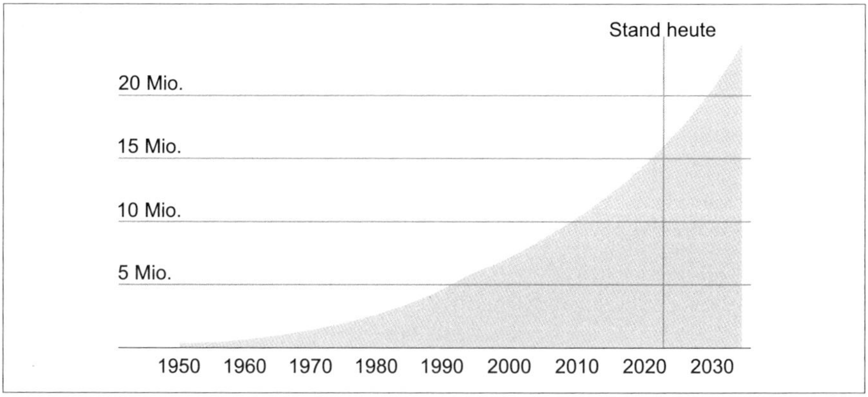

DER SPIEGEL (online), 12.09.2021

TIPP **Allgemeine Hinweise zur Lösung der Aufgabe**

Die Aufgabe thematisiert die **globale Herausforderung „Städte unter dem Einfluss gesellschaftlicher und naturräumlicher Veränderungen“**. Zunächst werden das Bevölkerungswachstum der Stadt Lagos und die Gründe dafür näher betrachtet (Aufgabe 1). Anschließend liegt der Fokus verstärkt auf den Problemen, die für Städte aus einem sehr starken Bevölkerungsanstieg resultieren (Aufgabe 2). Aufgabe 3 beschäftigt sich abschließend mit Lösungsansätzen, um einzelne Herausforderungen zu bewältigen, vor die sich die Stadt Lagos gestellt sieht.
Aus methodischer Sicht sollten Sie ein einfaches Diagramm rasch erfassen und dessen Aussage sicher präsentieren können (Aufgabe 1). Für die beiden nachfolgenden Aufgaben bildet eine saubere Textarbeit die Grundlage, wobei Sie bei Aufgabe 2 auch über den Text hinaus weitere Probleme anführen können.
Bearbeiten Sie die Aufgaben unbedingt in der vorgegebenen Reihenfolge, da diese vom Schwierigkeitsgrad her ansteigend sind und sie inhaltlich durch die Gesamtaufgabe „hindurchführen“.

Lösungsvorschlag

1a **TIPP**

Der Operator „Bezeichnen“ erwartet von Ihnen, dass Sie die Aussage des Diagramms M 2 herausarbeiten und Ihre Erkenntnisse präzise formulieren. Achten Sie darauf, dass Sie sich bei dieser einführenden Aufgabe kurzhalten.

Bevölkerungsentwicklung

M 2 zeigt ein Flächendiagramm, welches die Bevölkerungsentwicklung der Stadt Lagos (Nigeria) seit dem Jahr 1950 darstellt. Außerdem wird eine Prognose für die kommenden Jahre bis etwa zum Jahr 2035 gegeben.
Die Einwohnerzahl der Stadt steigt seit 1950 kontinuierlich. In den ersten 40 Jahren, die das Diagramm veranschaulicht, wuchs die Bevölkerungszahl von unter einer Million (1950) bis auf rund fünf Millionen (1990). Dieses sehr **starke Bevölkerungswachstum** setzte sich in den folgenden 30 Jahren bis zum Jahr 2020 mit verstärkter Dynamik fort. In dieser Zeit hat sich die Einwohnerzahl von Lagos rund verdreifacht (2020: ca. 15 Mio.). In den kommenden Jahren scheint sich diese Entwicklung mit wachsender Dynamik fortzusetzen. So ist dem Schaubild zu entnehmen, dass schon vor dem Jahr 2030 über 20 Millionen Menschen in der Stadt leben werden.

1 b **TIPP**

Nachdem Sie im a-Teil der Aufgabe das rasante Bevölkerungswachstum der Stadt herausgearbeitet haben, sollen Sie im b-Teil erklären, wie es zu einer derartigen Entwicklung kommen kann. Hierzu steht Ihnen kein Material zur Verfügung, sodass Sie hier die Ihnen bekannten Gründe für das Bevölkerungswachstum von Städten darlegen müssen. Als Basis kann Ihnen hierbei das Modell der Push- und Pull-Faktoren dienen.

Gründe

Das Bevölkerungswachstum von Städten lässt sich auf zwei Komponenten zurückführen: **Migration** und **Geburtenüberschuss**.

Migration

Betrachtet man zunächst den Bereich der Migration, so sind hier einerseits die **Pull-** und andererseits die **Push-Faktoren** in die Überlegungen einzubeziehen. Viele Lebensbedingungen in der Stadt wirken auf die Menschen im ländlichen Raum anziehend (z. B. Arbeitsplätze, Bildungsmöglichkeiten, medizinische Versorgung, Infrastruktur). Dagegen „drücken" die Lebensumstände im ländlichen Raum (z. B. Arbeitslosigkeit, Subsistenzwirtschaft, geringe Bildungs- und Aufstiegsmöglichkeiten, schlechte Infrastruktur, traditionelle Gesellschaftsbilder/Wertesysteme) die Menschen vielfach in die Städte – insbesondere in Entwicklungsländern. So kommt es zu starken **Abwanderungstendenzen im ländlichen Raum** und zu einem hohen **Bevölkerungszuwachs in den Städten**.

Geburtenüberschuss

Diese Entwicklung betrifft vor allem junge Menschen, was wiederum zu einer Zunahme der Geburtenrate in den Städten führt. Dadurch weisen die Städte häufig einen großen Geburtenüberschuss und dadurch ein starkes eigenes Bevölkerungswachstum auf.

2 **TIPP**

In M 1 werden mehrere Probleme der Stadt Lagos angesprochen, die aus dem sehr starken Bevölkerungswachstum resultieren. Von diesen sollten Sie einige in Ihrer Vorbereitungszeit aus dem Text herausarbeiten und in Ihrem kurzen Vortrag dann strukturiert und zusammenhängend verdeutlichen.
An der Formulierung „**ausgehend von M 1**" erkennen Sie, dass Sie auch weitere Probleme ansprechen können, die für die Städte aus einem rasanten Bevölkerungswachstum folgen, im Text aber nicht genannt werden.
Achten Sie hierbei auf die Zeiteinteilung Ihres gesamten Kurzvortrags. Diese Teilaufgabe bietet die Möglichkeit, viele Problemfelder anzusprechen. Gleichzeitig birgt sie aber auch die Gefahr, dass Sie Zeit verlieren und dadurch die dritte Aufgabe abschließend zu kurz beantworten. Die hier abgedruckte Lösung bietet verschiedene Antwortmöglichkeiten, die Sie nicht alle anführen müssen, aber auch um andere Aspekte ergänzen können.

Die Probleme, die aus dem sehr starken Bevölkerungswachstum mit hoher Dynamik für die Stadt Lagos resultieren, sind vielfältig:

Probleme (siehe Text)

- **Verkehrsprobleme** (vgl. Z. 8):
  Die Verkehrsinfrastruktur ist überlastet und es kommt zu vielen Staus mit langen Wartezeiten.
- **Lärmbelastung** (vgl. Z. 8):
  Insbesondere aus dem sehr hohen Verkehrsaufkommen resultiert eine enorme Lärmbelastung. Aber auch andere Geräuschquellen (z. B. Musik aus Lautsprechern) tragen dazu bei.
- Große **Arbeitslosigkeit** (vgl. Z. 11 f.):
  Migranten und Migrantinnen kommen häufig auf der Suche nach Arbeit in die Städte. Allerdings stehen nicht genügend Arbeitsplätze zur Verfügung, sodass viele im informellen Sektor tätig sind.
- **Soziale Disparität** (vgl. Z. 11 f.):
  Man findet in Lagos auf sehr engem Raum große soziale Gegensätze. Einerseits finden sich sehr reiche Personen und andererseits sehr arme Menschen. Dies führt wiederum zur sozialen Fragmentierung der Stadt.
- **Fragmentierung** (vgl. Z. 14 f.):
  Aufgrund der starken sozialen Gegensätze bilden sich einerseits Gated Communitys und andererseits Slums.
- **Siedlungsfläche wird knapp** (vgl. Z. 29 ff.):
  Aufgrund des hohen Bevölkerungsdrucks werden immer häufiger Flächen besiedelt, die dazu wenig geeignet sind. So befinden sich bereits heute Stadtteile von Lagos in Bereichen, die bei starken Regenfällen überflutet werden. Gleichzeitig wird – trotz des stark steigenden Meeresspiegels (vgl. Z. 30 f.) – versucht, durch Neulandgewinnung neue Siedlungsflächen zu generieren.
- **Trinkwasserversorgung** (vgl. Z. 52):
  Der Bedarf an Trinkwasser übersteigt die öffentlichen Kapazitäten bereits heute um mehr als 100 %. Durch den starken Bevölkerungszustrom gewinnt dieses Problem immer größere Bedeutung.

Im infrastrukturellen Bereich sind weitere **Versorgungsprobleme** zu erwarten. Beispielsweise können hier die Stromversorgung, die medizinische Versorgung oder auch die Bildungsmöglichkeiten angesprochen werden. Ebenso ist ein funktionierendes öffentliches Nahverkehrskonzept in einer derart unkontrolliert wachsenden Stadt kaum umsetzbar.

Weitere Probleme

Neben der Versorgung ist auch die **Entsorgung** ein Thema. Eine funktionierende Müllabfuhr stellt Städte wie Lagos vor ein nahezu unlösbares Problem. Auch eine Kanalisation mit Klärwerken für die Abwässer ist nur sehr schwer einzurichten.

3 **TIPP**

Arbeiten Sie zunächst die im Text erwähnten **Lösungsansätze** heraus und bewerten Sie diese anschließend. Dabei verlangt der Operator „Bewerten" von Ihnen, dass Sie Ihre Wertmaßstäbe offenlegen. Auf dieser Grundlage sollen Sie abschließend ein eigenes Urteil formulieren.
Die hier abgedruckte Lösung zieht das Konzept der **Nachhaltigkeit als Bewertungsmaßstab** heran. Aufgrund der Zeitvorgaben für Ihren Vortrag ist es sicherlich kaum möglich, alle „Säulen der Nachhaltigkeit" vollumfänglich für jeden Lösungsansatz darzulegen. Daher werden hier auch nur einige mögliche Ansatzpunkte für Ihre Bewertung abgedruckt.

Folgende **Lösungsansätze** werden im Text thematisiert (das Konzept der Nachhaltigkeit dient als Bewertungsmaßstab):

Slum-Upgrading/**Umsiedlungen** zur Schaffung von Wohnraum (vgl. Z. 16 ff.): Lösungsansatz 1

- Wirtschaftlich kann dieses Projekt interessant sein, wenn es gelingt, neuen Wohnraum für zahlungskräftige Personen zu schaffen, die dann wiederum die Wirtschaft in Lagos ankurbeln.
- Ökologisch sind Veränderungen in der Lagune, die auch mit Neulandgewinnung einhergehen, kritisch zu sehen. Die Gefahr, dass das Ökosystem weiter zerstört wird, ist sehr groß.
- Aus sozialer Sicht wäre die Umsiedlung der Bewohnerinnen und Bewohner des Slums Makoko faktisch eine Vertreibung der armen Slumbevölkerung. Die Erwerbs- und Ernährungsbasis würde nahezu allen Personen wegbrechen, da sie meist vom Fischfang leben, der nur in Küstennähe/in der Lagune möglich ist.

Einsatz von **Pumpen** zur Bewältigung des Meeresspiegelanstiegs (vgl. Z. 31 f.): Lösungsansatz 2

- Aus wirtschaftlicher Sicht ist der Einsatz der Pumpen zunächst mit Kosten für die Pumpen selbst und anschließend für deren Betrieb verbunden. Bei einem weiteren Anstieg des Meeresspiegels drohen die hiermit verbundenen Kosten zu explodieren. Vermutlich müsste mit dieser Maßnahme auch der Bau von Deichen einhergehen, was weitere Kosten verursachen würde.

- Was die ökologische Komponente angeht, kann man kritisch auf die Abgase verweisen, die durch den Betrieb der Pumpen entstehen.
- Vermutlich könnten viele Menschen in ihren heutigen Häusern/Hütten wohnen bleiben, was sozial gesehen zunächst einmal positiv ist. Ob die Regierung allerdings dazu bereit ist, diese sehr teure Lösung auch für die Bewohnerinnen und Bewohner von Slums dauerhaft einzusetzen, muss bezweifelt werden. Vermutlich würde die „Pumplösung" nur für Stadtbezirke dauerhaft aufrechterhalten, in denen reiche Bevölkerungsschichten leben. Somit wäre diese Lösung als „sozial ungerecht" einzuordnen.

Stadtbezirke in der Lagune auf höhere **Stelzen** stellen (vgl. Z. 37): Lösungsansatz 3

- Auch hier fallen für das Ersetzen der bereits vorhandenen Stelzen Kosten an. Vermutlich sind diese aber geringer als die Kosten für Pumpen. Bei einem stetig steigenden Meeresspiegel kann diese Lösung aber nicht dauerhaft sein, da die Stelzen immer weiter erhöht werden müssten, was wiederum immer neue Kosten mit sich bringen würde. Auch aus technischer Sicht stößt dieser Lösungsansatz an Grenzen, da mit den eingesetzten Holzpfählen nur recht geringe Meeresspiegelerhöhungen ausgeglichen werden könnten.
- Betrachtet man die ökologische Seite dieses „Lösungsansatzes", so stellt sich die Frage, wo das Holz für die Stelzen herkommt. Die Rodung von Mangroven (soweit noch vorhanden) würde das Ökosystem weiter schädigen.
- Aus sozialer Sicht bleibt festzuhalten, dass diese Lösung für viele Slumbewohnerinnen und -bewohner Makokos vermutlich die einzige Lösung ist, um auf einen steigenden Meeresspiegel zu reagieren, wenn sie ihren Wohnbezirk nicht verlassen wollen, da sie die Erhöhung der Stelzen selbst durchführen können und nicht auf ein Handeln der Regierung/Verwaltung angewiesen sind.

Private **Bohrungen nach Trinkwasser** (vgl. Z. 55 f.): Lösungsansatz 4

- Diese privatwirtschaftliche Maßnahme bietet Arbeitsplätze für einige Menschen, die sich dadurch ihren Lebensunterhalt sichern und evtl. auch einen bescheidenen Wohlstand aufbauen können.
- Aus ökologischer Sicht sind diese Bohrungen sehr kritisch zu sehen, da die Entnahmemenge aus den Grundwasservorräten nicht kontrolliert werden kann. Es kommt zu einem Absinken des Grundwasserspiegels, was wiederum Salzintrusionen in das Grundwasser nach sich ziehen könnte. Davon wäre der gesamte Grundwasserkörper unter der Stadt Lagos betroffen.
- Da die städtische Wasserversorgung bei Weitem nicht die Versorgung aller Menschen gewährleisten kann, ist dies (derzeit) die

einzige Möglichkeit, die gesamte Stadtbevölkerung mit Trinkwasser zu versorgen. Gleichzeitig werden dadurch häufig erneut die ärmsten Personen finanziell stark belastet, da sie für das Wasser der privaten Anbieter verhältnismäßig hohe Preise bezahlen müssen.

Zusammenfassend sind alle dargestellten **Lösungsansätze** als **nicht nachhaltig** einzustufen, da sie zwar kurzfristig umsetzbar sind, aber nur die akuten Folgen, die aus dem sehr starken Bevölkerungswachstum resultieren, bekämpfen. Dabei weisen alle Maßnahmen, insbesondere im ökologischen und sozialen Bereich, große Defizite auf. Fazit

Mögliche Aspekte für das Kolloquium im Schwerpunktfach

TIPP **Nach Ihrem Vortrag** schließt sich ein **ca. 3-minütiges Prüfungsgespräch** an, das Rückfragen, weiterführende Fragen und auch Fragen zu anderen Lehrplanthemen enthalten kann.
Die folgenden Aspekte dienen als Anhaltspunkte. Dabei wird davon ausgegangen, dass Sie die Aufgabe gut oder sehr gut präsentiert haben, sodass sich keine Fragen zu Ihrem Vortrag ergeben.
Versuchen Sie während des Kolloquiums ausführlich zu antworten, um einen souveränen Eindruck zu hinterlassen! Dies gelingt Ihnen am besten, wenn Sie in ganzen Sätzen in zusammenhängender Rede antworten und dabei die nötige Fachsprache einfließen lassen.

Anknüpfend an das vorgegebene Material bieten sich insbesondere zwei Themenbereiche zur Vertiefung an:

1 „Globale Herausforderung: **Städte** unter dem Einfluss gesellschaftlicher und naturräumlicher Veränderungen“, z. B.:

- Gated Communitys,
- Marginalisierung
- oder Metropolisierung.

Auch ein Vergleich der Verstädterung zwischen Industrie- und Entwicklungsländern ist denkbar.

2 „Globale Herausforderung: **Klimawandel**“, z. B.:

- Treibhauseffekt,
- verschiedene Anpassungsstrategien
- oder Maßnahmen gegen den Klimawandel.

Kombinationsprüfung Gemeinschaftskunde/Geographie
Übungsaufgabe 3: Nicht-Schwerpunktfach Geographie
Impuls Geographie

THEMA: KLIMAWANDEL

M 1 **Impuls: Temperaturanomalie Deutschland 1881 bis 2021 (Referenzzeitraum 1961 bis 1990)**

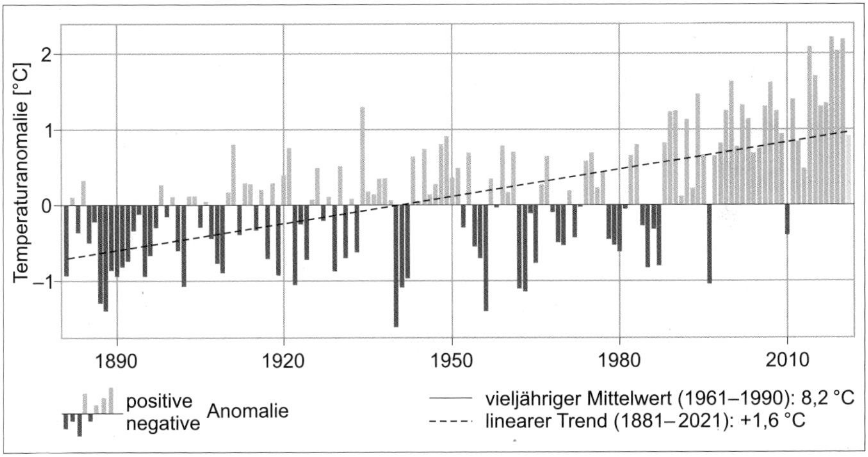

© *Deutscher Wetterdienst*

Möglicher Verlauf des Prüfungsgesprächs

1 *Arbeiten* Sie die Kernaussage aus dem Diagramm „M 1 Temperaturanomalie" *heraus.*

2 *Beschreiben* Sie verschiedene Ursachen des Klimawandels.

3 *Stellen* Sie Möglichkeiten zur Verringerung des Ausstoßes von Treibhausgasen *dar.*

4 Eine Folge des Klimawandels ist der Anstieg des Meeresspiegels.
Stellen Sie verschiedene Anpassungsstrategien an diese Klimawandelfolge *dar* und *bewerten* Sie diese unter dem Aspekt der Nachhaltigkeit.

TIPP **Allgemeine Hinweise zum zweiten Teil der mündlichen Prüfung**

Das folgende Beispiel simuliert den zweiten Teil einer Prüfung, bei der das **Schwerpunktfach „Gemeinschaftskunde"** und das **Nicht-Schwerpunktfach „Geographie"** gewählt wurden.
Nachdem der erste Teil der Prüfung im Schwerpunktfach abgeschlossen ist, erhalten Sie einen **Impuls**. Dieser leitet zum Nicht-Schwerpunktfach über.
Der folgende Prüfungsverlauf ist nur beispielhaft. Generell hängt dieser sehr stark vom Thema und von Ihrer Leistung ab. Die Aufgaben und Fragen werden Ihnen nicht schriftlich vorgelegt, sondern sie ergeben sich im Gespräch. Bedenken Sie, dass für diesen zweiten Teil der Prüfung nur ca. **7 Minuten** zur Verfügung stehen.

Lösungsvorschlag

1 **TIPP**

Die erste Aufgabe bezieht sich klar auf das vorgegebene Material. Entnehmen Sie diesem die wesentlichen Aussagen und geben Sie diese im Prüfungsgespräch kurz wieder.

Temperatur-anomalien in Deutschland

- Das Diagramm zeigt die **Temperaturabweichung** in den Jahren 1881 bis 2021 **im Vergleich zum langjährigen Mittelwert** in Deutschland. Dieser ist als durchgezogene Linie dargestellt und betrug in den Jahren 1961 bis 1990 (die dem Referenzzeitraum entsprechen) 8,2 °C. Die Abweichungen zu diesem Referenzwert werden als Säulen dargestellt.
- In den Jahren bis ca. 1950 überwiegen die negativen Anomalien. Anschließend werden die negativen Abweichungen immer weniger. Ab etwa Mitte der 1980er-Jahre sind fast ausschließlich positive Temperaturabweichungen zu verzeichnen.
- Für den Zeitraum von 1881 bis 2021 ist ein deutlicher Temperaturanstieg zu erkennen. Während die Temperaturen in den Jahren um das Jahr 1900 häufig deutlich unter dem vieljährigen Mittelwert von 8,2 °C lagen (teilweise mehr als –1 °C), sind nach 2010 mehrere Jahre mit mehr als 2 °C über diesem Referenzwert zu verzeichnen. Es ist zu entnehmen, dass es in Deutschland in den letzten 140 Jahren einen **deutlichen Temperaturanstieg** (+1,6 °C) gab. Dieser lineare Trend wird durch die gestrichelte Linie verdeutlicht.

2 **TIPP**

Der Operator „Beschreiben“ verlangt von Ihnen, dass Sie verschiedene Ursachen des Klimawandels schlüssig wiedergeben. Unterteilen Sie Ihre Antwort zu dieser Frage in die Kategorien „natürliche“ und „anthropogene Ursachen“. Die hier abgedruckten Lösungsvorschläge sind beispielhaft zu verstehen und besitzen keinen Anspruch auf Vollständigkeit.

Natürliche Ursachen sind u. a.:

Natürliche Ursachen

- *Veränderungen in der Strahlungsbilanz der Erde:*
  Die von der Sonne ausgehende Energiemenge, die auf der Erde ankommt, ist nicht immer gleich.
- *Meteoriteneinschläge:*
  Bei einem Meteoriteneinschlag werden große Mengen an Staub aufgewirbelt. Diese verändern die Strahlungsbilanz der Erde. Außerdem können die aufgewirbelten Teilchen in der Atmosphäre als Kondensationskerne dienen, was wiederum die Niederschlagsverhältnisse beeinflusst.
- *Vulkanausbrüche:*
  Bei Vulkanausbrüchen werden Gase freigesetzt, die für den Treibhauseffekt relevant sind. Außerdem werden Aschepartikel in die Atmosphäre abgegeben, die insbesondere bei sehr starken Ausbrüchen die Strahlungsbilanz der Erde zeitweilig verändern können.
- *Plattentektonische Prozesse:*
  Diese beeinflussen die Lage von Kontinenten, führen zur Bildung von Gebirgen und beeinflussen die Land-Meer-Verteilung der Erde. Diese Auswirkungen der Plattentektonik können auch Einfluss auf den Strahlungshaushalt der Erde haben und somit letztlich auf das Klima.

Anthropogene Ursachen sind u. a.:

Anthropogene Ursachen

- *Verstärkter Ausstoß von CO_2, insbesondere durch die Verbrennung fossiler Brennstoffe:*
  Die Emissionen fallen in verschiedenen Bereichen an (z. B. Landwirtschaft, Industrie, Verkehr, private Haushalte).
- *Brandrodung großer Waldflächen (z. B. Regenwälder):*
  Bei der Verbrennung wird CO_2 freigesetzt und gleichzeitig kann durch die fehlenden Bäume weniger Kohlenstoffdioxid durch Fotosynthese aus der Luft aufgenommen werden.

- *Verstärkter Ausstoß weiterer klimaschädlicher Gase wie Methan:* Dieses fällt zum Beispiel in großen Mengen in der Rinderzucht an.
- *Düngung von Feldern:* Durch die Düngung von Feldern mit stickstoffhaltigen Düngemitteln wird Lachgas freigesetzt, das klimaschädlich wirkt.

3 **TIPP**

Diese Fragestellung baut logisch auf der vorangegangenen Aufgabe auf. Nutzen Sie Ihre Kenntnisse über die Ursachen des anthropogenen Treibhauseffekts und verdeutlichen Sie, wie man diesen entgegentreten kann. Aufgrund der Offenheit der Aufgabenstellung haben Sie hier die Möglichkeit, die Breite Ihres Wissens darzustellen! Die hier abgedruckten Antworten bilden nur einen kleinen Teil der denkbaren Lösungen ab.

Um den Treibhausausstoß zu verringern, können sowohl der **Staat** als auch **einzelne Personen** etwas tun, z. B.:

Möglichkeiten des Staates

- *Stromerzeugung:* vermehrter Einsatz erneuerbarer Energien (z. B. Windräder, Solaranlagen);
- *Emissionshandel:* als Anreiz für Unternehmen, ihren CO_2-Ausstoß zu verringern;
- *Zuschüsse:* als Anreiz für Investitionen in nachhaltige Energieerzeugung und Maßnahmen zur Gebäudedämmung;
- *Pkw-Fahrverbote:* z. B. autofreie Sonntage;
- *Geschwindigkeitsbegrenzungen:* z. B. auf Autobahnen.

Möglichkeiten des / der Einzelnen

- *Verringerung des CO_2-Ausstoßes bei der privaten Mobilität:* Nutzung des ÖPNV oder des Fahrrads, zu Fuß gehen;
- *Verringerung des CO_2-Ausstoßes beim privaten Konsum:* lokal und regional einkaufen (geringere Transportwege der Waren, dadurch weniger CO_2-Ausstoß im Transport); technische Geräte, Kleidung etc. länger nutzen;
- *Reduktion des persönlichen Energiebedarfs:* durch die Nutzung energieeffizienterer Geräte (z. B. Kühlschränke, Wasch- und Spülmaschinen) und Stromsparen im Haushalt (z. B. Geräte ausschalten statt im Stand-by-Modus betreiben);
- *(teilweise) Erzeugung der selbst benötigten Energie und Wärme:* z. B. durch Photovoltaik und/oder Solarthermie;
- *Einbau energieeffizienterer Heizungen und Verbesserung der Dämmung von Wohnhäusern:* um den Energiebedarf zum Heizen der Gebäude zu verringern;

- *Verringerung des Fleischkonsums:*
  um den Methanausstoß in der Tierzucht zu verringern (dadurch würde einerseits auch der Anteil des CO_2 wegfallen, der bei der Rodung freigesetzt wird, andererseits bliebe mit dem bestehenden Regenwald eine CO_2Senke erhalten, welche weiteres Kohlenstoffdioxid durch Fotosynthese aufnehmen könnte);
- *Verzicht auf Plantagenprodukte aus dem tropischen Regenwald:*
  um die (illegale) Rodung tropischer Regenwälder nicht weiter voranzutreiben (diese sehr großen Wälder sind für das Weltklima von essenzieller Bedeutung; allerdings müssen sich Verbraucher und Verbraucherinnen gut informieren, um solche Produkte zu erkennen).

4 **TIPP**

Die vierte Teilaufgabe beinhaltet zwei Operatoren. Nennen Sie zunächst jeweils eine Ihnen bekannte Maßnahme zum Küstenschutz und veranschaulichen Sie deren Funktion. Anschließend müssen Sie die von Ihnen gewählte Maßnahme bewerten. Die Aufgabenstellung gibt bereits vor, dass Sie sich hierbei an den Bereichen der Nachhaltigkeit (Ökonomie, Ökologie, Soziales) orientieren sollen. Es bietet sich an, dass Sie Ihre Antwort entsprechend strukturieren.

Eindeichung bzw. Erhöhung bereits bestehender Deiche:
Durch das Bauen von Deichen soll das Meerwasser daran gehindert werden, weit in den Küstenbereich einzudringen. Dadurch sollen Erosion und Landverlust vermieden werden.

Maßnahme 1: Eindeichung

- *Ökonomisch:*
  Die Maßnahme ist sehr teuer. Der Deich muss bei steigendem Meeresspiegel evtl. immer wieder erhöht werden. Große Überflutungsschäden können aber (im Normalfall) verhindert werden.
- *Ökologisch:*
  Der Energieverbrauch beim Bau und damit der Ausstoß von CO_2 sind hoch. Der hinter dem Damm liegende Küstenstreifen wird vom direkten Einfluss des Meeres abgekoppelt, was wiederum zu einer Veränderung der Flora, und in der Folge auch der Fauna, führt.
- *Sozial:*
  Umsiedlungen sind nicht nötig. Allerdings verringern hohe Kosten Investitionen in andere (Infrastruktur-)Projekte. Während des Baus kommt es evtl. zu Belastungen durch Lärm und Abgase.

Umsiedlung der Menschen aus den betroffenen Küstengebieten: Der Mensch zieht sich aus den vom Meeresspiegelanstieg bedrohten Küstenregionen zurück.

Maßnahme 2: Umsiedlung

- *Ökonomisch:*
  Im Fall sehr dicht besiedelter Küsten mit großer wirtschaftlicher Bedeutung entstehen enorme Kosten durch Umsiedlungen; in dünn besiedelten Küstengebieten ohne nennenswerte wirtschaftliche Bedeutung sind die ökonomischen Folgen überschaubar.
- *Ökologisch:*
  Durch verstärkte Erosion kommt es zur Rückverlagerung der Küste. Dies bringt eine Veränderung von Flora und Fauna mit sich.
- *Sozial:*
  Die Menschen, die durch den steigenden Meeresspiegel zur Umsiedlung gezwungen sind, verlieren ihre Heimat.

Bepflanzung/Aufforstung der Küsten (z. B. mit Mangroven): Die einlaufenden Wellen werden früh gebrochen, sodass die Erosionswirkung des Wassers deutlich verringert wird. Im Wurzelwerk verfangen sich außerdem erodierte Partikel, die ansonsten mit dem ablaufenden Wasser ins Meer getragen würden.

Maßnahme 3: Bepflanzung

- *Ökonomisch*:
  Der Kostenaufwand ist relativ niedrig, der Nutzen vergleichsweise groß, da die Aufforstung dazu beiträgt, die Schäden gering zu halten.
- *Ökologisch:*
  Der natürliche Hochwasserschutz bietet zugleich die Möglichkeit der CO_2-Reduktion in der Atmosphäre, da die Pflanzen während der Fotosynthese CO_2 aufnehmen. Allerdings wird durch das Einbringen der neuen Pflanzen die ursprüngliche Vegetationszusammensetzung verändert. Dadurch entstehen aber auch neue Lebensräume für Tiere.
- *Sozial:*
  Es sind keine Umsiedlungen nötig, sodass der Lebensraum der Anwohnerinnen und Anwohner erhalten bleibt.

Maßnahme 4: Sandvorspülungen

Sandvorspülungen:
Durch das „Aufspülen“ eines Sand-Wasser-Gemischs, das vom Meeresboden vor der Küste abgepumpt wird, soll der entstandene Küstenverlust ausgeglichen werden.

- *Ökonomisch:*
  Die Methode ist sehr kostenintensiv, ständige Erneuerungen sind nötig. Die bisherige wirtschaftliche Nutzung des Küstenbereichs kann allerdings größtenteils erhalten werden. Der Energiebedarf ist hoch. Mit steigendem Meeresspiegel wird die Methode immer aufwendiger und damit teurer.
- *Ökologisch:*
  Im Bereich der Abpumpregion ergeben sich negative Auswirkungen auf den Meeresboden. So entstehen beim Abpumpen tiefe Krater, die auch nach Jahrzehnten noch zu erkennen sind. Diese werden nach und nach mit sehr feinem Sediment aufgefüllt, sodass die Sedimentzusammensetzung im Bereich der ehemaligen Entnahmestelle verändert wird. Dies hat genauso Auswirkungen auf die dort lebenden Meeresbewohner wie das Aufwirbeln von Sand, das durch das Abpumpen verursacht wird. Durch den Betrieb der Pumpschiffe werden Abgase (u. a. CO_2) ausgestoßen.
- *Sozial:*
  Die Heimat der Menschen kann meist gesichert werden. Umsiedlungen sind nur selten nötig. Gegebenenfalls kommt es zur Belästigung durch Lärm und Abgase.

Kombinationsprüfung Gemeinschaftskunde/Geographie
Übungsaufgabe 4: Nicht-Schwerpunktfach Geographie
Impuls Geographie

THEMA: DAS SYSTEM ERDE

M 1 **Impuls: Willkommen im Anthropozän**

Möglicher Verlauf des Prüfungsgesprächs

1 *Stellen* Sie das Konzept des Anthropozäns ausgehend von M 1 *dar.*

2 Die Anthroposphäre ist mit allen anderen Geosphären vernetzt.
Charakterisieren Sie die verschiedenen Geosphären und *beschreiben* Sie mögliche Vernetzungen.

3 Aus dem Einfluss des Menschen auf die verschiedenen Geosphären ergeben sich globale Herausforderungen, die nachhaltige Lösungsansätze erfordern.

a *Nennen* Sie verschiedene globale Herausforderungen.

b *Erläutern* Sie das Konzept der „Nachhaltigen Entwicklung“ und *beurteilen* Sie, inwiefern es zur Lösung der globalen Herausforderungen beitragen kann.

TIPP **Allgemeine Hinweise zum zweiten Teil der mündlichen Prüfung**

Das Beispiel simuliert den zweiten Teil einer Prüfung, bei der das **Schwerpunktfach „Gemeinschaftskunde“** und das **Nicht-Schwerpunktfach „Geographie“** gewählt wurden.
Nachdem der erste Teil der Prüfung im Schwerpunktfach abgeschlossen ist, erhalten Sie einen **Impuls**. Dieser leitet zum Nicht-Schwerpunktfach über.
Der folgende Prüfungsverlauf ist nur beispielhaft. Generell hängt dieser sehr stark vom Thema und Ihrer Leistung ab. Die Aufgaben und Fragen werden Ihnen nicht schriftlich vorgelegt, sondern sie ergeben sich im Gespräch. Bedenken Sie, dass für diesen zweiten Teil der Prüfung nur ca. **7 Minuten** zur Verfügung stehen.

Lösungsvorschlag

1 **TIPP**

Die erste Aufgabe nimmt klar Bezug zum vorliegenden Impuls. Sie werden dazu aufgefordert, ausgehend von M 1 das Anthropozän-Konzept strukturiert und zusammenhängend zu verdeutlichen.

Das Anthropozän: ein geologisches Zeitalter?

In M 1 ist ein menschlicher Fingerabdruck auf der Weltkugel zu erkennen. Diese Abbildung symbolisiert das Anthropozän-Konzept. Das **Anthropozän-Konzept** beschäftigt sich mit der Frage, ob der Mensch die Erde mit seinem Fingerabdruck bereits so geprägt hat bzw. prägt, dass ein geologisches Zeitalter nach ihm benannt werden sollte. Die **menschlichen Spuren auf der Erde** sind unübersehbar. Sie prägen die Erde in vielerlei Hinsicht (Landwirtschaft, Verkehr, Industrie, Siedlungen, Wirtschaftsflächen etc.). Durch dieses Handeln beeinflusst der Mensch alle Geosphären. Man kann auch davon ausgehen, dass die menschlichen Spuren später in geologischen Schichten nachweisbar sein werden (z. B. Plastikreste in Sedimentablagerungen).
Der Gedanke, ein geologisches Zeitalter nach dem Menschen zu benennen, war anfangs umstritten, hat sich mittlerweile in der Wissenschaft aber weitgehend durchgesetzt. Allerdings gibt es derzeit noch keine genaue Definition der geologischen Epoche „Anthropozän“. So bleibt insbesondere die Frage ungeklärt, ab welchem Zeitpunkt man vom Anthropozän sprechen kann (z. B. ab 1784 mit der Erfindung der Dampfmaschine und dem Start der Industriellen Revolution oder ab 1945 mit dem Abwurf der ersten Atombombe).

2 **TIPP**

Die zweite Aufgabe beinhaltet zwei Operatoren. Zunächst sollen Sie die Grundzüge der verschiedenen Geosphären bestimmen. Anschließend werden Sie dazu aufgefordert, verschiedene Vernetzungen zwischen den Geosphären schlüssig darzulegen. Hier können Sie sehr viele Verknüpfungen anführen und so die Breite Ihres Wissens verdeutlichen.

Geosphären

Folgende **Geosphären** kann man benennen:

- *Atmosphäre:* Lufthülle der Erde
- *Reliefsphäre:* Oberflächengestalt der Erde
- *Hydrosphäre:* Wasserhülle der Erde
- *Biosphäre:* gesamter belebter Raum der Erde
- *Pedosphäre:* Böden der Erde
- *Lithosphäre:* Erdkruste und fester Teil des Erdmantels, Gesteinshülle der Erde
- *Anthroposphäre:* vom Menschen beeinflusster Raum der Erde

Beispiele für ihre Vernetzung

Mögliche **Verknüpfungen von Geosphären** sind zum Beispiel:

- Der Mensch (Anthroposphäre) beeinflusst durch Verbrennung von fossilen Energieträgern (Lithosphäre) das Klima (Atmosphäre).
- Die klimatischen Verhältnisse (Atmosphäre) haben unmittelbare Auswirkungen auf die Kräfte, welche die Oberflächengestalt (Reliefsphäre) der Erde formen.
- Die Temperaturverhältnisse (Atmosphäre), die Verfügbarkeit von Wasser (Hydrosphäre) und die Qualität des Bodens (Pedosphäre) haben unmittelbaren Einfluss auf die Vegetation (Biosphäre).
- Vulkane (Lithosphäre) stoßen bei Ausbrüchen Gase und Asche aus, welche das Klima (Atmosphäre) beeinflussen können.
- Vulkanische Aschewolken (Lithosphäre) können den Flugverkehr (Anthroposphäre) beeinträchtigen.

3a **TIPP**

Aufgabe 3 besteht aus zwei Teilen. Im a-Teil der Aufgabe sollen Sie verschiedene globale Herausforderungen in knapper Form anführen.

Globale Herausforderungen sind zum Beispiel:

Beispiele für globale Herausforderungen

- Klimawandel,
- Bodendegradation,
- Mangel an Süßwasser,
- Verschmutzung der Ozeane,
- Rohstoffknappheit,
- Wachstum der Weltbevölkerung,
- Armut,
- Verstädterung.

3b **TIPP**

Im b-Teil der Aufgabe müssen Sie zunächst das Konzept der nachhaltigen Entwicklung veranschaulichen und dann abschließend dessen Relevanz im Hinblick auf die Lösung globaler Herausforderungen untersuchen.

Das **Konzept der nachhaltigen Entwicklung** kann folgendermaßen erläutert werden:

Begriff Nachhaltigkeit

Der Begriff der Nachhaltigkeit stammt ursprünglich aus der Forstwirtschaft („Schlage nur so viel Holz, wie auch nachwachsen kann"). Dieses Prinzip wurde aber auf alle Lebens- und Wirtschaftsbereiche des Menschen erweitert. Vereinfacht gesagt, geht es um die **Nutzung von Ressourcen durch die Menschen**, ohne dass dabei die Lebens- und Wirtschaftsgrundlage künftiger Generationen negativ beeinflusst wird.

Modelle

Es gibt verschiedene Modelle zur Nachhaltigkeit.

- Eines dieser Modelle ist das **Nachhaltigkeitsdreieck**. Dieses geht davon aus, dass die Nachhaltigkeit auf drei wesentlichen Säulen basiert: Ökonomie, Ökologie und Soziales. Dabei sind alle Säulen gleichberechtigt.
- Ein weiteres Modell ist das **Vorrangmodell**. Es basiert ebenfalls auf den Bereichen Ökonomie, Ökologie und Soziales. Allerdings räumt es der Ökologie eine klare Vorrangstellung ein. Außerdem ist der soziale Aspekt höher zu gewichten als der ökonomische.

Dies bedeutet, dass ökonomischer Erfolg nur als nachhaltig zu bewerten ist, wenn er die ökologischen und sozialen Belange nicht negativ beeinflusst.

- Diese beiden Modelle wurden im Laufe der Zeit um eine weitere Dimension ergänzt. Neben die Bereiche „ökonomische Leistungsfähigkeit", „ökologische Tragfähigkeit" und „soziale Gerechtigkeit" tritt im Modell des **Nachhaltigkeitsvierecks** noch die „politische Stabilität". Dies verdeutlicht, dass eine nachhaltige Entwicklung nur mit einer soliden politischen Basis möglich ist.

Beurteilung

Das Konzept der nachhaltigen Entwicklung kann folgendermaßen **beurteilt** werden:

Um globale Herausforderungen erfolgreich meistern zu können, sind die verschiedenen Bereiche des Nachhaltigkeitsmodells zwingend zu beachten. Wirtschaftlicher Erfolg auf Kosten der Umwelt und ohne Rücksicht auf die Lebensbedingungen der Menschen wird letztlich nicht dauerhaft sein (Umweltkatastrophen, Aufstände der Bürgerinnen und Bürger etc.). Ökologische Erfolge, die zu einer deutlichen ökonomischen und sozialen Verschlechterung der Lebensumstände der Menschen führen, werden keine dauerhafte Akzeptanz finden und somit nicht umsetzbar sein.

Soziale und politische Erfolge (z. B. Frieden und Demokratie; Menschenrechte) werden keinen Bestand haben, wenn die Menschen nicht auch wirtschaftlich erfolgreich sind. Genauso dürfen diese Erfolge die ökologische Tragfähigkeit der Erde aber nicht zu sehr beeinflussen, da diese die Voraussetzung für die menschliche Existenz in einem bestimmten Raum ist.

Fazit

Eine dauerhaft positive Entwicklung kann nur im Zusammenspiel aller vier Komponenten der Nachhaltigkeit eingeleitet werden. Daher müssen Lösungsansätze für die globalen Herausforderungen immer auch die Modelle der nachhaltigen Entwicklung berücksichtigen.

Kombinationsprüfung Geographie/Gemeinschaftskunde
Übungsaufgabe 5: Nicht-Schwerpunktfach Gemeinschaftskunde
Impuls Gemeinschaftskunde

THEMA: SICHERHEITSPOLITISCHE HERAUSFORDERUNGEN UND LÖSUNGSVERSUCHE

M 1 **Impuls** VON HORST HAITZINGER, 2016

Möglicher Verlauf des Prüfungsgesprächs

1 *Erläutern* Sie die Aussageabsicht des Karikaturisten.

2 *Erklären* Sie den erweiterten Sicherheitsbegriff.

3 *Bewerten* Sie die Aufnahme Nordmazedoniens in die NATO.

TIPP **Allgemeine Hinweise zum zweiten Teil der mündlichen Prüfung**

Nachdem der erste Teil der Prüfung abgeschlossen ist (Schwerpunktfach), erhalten Sie einen **Impuls**. Dieser leitet zum Nicht-Schwerpunktfach über. Das folgende Beispiel simuliert also den zweiten Teil einer Prüfung, bei der das **Schwerpunktfach „Geographie"** und das **Nicht-Schwerpunktfach „Gemeinschaftskunde"** gewählt wurden. Bedenken Sie, dass für den zweiten Teil nur ca. **7 Minuten** zur Verfügung stehen. Falls der Impuls also beispielsweise eine Karikatur ist, können Sie sicher keine allumfassende Analyse liefern.
Der folgende Prüfungsverlauf ist nur beispielhaft. Generell hängt dieser sehr stark vom Thema und Ihrer Leistung ab. Die Aufgaben und Fragen werden Ihnen nicht schriftlich vorgelegt, sondern sie ergeben sich im Gespräch.

Lösungsvorschlag

1 **TIPP**

Sie müssen hier die vorliegende Karikatur von Horst Haitzinger im Zusammenhang beschreiben und anschaulich mit Beispielen oder Belegen erklären. Angesichts des knappen zeitlichen Umfangs der Prüfung im Nicht-Schwerpunktfach ist es von großer Bedeutung, dass Sie mithilfe des im Unterricht geübten Instrumentariums zur Analyse einer Karikatur zügig deren zentrale Aussage erfassen.

Analyse der Karikatur zum Kalten Krieg

- Der **Kalte Krieg** wird **als Untoter** charakterisiert, der im Jahr 2016 zu neuem Leben erwacht ist.
- Die Inschrift auf dem Grabstein stellt mithilfe einer geläufigen Formulierung („in Frieden ruhen") eine **Verbindung** zwischen dem **Ende des Kalten Kriegs** und der **Bewahrung des Friedens** her.
- Die **NATO-Mitgliedsstaaten** mit Uncle Sam, der Allegorie der Vereinigten Staaten von Amerika, an der Spitze, **erschrecken**, als sie bemerken, dass der Kalte Krieg wiederersteht, da das westliche Verteidigungsbündnis nun mit **neuen sicherheitspolitischen Herausforderungen** konfrontiert wird, die z. B. die Solidarität der Bündnispartner oder die aktuell geltende NATO-Strategie auf die Probe stellen könnten.
- Folgende **Ereignisse bzw. Entwicklungen** könnten den Karikaturisten zu seiner Zeichnung angeregt haben: die aggressive Außenpolitik Russlands unter Präsident Wladimir Putin (die von vielen als völkerrechtswidrig angesehene Annexion der Halbinsel Krim im Jahr 2014), der Aufstieg der Volksrepublik China zu einer

selbstbewusst auftretenden Weltmacht (Konflikte um Territorien im Südchinesischen Meer) und das sprunghafte Verhalten des NATO-Mitgliedsstaats Türkei unter Präsident Recep Tayyip Erdoğan (v. a. mit Blick auf den Syrienkrieg).

2 **TIPP**

Bei diesem Auftrag sind Informationen in Bezug auf den Begriff des erweiterten Sicherheitsbegriffs durch eigenes Wissen und eigene Einsichten begründet in einen Zusammenhang zu stellen. Es geht also darum, das im Unterricht Gelernte bündig zu präsentieren, indem Sie Merkmale des erweiterten Sicherheitsbegriffs darlegen.

Der erweiterte Sicherheitsbegriff

Zentrale Elemente des erweiterten Sicherheitsbegriffs sind u. a.:

- Verbindung von **innerer** und **äußerer Sicherheit** eines Staates
- Berücksichtigung **neuer Bedrohungslagen** (russischer Imperialismus, transnationaler Terrorismus, Verbreitung von Massenvernichtungswaffen, Folgen des Klimawandels)
- **Einbeziehung nichtstaatlicher Akteure** (wie Warlords oder NGOs) und weiterer Dimensionen (neben der militärischen v. a. auch ökonomische, ökologische, soziale und humanitäre Sicherheit als Voraussetzung stabiler Staatlichkeit)
- **Nation Building** als Strategie zum Wiederaufbau von Failed States (d. h. langfristige Bekämpfung der Ursachen von Konflikten statt eines bloßen ad-hoc-Krisenmanagements)

3 **TIPP**

Der anspruchsvolle Operator „Bewerten“ verlangt von Ihnen, die Aufnahme Nordmazedoniens in die NATO zu beurteilen, eine persönliche Stellungnahme abzugeben und dabei die eigenen Wertmaßstäbe offenzulegen. Dazu benötigen Sie Kriterien, die Sie im Prüfungsgespräch benennen müssen. Von Vorteil ist es gerade auch mit Blick auf die zur Verfügung stehende Zeit, sich auf wenige – zwei oder drei – treffende Kriterien zu beschränken, diese jedoch anschaulich und anhand aktueller Beispiele auszuführen.
Diese Aufgabenstellung zeigt deutlich, wie unterschiedlich das Prüfungsgespräch verlaufen kann. Der Auftrag ist sehr anspruchsvoll und falls Sie mit dem Thema gut vertraut sind, können Sie auf jeden Fall punkten. Falls Sie Schwierigkeiten haben, kann es aber auch sein, dass der Prüfer oder die Prüferin durch detaillierte Nachfragen zu den Themen „Nordmazedonien“ oder „NATO“ lenkend eingreift. Auch hier gilt es zu beachten, dass die Zeit extrem knapp ist und Sie nur kurz die Möglichkeit haben, zu überlegen.

Zudem wird die Aufgabenstellung nicht wie im schriftlichen Teil des Abiturs zentral gestellt, sondern vom Prüfer oder der Prüferin selbst. Somit sollten Sie auf Schwerpunkte, die ihre Lehrkraft im Unterricht gesetzt hat, vorbereitet sein.

Aufnahme Nordmazedoniens in die NATO

Nachdem Mazedonien Anfang 2019 den jahrzehntelangen **Streit mit Griechenland um seinen Staatsnamen** beilegen konnte, indem es sich in Nordmazedonien umbenannte, stand der bis dato von Athen blockierten Aufnahme des Balkanlandes in die NATO nichts mehr im Wege.

- **Kriterium der Stabilität:** Die Aufnahme Nordmazedoniens exportiert Stabilität in eine seit jeher unruhige Region, zumal die russische Außenpolitik ihren Einfluss auf dem Balkan ausweiten möchte, was den Sicherheitsinteressen der NATO widerspricht. Diese fürchtet, Russland könne die Region ähnlich destabilisieren wie die Ukraine, der Wladimir Putin zur Legitimation seiner Invasion das Existenzrecht als eigenständige Nation abgesprochen hat und stattdessen die panslawistische Ideologie propagiert. Da zudem die sog. Balkanroute einen der zentralen Fluchtwege vom Nahen Osten nach Europa darstellt, liegt die Stabilisierung der Region im Interesse des atlantischen Bündnisses. Dies gilt v. a., wenn man den erweiterten Sicherheitsbegriff zugrunde legt, bei dem gerade auch die Prävention von Konflikten eine Rolle spielt.
- **Kriterium der Legitimität:** Einerseits kann argumentiert werden, dass Mazedonien stets der NATO-Beitritt in Aussicht gestellt wurde, sofern der Balkanstaat in puncto Namensstreit zu einem Kompromiss mit Griechenland bereit sei. Als dies dann im Jahr 2019 der Fall war, hätte die NATO nur um den Preis der eigenen Glaubwürdigkeit von diesem Versprechen abrücken können. Andererseits kann eingewandt werden, dass die NATO-Osterweiterung nach dem Ende des Ost-West-Konflikts 1990 Russland in die Enge getrieben und so neue Unsicherheiten geschaffen habe. Daher sei es fragwürdig, den NATO-Schutzschirm auf Regionen auszudehnen, die traditionell auch im Brennpunkt der russischen Außenpolitik stehen, denn dadurch könnten Konflikte angefacht werden, was letztlich der Sicherheit in Europa abträglich wäre. Allerdings hat Putins Invasion der Ukraine der NATO neue Legitimität verschafft. Sogar traditionell neutrale Staaten wie Schweden und Finnland ziehen einen Beitritt zum nordatlantischen Bündnis in Betracht. Und in den NATO-Staaten selbst – v. a. in Deutschland – sind jene Stimmen weitgehend verstummt, die bis vor Kurzem das Existenzrecht der Allianz in Frage stellten und die gleiche sicherheitspolitische Distanz zu Moskau und Washington verlangten.

Kombinationsprüfung Geographie/Gemeinschaftskunde
Übungsaufgabe 6: Nicht-Schwerpunktfach Gemeinschaftskunde
Impuls Gemeinschaftskunde

THEMA: POLITISCHE PARTIZIPATION ALS GRUNDLAGE DEMOKRATISCHER HERRSCHAFT

M 1 **Impuls** Phil Hubbe, 19. 09. 2016

Möglicher Verlauf des Prüfungsgesprächs

1 *Analysieren* Sie die Karikatur.

2 *Stellen* Sie die Funktion von Parteien im politischen Prozess *dar*.

3 *Bewerten* Sie eine Maßnahme, die politische Partizipation junger Menschen zu fördern.

TIPP **Allgemeine Hinweise zum zweiten Teil der mündlichen Prüfung**

Nach dem ersten Teil der Prüfung (Schwerpunktfach) erhalten Sie einen **Impuls**, der zum Nicht-Schwerpunktfach überleitet. Im Folgenden sehen Sie ein Beispiel des zweiten Teils einer Prüfung, bei der das **Schwerpunktfach „Geographie"** und das **Nicht-Schwerpunktfach „Gemeinschaftskunde"** gewählt wurden.
Für diesen Teil stehen nur ca. **7 Minuten** zur Verfügung. Dies sollten Sie bei Ihrem Zeitmanagement dringend berücksichtigen und beispielsweise im vorliegenden Fall auf eine ausführliche Beschreibung des Cartoons verzichten. Achten Sie wegen der Kürze der Zeit ganz besonders auf eine klare Strukturierung Ihrer Antworten.
Der folgende Prüfungsverlauf ist nicht allgemeingültig oder gar vorgeschrieben. Generell hängt dieser sehr stark vom Thema, aber auch von Ihrer Leistung ab. Anders als im ersten Prüfungsteil erhalten Sie die Aufgaben nicht schriftlich. Vielmehr ergeben diese sich im Gespräch und aufgrund Ihrer Darstellungen.

Lösungsvorschlag

1 **TIPP**

Die Analyse der Karikatur erfordert eine systematische und zugleich auf die Kernaussage fokussierte Wiedergabe der wesentlichen Bildinformationen.
Entscheidend ist die Erkenntnis, dass Volksparteien wie SPD und CDU nach Darstellung des Karikaturisten „ausgestorbene" bzw. „aussterbende Spezies" sind, die der heutigen Zeit nicht mehr gewachsen sind. Der Rückgang der Mitgliederzahlen und aktuelle Wahlergebnisse könnten als Belege dienen.

Zustand und Zukunft der Volksparteien

Die Karikatur von Phil Hubbe aus dem Jahr 2016 beschäftigt sich mit dem **Zustand bzw. der Zukunft der Volksparteien**.

- Überspitzt bezeichnet der Karikaturist **Volksparteien** wie die CDU und die SPD als **aussterbende Spezies**, deren Platz künftig im Naturkundemuseum neben Dinosauriern sein wird. Genau wie Dinosaurier, die aufgrund ihrer **mangelnden Anpassung an natürliche Gegebenheiten** schließlich ausstarben, werden nach Auffassung des Karikaturisten auch Volksparteien bald aus der politischen Landschaft verschwinden.
- Da Volksparteien sich vor allem dadurch auszeichnen, dass sie **breite Wählerschichten ansprechen** wollen und ihre Wählerschaft nicht nur aus begrenzten Interessengruppen rekrutieren,

sind ihre Programme sehr umfassend aber auch **wenig trennscharf**. Abfällig werden sie daher auch als **„Catch-all"-Parteien** bezeichnet, die anpassungsfähig und auf Machterhalt aus, aber unfähig sind, flexibel auf gesellschaftliche Strömungen zu reagieren.

- Folgende **Ereignisse bzw. Entwicklungen** könnten den Karikaturisten zu seiner Zeichnung angeregt haben: Die **Wahlergebnisse** verschiedenster Landtagswahlen, aber auch die Ergebnisse der letzten Bundestagswahl zeigen, dass vor allem die SPD viele Wählerstimmen einbüßen musste. Zwar sind bisher weder CDU noch SPD „ausgestorben", die Parteienlandschaft hat sich jedoch deutlich zu deren Ungunsten gewandelt und Volksparteien haben an Einfluss verloren.

2 **TIPP**

Die „Darstellung" verlangt, die besondere Rolle der Parteien zu beschreiben und ihre Aufgaben zu verdeutlichen. Die Funktion der Parteien als Scharnier zwischen Volk und Staatsapparat und umgekehrt sollte dabei veranschaulicht werden, ohne dass Vollständigkeit in der Darlegung aller Parteifunktionen zwingend wäre. Der Bezug zum Grundgesetz ist wünschenswert.

Rolle der Parteien

Parteien sind die **Verbindung zwischen Staat und Volk**. Sie spielen in einer parlamentarischen Demokratie wie der der Bundesrepublik Deutschland eine unerlässliche Rolle. Wie groß ihre Bedeutung ist, wird auch daran deutlich, dass sie als Träger der politischen Willensbildung in Art. 21 Abs. 1 GG explizit erwähnt werden und ihre (plurale) Existenz als wesentliches Merkmal einer Demokratie an und für sich gilt.

Funktionen

Im politischen Prozess übernehmen sie im Wesentlichen **fünf Funktionen**:

1. **Rekrutierungsfunktion:**
   Da es in der Regel ihre Funktionäre und Funktionärinnen sind, die zur Wahl stehen, kommt den Parteien die Aufgabe zu, die **Rekrutierung und Auswahl des politischen Personals** zu übernehmen. Parteien suchen und bilden geeignetes Personal aus, verantwortungsvolle Positionen zu übernehmen und stellen das Personal für die Parlamente und die Regierung.

2. **Programmfunktion:**
   Parteien wählen bestimmte Forderungen aus und bündeln eine Vielzahl heterogener Forderungen zu **parteipolitischen Zielen in einem Parteiprogramm**. Dadurch erhalten sie für den Wähler und die Wählerin ein Profil, das sie bei Wahlen möglichst attraktiv erscheinen lässt.

3. **Vermittlungsfunktion**
   Bei der Aggregation und Selektion von Interessen sind Parteien um Interessenausgleich bemüht. Sie versuchen, gegenläufige und widerstreitende Interessen verschiedener gesellschaftlicher Gruppen durch Kompromisse zu versöhnen und einen Ausgleich zwischen ihnen zu erzielen. So integrieren sie breit gestreute Gruppeninteressen. Gleiches gilt auch für die Vermittlung zwischen staatlichen und gesellschaftlichen Interessen. Auch hier treten die Parteien als Mittler auf und versuchen, einen Ausgleich der Interessen zu erzielen.

4. **Meinungsbildungsfunktion**
   Wie oben bereits erwähnt, wirken Parteien an der politischen Willensbildung des Volkes mit. Das bedeutet, dass sie die **öffentliche Meinung beeinflussen** und damit zur **Meinungs- und Willensbildung des Volkes beitragen**. Medien und Verbände dienen ebenfalls der politischen Willensbildung, anders als Parteien haben sie dazu jedoch keinen verfassungsrechtlichen Auftrag.

5. **Partizipationsfunktion**
   Parteien bieten den Bürgerinnen und Bürgern die Möglichkeit, sich **über Wahlen hinaus aktiv politisch zu beteiligen**. Durch die Mitarbeit in Parteigremien auf den unterschiedlichsten Ebenen, ist eine direkte Mitgestaltung von Politik möglich. Sie dient gleichzeitig der Legitimation parteipolitischer Entscheidungen.

TIPP Eine sehr gute Schülerleistung zeichnet sich auch dadurch aus, dass es dem Schüler oder der Schülerin gelingt, die Antworten miteinander zu verknüpfen und Zusammenhänge zwischen den einzelnen Teilaufgaben herzustellen. Im vorliegenden Fall könnten Sie beispielsweise ausgehend von dem schlechten Ruf, den Parteien bei Jugendlichen haben, bewerten, ob ein „moderneres" und „jugendlicheres Auftreten" der Parteien beispielsweise in sozialen Netzwerken geeignet wäre, die junge Generation für politische Beteiligung zu gewinnen.

3

TIPP

Sie sind in der Wahl der zu bewertenden Maßnahme zur Förderung der Partizipation junger Menschen frei. Sie können sowohl zu einer Maßnahme persönlich Stellung beziehen, die die formelle Beteiligung fördert, als auch zu einer, die die informelle Beteiligung fördert. Wichtig ist jedoch, dass Sie sich bei Ihrer Bewertung an Kriterien orientieren und sich vertieft mit der von Ihnen gewählten Maßnahme auseinandersetzen. Die Liste an Bewertungskriterien ist für jede gewählte Maßnahme lang. Versuchen Sie also bitte nicht, möglichst viele Kriterien „abzuhaken", sondern wählen Sie bewusst aus und nennen Sie die Kriterien explizit. Eine mögliche Verknüpfung mit der vorangegangenen Aufgabe wurde oben bereits angedeutet und kann dazu dienen, kurz zu begründen, wieso Sie sich für die Bewertung einer bestimmten Maßnahme entschieden haben.

Politische Partizipation junger Menschen

Die **politische Partizipation junger Menschen** zu fördern, wird von vielen unterschiedlichen Akteuren, in besonderem Maße aber von Parteien, immer wieder propagiert. Ein Blick in Statistiken zeigt jedoch, dass junge Menschen als Mitglieder in Parteien, aber auch bei der institutionalisiertesten Form der Partizipation, der Wahl, deutlich **unterrepräsentiert** sind. Mögliche Gründe dafür könnten sein, dass **Parteien auf junge Menschen wenig attraktiv wirken** und sich gerade die Jüngeren von ihnen nicht wahr- oder ernst genommen fühlen. Junge Menschen haben nicht den Eindruck, durch die Mitarbeit in einer Partei oder durch die Wahl etwas bewegen zu können.

Exemplarische Maßnahme: stärkere Präsenz auf Social-Media-Kanälen

- **Kriterium der Effizienz**: Die junge Generation verbringt viel Zeit online und ist geübt im Sammeln und Sortieren der als relevant empfundenen Themen. Wenn es Parteien gelingt, sich online attraktiv zu präsentieren, das eigene Programm als bedeutsam für Junge darzustellen, erhöht das die Chance, dass die jüngere Generation das vorherrschende negative Bild von Parteien ablegt. Starke Präsenz in den modernen Medien könnte darüber hinaus von Parteien dazu genutzt werden, Stimmungslagen zu ergründen oder Online-Umfragen durchzuführen. Mit geringem finanziellem Aufwand könnten davon Parteien und junge Menschen profitieren.

- **Kriterium der Nachhaltigkeit**: Jüngere könnten zu der Überzeugung gelangen, gehört zu werden und etwas verändern zu können. Diese Wirksamkeitsüberzeugung führt wiederum dazu, sich umfassender zu informieren und sie erhöht nachhaltig die Bereitschaft, Zeit für politisches Engagement zu investieren.
- **Kriterium der Gerechtigkeit**: Insgesamt würde Politik damit auch gerechter. Denn wenn Politik nur von Alten für Alte gemacht wird, leiden das Gemeinwohl und der gesellschaftliche Zusammenhalt. Künftig über moderne Medien einen genaueren Blick darauf zu werfen, was junge Menschen beschäftigt und wie man sie zur Beteiligung bewegen kann, bedeutet nicht, dass man andere aus dem Blick verliert.

Verstärkte Parteipräsenz auf Social Media kann eine **ergänzende Maßnahme**, kein Ersatz im Hinblick auf Partizipation sein.

Übungsaufgabe 1: Ostseeraum

Der **Ostseeraum** mit seinen neun Anrainerstaaten ist gekennzeichnet von einer klimatischen und morphologischen Vielfalt. Gleichzeitig sieht sich der prosperierende Raum Herausforderungen, die sich durch den Klimawandel ergeben, gegenübergestellt.

Aufgabenstellung

1 *Ordnen* Sie die Stationen A, B und C in M 1 den Orten Kopenhagen (1), Klaipeda (2) und Vilsandi (3) in M 2 anhand der geographischen Lage sowie der Jahresniederschlagssumme *begründet zu.* 5 VP

2 In der Westwindzone der Nordhalbkugel gelegen, wird der Ostseeraum im Verlauf eines Jahres überwiegend von Westwindwetterlagen geprägt.

a *Erläutern* Sie die aktuelle Windsituation am 02. 01. 2019, 6:00 UTC, über der Ostsee (M 3). 5 VP

b *Erstellen* Sie anhand von M 4 eine Wetterprognose für Malmö. 6 VP

3 *Charakterisieren* Sie die geomorphologischen Erscheinungsbilder von Bodden- und Schärenküste und *vergleichen* Sie diese beiden Küstenlandschaften hinsichtlich ihrer Genese. 7 VP

4 In vielen Regionen der Erde steigt der Meeresspiegel nachweislich an.

Stellen Sie vier mögliche Gründe für einen Anstieg des Meeresspiegels in der Ostsee *dar.* 6 VP

5 Der voranschreitende Klimawandel stellt die Anrainerstaaten der Ostsee vor Herausforderungen, die eine verstärkte Auseinandersetzung mit möglichen Anpassungs- oder Vermeidungsstrategien nahelegen.

a *Stellen* Sie ausgehend von den in M 5 abgebildeten Herausforderungen, die sich im Zuge des Klimawandels für die Ostsee-Anrainerstaaten ergeben, fünf mögliche Anpassungsstrategien *dar.* 9 VP

b *Erörtern* Sie anhand von M 6, M 7 und M 8 die Klimawandel-Anpassungsstrategie „Ausbau von Offshore-Windenergieparks“ in der Ostsee. 12 VP

6 „In Bezug auf den Verstädterungsprozess weisen Finnland, Schweden, Dänemark, Lettland und Estland typische Merkmale von Industrieländern auf.“

Überprüfen Sie diese Aussage für drei typische Merkmale der Verstädterung anhand der Materialien M 9 bis M 11. 10 VP

60 VP

M 1 Klimadiagramme ausgewählter Stationen an der Ostsee

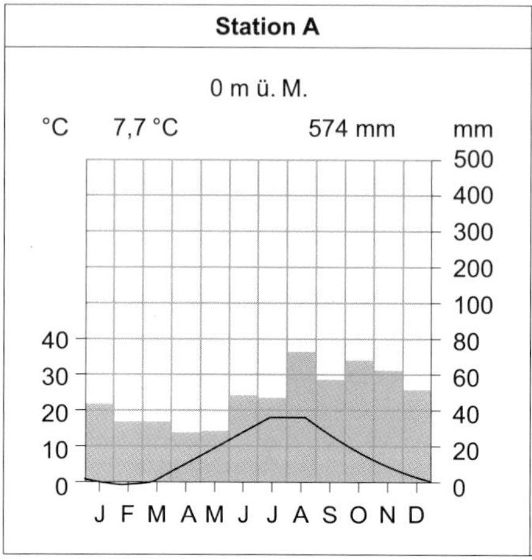

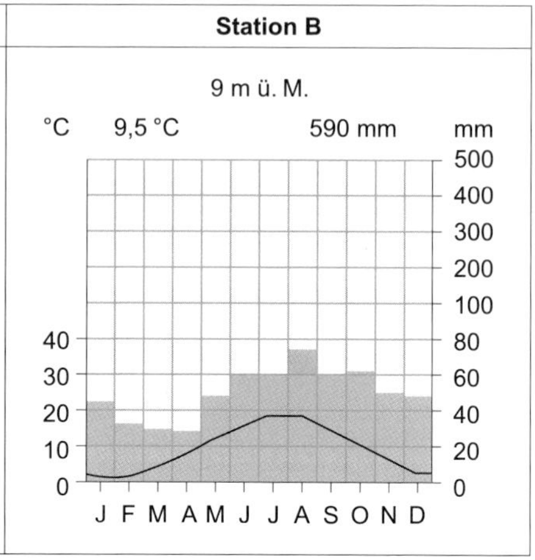

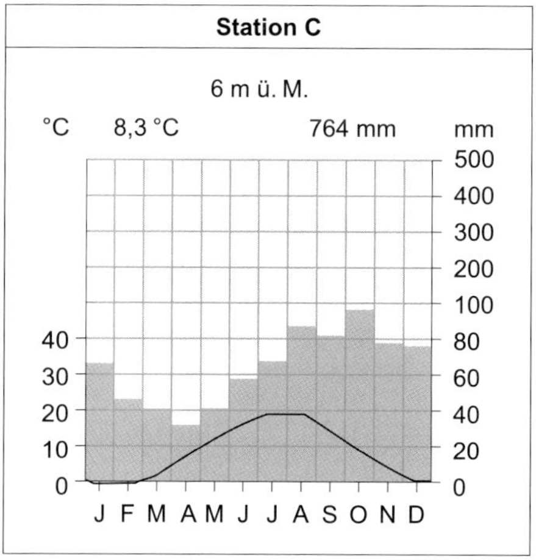

Bei allen drei Stationen: Messreihe 1990 – 2020

nach: LMZ-BW Geo Portal

M 2 Lage der Stationen

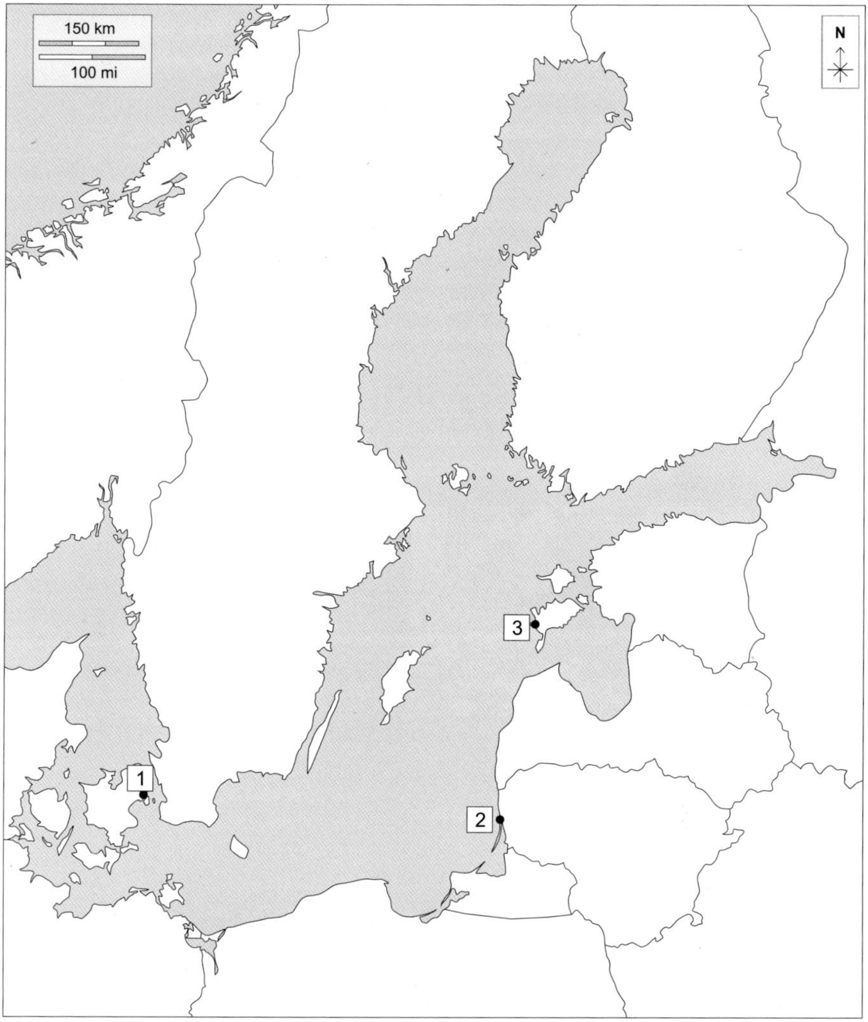

eigene Darstellung nach: https://d-maps.com/carte.php?num_car=2076&lang=de

M 3 **Bodenwetterkarte vom 02. 01. 2019, 6:00 Uhr**

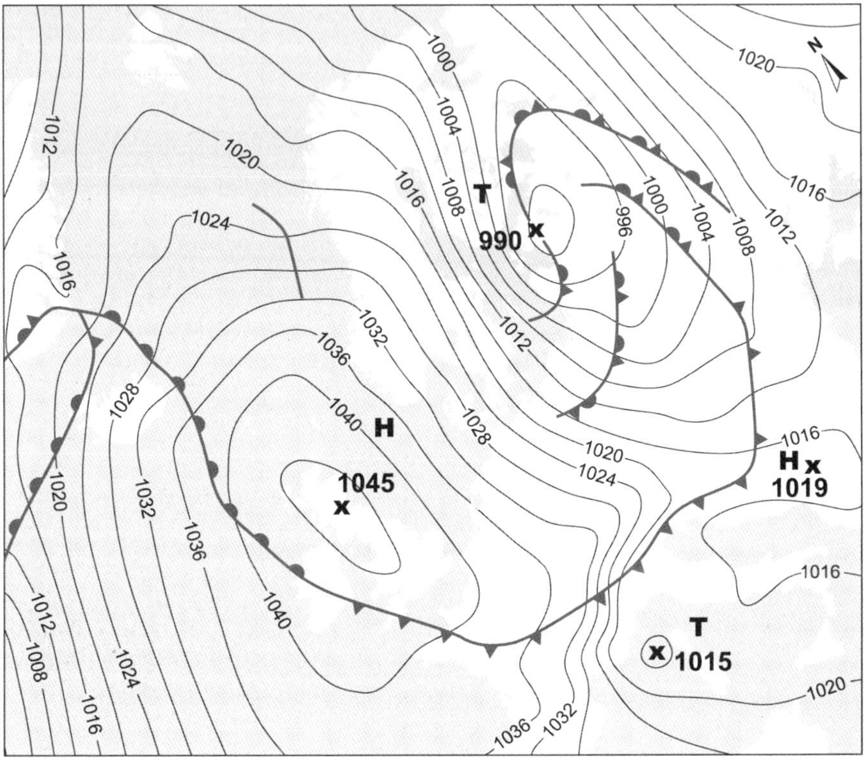

© cartomedia, Karlsruhe

M 4 Bodenwetterkarte vom 22. 02. 2022, 6:00 Uhr

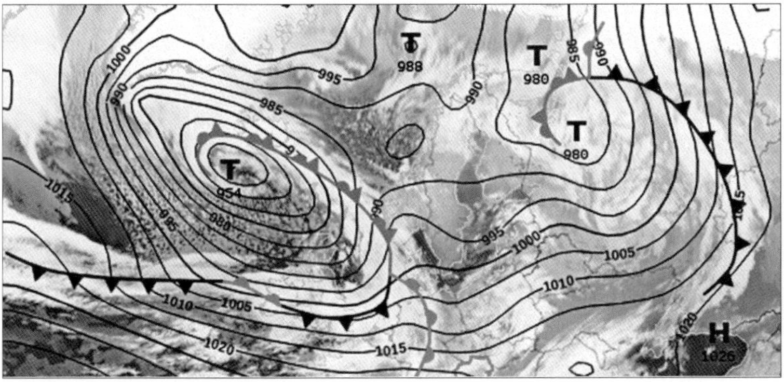

ZAMG, https://www.zamg.ac.at/cms/de/wetter/wetterkarte?tag=20&monat=02&jahr=2022&utc=06 (verändert)

M 5 Beziehungsgeflecht der Herausforderungen für das Küstenmanagement der Ostsee-Anrainerstaaten

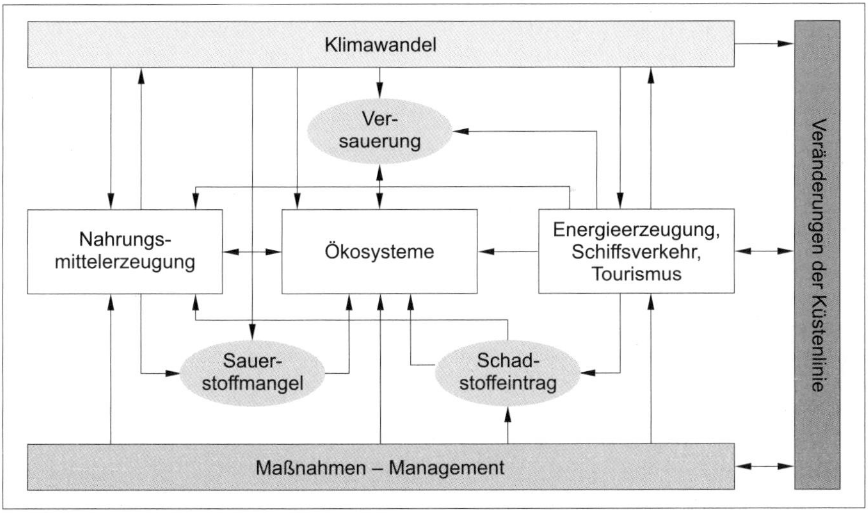

nach: Reckermann, M./Omstedt, A./Soomere, T. et. al: „Human impacts and their interactions in the Baltic Sea region", 2021, S. 76 f., Earth Syst. Dynam., 13, 1–80, 2022, https://doi.org/10.5194/esd-13-1-2022 © Author(s) 2022. CC-BY 4.0, übersetzt

M 6 Bestehende und geplante Windparks in der Ostsee (Stand: 2017)

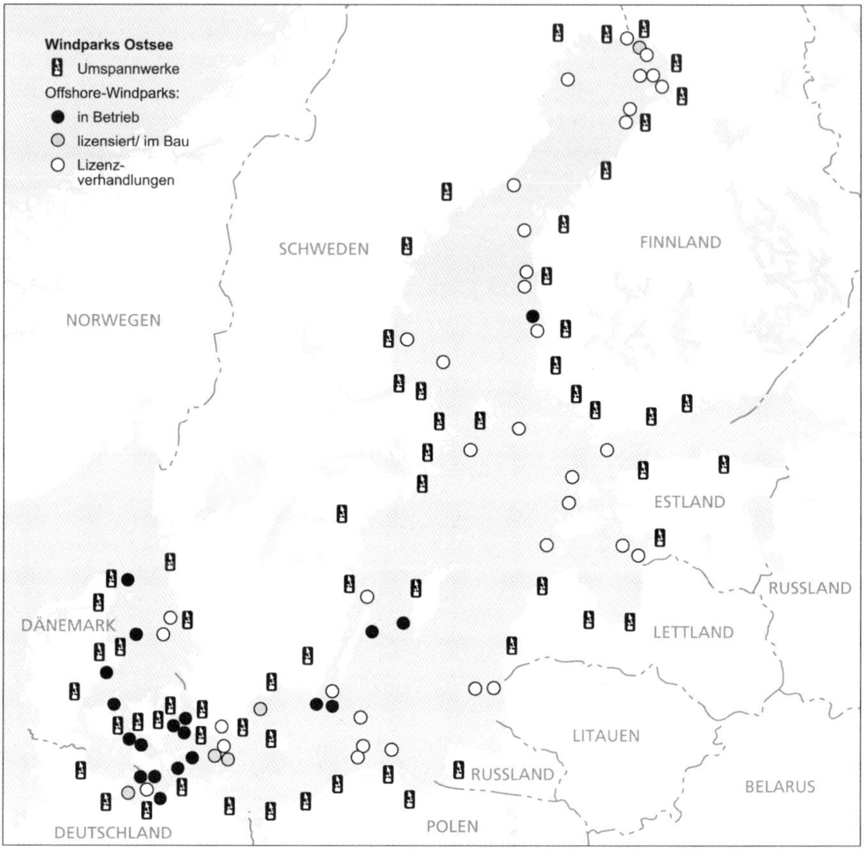

© cartomedia, Karlsruhe; nach: Baltic LINes internat report by PTMEW, 2017, In: Maritime Institute in Gdansk/Magdalena Matczak: Quo Vadis: Exploring the future of shipping in the Baltic Sea, S. 39, https://vasab.org/wp-content/uploads/2018/08/20180730_FutureShippingQuoVadis.pdf

M 7 Wachstumsbereiche Windenergie und Containerschifffahrt

Im 21. Jahrhundert hat sich der Schiffsverkehr auf der Ostsee stark intensiviert, Container-, Tank- und Kreuzfahrtschiffe haben hieran den Löwenanteil. Wenn auch die Containerschiffe weltweit immer größer werden – das im Jahr 2022 größte misst eine Länge von 400 Metern sowie eine Breite von 59 Metern und besitzt eine Beladungskapazität von 20 700 Standardcontainern – so bleibt der Zugang zur Ostsee aus natürlichen Gründen (Kattegatt und Großer Belt) doch eingeschränkt. Die Panamax-Klasse (260–290 m Länge, ca. 15 m Tiefgang) kann gerade noch passieren. Der Nord-Ostsee-Kanal ist für Containerschiffe bei weitem nicht tief genug. Die Anrainerstaaten der östlichen Ostsee – wie Estland, Lettland, Litauen, Finnland und Schweden – bauen seit 2015 ihre Häfen intensiv aus, erweitern Terminals und Tiefwasserbecken. Russland baut knapp 140 km südwestlich von St. Petersburg bei Ust Luga einen komplett neuen Containerterminal mit Tiefwasserbecken, der 2025 der größte und fortschrittlichste von Russland und Osteuropa sein soll. Mit dem Ausbau dieser Häfen wird sich die Abfertigungskapazität von Container- und Tankschiffen in der Ostsee bis Ende der 2020er-Jahre verdreifachen. Meist ist mit den Hafenerweiterungen auch ein Ausbau der ins Hinterland führenden Eisenbahnstrecken verbunden.

Offshore-Windkraftanlagen leisten einen wichtigen Beitrag zur Energiegewinnung aus regenerativen Quellen. Von 2013 bis 2020 hat Deutschland seine in Offshore-Windenergieanlagen in Nord- und Ostsee installierte Leistung fast versiebenfacht. Der Anteil der Windkraft an der gesamten Stromerzeugung in Deutschland lag 2020 bei 23,3 % (Onshore 80 %, Offshore 20 %). Offshore-Windkraftanlagen sind infolge der beständigeren Windsituation deutlich effektiver als Windkraftanlagen an Land. Bei kleineren und küstennahen Offshore-Anlagen wird der erzeugte Strom über Seekabel zu Umspannwerken an Land geführt. Bei großen und küstenfernen Anlagen wären die Übertragungsverluste zu groß, daher wird der Strom hier zunächst an einer Offshore-Plattform gebündelt und dann per Seekabel an Land geführt. Weltweit belegt Deutschland hinsichtlich der in Windkraft installierten Leistung den dritten Platz (nach dem Vereinigten Königreich und China). Dänemarks Stromerzeugung aus Windkraft beläuft sich auf ein Fünftel der deutschen Leistung, Schweden und Finnland liegen weit dahinter, andere Ostseeanrainer erscheinen bisher nicht in einschlägigen Statistiken.

eigener Text auf der Basis von:
- *https://www.nautischer-verein-kiel.de/media/files/pdf/140726_Schiffsicherheit_auf_der_Ostsee.pdf*
- *http://www1.eurogate.de/Terminals/Ust-Luga*
- *https://www.windindustrie-in-deutschland.de/unternehmensmeldung/offshore-anteil-am-windenergie-gesamtertrag-steigt-im-jahr-2021-auf-fast-18-prozent*
- *https://schiffspositionen.net/containerschiffe-positionen/*
- *https://www.vesselfinder.com/de/vessels/MOL-TRIUMPH-IMO-9769271-MMSI-538007360*
- *https://www.offshore-stiftung.de/offshore-windenergie*

M 8 Containerschifffahrtsrouten in der Ostsee und der südlichen Nordsee

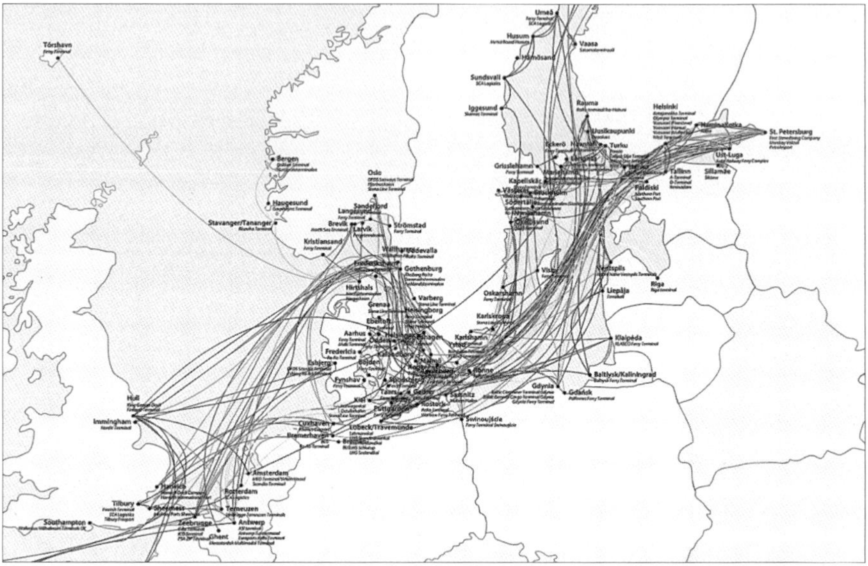

Baltic Transport Journal 2012, In: https://www.nautischer-verein-kiel.de/media/files/pdf/140726 Schiffsicherheit_auf_der_Ostsee.pdf (S. 9)

M 9 Entwicklung der Gesamtbevölkerung und der städtischen Bevölkerung ausgewählter Ostsee-Anrainerstaaten (1980–2020; in Millionen)

	1980	1990	2000	2010	2020*
Finnland	4,77 ** 3,43 ***	4,97 3,97	5,17 4,26	5,35 4,49	5,53 4,77
Schweden	8,32 ** 6,91 ***	8,59 7,12	8,88 7,46	9,42 7,99	10,38 8,91
Dänemark	5,12 ** 4,29 ***	5,14 4,36	5,33 4,55	5,54 4,82	5,82 5,11
Lettland	2,51 ** 1,69 ***	2,68 (1992) 1,85	2,38 1,62	2,12 1,44	1,91 1,29
Estland	1,48 ** 1,00 ***	1,50 (1993) 1,00 (1995)	1,40 0,97	1,33 0,91	1,33 0,90

* Projektion, ** 1. Zeile: jeweils Gesamtbevölkerung, *** 2. Zeile: jeweils städtische Bevölkerung

Zusammenstellung nach: Weltbank, UN

M 10 Größte Städte in ausgewählten Ostsee-Anrainerstaaten (1980–2020)

Finnland	Schweden	Dänemark	Lettland	Estland
Helsinki 656 920 EW	Stockholm 975 551 EW	Kopenhagen 644 431 EW	Riga 620 974 EW	Tallinn 438 341 EW
Espoo 292 796 EW	Göteborg 655 078 EW	Aarhus 355 238 EW	Daugavpils 81 074 EW	Tartu 91 407 EW
Tampere 241 009 EW	Malmö 324 002 EW	Aalborg 211 082 EW	Liepaja 68 200 EW	Narva 53 424 EW

EW = Einwohner

Zusammenstellung, Daten nach: Statista

M 11 Entwicklung der Einwohnerzahlen der Hauptstädte ausgewählter Ostsee-Anrainerstaaten (1980–2020)

	1980	1990	2000	2010	2020
Helsinki	483 675	490 872	551 123	583 350	656 920
Stockholm	647 452	674 452	750 349	847 073	975 551
Kopenhagen	489 850	466 723	495 699	528 208	644 431
Riga	835 985	909 135	764 329	673 433	620 974
Tallinn	441 800	479 666	400 378	398 500	438 341

Zusammenstellung nach: Statistikamt Lettland; CSP Lettland; GUS Polen, Eurostat; de.wikipedia.org

TIPP **Allgemeine Hinweise zur Lösung der Aufgabe**

Diese Übungsaufgabe betrachtet den Ostseeraum mit den Küstenregionen seiner Anrainerstaaten. Ab dem Abitur 2023 gewinnen die Abituraufgaben angesichts des stärker als bisher auf physisch-geographische Themen ausgerichteten Bildungsplanes ein insgesamt verändertes „Mischungsverhältnis". Galt zuvor die Faustregel, dass physisch-geographische und anthropogeographische Aufgaben sich in etwa die Waage halten sollten, verliert nun die Wirtschaftsgeographie an Gewicht. Dies heißt jedoch nicht, dass der Mensch mit seinem Wirken auf unserem Planeten in den Aufgaben nicht mehr von Bedeutung ist: Mit den „Globalen Herausforderungen", der „Verwundbarkeit von Räumen durch Naturgefahren" und den „Entwicklungen in der Anthroposphäre" findet mehr denn je eine systemische, vernetzende Betrachtung unseres Lebensraumes statt.
Die vorliegende Übungsaufgabe greift in den Aufgaben 1 bis 3 klassisch physisch-geographische Themen aus der **Atmosphäre** sowie **Reliefsphäre** auf und wendet sich im Anschluss daran mit den Aufgaben 4 und 5 verschiedenen Facetten des **Klimawandels** zu. Abgerundet wird die 60 VP-Aufgabe mit einer Teilaufgabe zu Aspekten der **Verstädterung**. Bei dieser letzten Aufgabe benötigen Sie den Taschenrechner. Außerdem kann Sie der Atlas bei mehreren Aufgaben unterstützen.

Lösungsvorschlag

1 **TIPP**

Aufgabe 1 fällt in das Themenfeld **„Prozesse in der Atmosphäre"** und hier in den Bereich des Schwerpunktthemas „die Vielfalt der Klimate als Folge solarer Einstrahlung und atmosphärischer Prozesse erklären". An dieser Stelle sollen Sie die abgebildeten Klimadiagramme A bis C den in M 2 verorteten Stationen 1 (Kopenhagen), 2 (Klaipeda) und 3 (Vilsandi) begründet zuordnen und dabei mit Aspekten der geographischen Lage und der Jahresniederschlagssumme argumentieren. Wichtig bei diesem Aufgabentyp ist, dass Sie für **jede** Station eine begründete Zuordnung formulieren.

Vilsandi (3) liegt deutlich weiter nördlich als die beiden anderen Stationen, also ist Vilsandi mit Blick auf die solare Einstrahlung dem Klimadiagramm der **Station A** zuzuordnen, da es die niedrigste Jahresmitteltemperatur (7,7 °C) der drei Stationen aufweist. Station A: Vilsandi

Die Stationen Kopenhagen (1) und Klaipeda (2) befinden sich annähernd auf demselben geographischen Breitengrad und weisen deutlich höhere Jahresdurchschnittstemperaturen auf als Vilsandi (Station A). Im direkten Vergleich der Klimadiagramme B und C unterscheiden sich diese jedoch sowohl bei der Jahresmitteltemperatur (9,5 °C gegenüber 8,3 °C) als auch bei der Jahresniederschlagssumme (590 mm gegenüber 764 mm) deutlich. Während Kopenhagen mit Blick auf die innerhalb der Westwindzone (Ferrel-Zelle) sehr häufig aus westlichen Richtungen stammenden Niederschläge eine Lee-Lage innehat, nimmt Klaipeda an der Ostküste Litauens doch eher eine Luv-Lage ein. Damit lässt sich begründen, dass **Station B Kopenhagen** darstellt und **Station C Klaipeda**. Die deutlich höhere Jahresdurchschnittstemperatur von Kopenhagen (9,5 °C) kann zum einen ebenfalls auf den im Vergleich zu Klaipeda geringeren maritimen Einfluss zurückzuführen sein, zum anderen spielen hier sicherlich Aspekte des Stadtklimas eine Rolle.

Station B: Kopenhagen
Station C: Klaipeda

Das auf ca. 58 °N gelegene Vilsandi, welches an der Ostküste der Insel Ösel (bzw. Saaremaa) zu finden ist, weist eine deutlich geringere Jahresniederschlagssumme als Klaipeda auf. Dies hat damit zu tun, dass die Luv-Lage Vilsandis infolge der westlich der Ostsee gelegenen Landmassen Norwegens und Schwedens mit ihren orographischen Hindernissen deutlich weniger stark ausgeprägt ist.

Niederschläge bei Station A

2 **TIPP**

Aufgabe 2 bewegt sich ebenfalls im Themenfeld **„Prozesse in der Atmosphäre"**, ist jedoch dem Schwerpunktthema „lokale Wetterereignisse und Wetterlagen anhand von Wetterkarten und Satellitenbildern erklären und Wetterprognosen erklären" zuzuordnen.

2a **TIPP**

Aufgabe 2a verlangt von Ihnen eine Erläuterung der in M 3 abgebildeten Windsituation. Hierbei ist zu beachten, dass Sie beim Operator „Erläutern" nicht Ihr gesamtes Wissen über die atmosphärischen Prozesse in der Ferrel-Zelle darstellen müssen, wohl aber grundlegende Rahmenbedingungen mit einbeziehen können. M 3 fordert Ihre besondere Aufmerksamkeit, denn diese Karte ist nicht genordet. So müssen Sie zunächst Ihre Perspektive anpassen, um im Folgenden die Windrichtung exakt bestimmen zu können (siehe Nordpfeil in der Abbildung oben rechts).

Die Wettersituation über der Ostsee am 02.01.2019, 6 Uhr UTC, wird von einem ausgeprägten **Hoch** (1 045 hPa) über Großbritannien und einem beachtlichen **Tief** (990 hPa) über der Maanselkä (Grenzgebiet Finnland – Russland) bestimmt. Weil sich die Luftmassen auf der Nordhalbkugel um ein Hoch im Uhrzeigersinn und um ein Tief gegen den Uhrzeigersinn bewegen, ergibt sich so über der Ostsee ein Wind aus nördlicher Richtung (NNO). Angesichts der Jahreszeit und der Nordwindlage werden hier kalte Luftmassen in Richtung Süden transportiert. Infolge des an der Isobarenscharung ebenfalls erkennbaren großen **Luftdruckgefälles** handelt es sich dabei um einen starken Wind, der das Ostseewasser auf die südliche Küste zutreibt (**Sturmflutgefahr**). Windsituation

2b **TIPP**

Aufgabe 2b fordert Sie auf, aus der in M 4 abgebildeten Wettersituation auf der Basis Ihres Wissens über Details der atmosphärischen Prozesse in der Westwindzone (Ferrel-Zelle) eine schlüssige Wetterprognose für Malmö zu erstellen. Obwohl hier keine Temperaturen und Windrichtungen verzeichnet sind, muss es Ihnen möglich sein, diese in relativer Qualität zu benennen und die Veränderung der Windrichtung aus der absehbaren Verlagerung des Frontensystems nach WNW ableiten zu können.

Aktuell liegt der Luftdruck in **Malmö** bei ca. 1 000 hPa, von Westen nähert sich eine Warmfront, in deren Vorfeld sehr bald die ersten Cirrus-Wolken am Horizont auftauchen werden. Im Bereich der Frontfläche, in dem die Warmluft des Warmluftsektors auf die davorliegende Kaltluft aufgleitet, bilden sich zunächst Altocumulus- und dann Nimbostratus-Wolken, sodass nachfolgend in Malmö mit **Regen** zu rechnen ist. Weil Malmö sich bereits recht nahe zur Okklusion befindet und der Warmluftsektor daher nicht mehr so ausgedehnt ist, werden die Niederschläge an der Warmfront aller Voraussicht nach direkt in die Niederschläge der Kaltfront übergehen. Wettersituation und -prognose

Bei leicht steigenden **Temperaturen** werden die **Niederschläge** also zunächst anhalten, bevor sie dann schauerartig ausfallen und nach dem Durchzug der Zyklone ganz abklingen werden. Mit dem Eintreffen der Kaltfront werden die Temperaturen zunächst deutlich sinken, der Luftdruck wird leicht steigen.

Der **Wind** kommt in den (beiden) folgenden Tagen aus südwestlichen Richtungen.

3 **TIPP**

Aufgabe 3 ist dem Themenfeld **„Formen und Prozesse der Reliefsphäre"** zuzuordnen und hier dem Schwerpunktthema „charakteristische Oberflächenformen von zwei ausgewählten Landschaften (Fluss-, Küstenlandschaft) als Ergebnis endogener und/oder exogener Prozesse erklären". Diese Aufgabenstellung enthält mit „Charakterisieren" und „Vergleichen" einen sogenannten „Doppeloperator". Beide Operatoren stammen aus dem Anforderungsbereich II und nehmen damit Ihre Reorganisations- und Transferkompetenz ins Visier. Im Rahmen dieser Aufgabe fällt bei „Charakterisieren" die Reorganisation stärker ins Gewicht, bei „Vergleichen" wird die Transferkompetenz etwas stärker gefordert.
Bei dieser Aufgabe müssen Sie allein auf Ihr Wissen zurückgreifen, da die Aufgabe nicht mit einem Material verbunden ist. Ein Blick in den **Atlas** kann hilfreich sein, falls Sie sich gar nicht mehr erinnern können, von welcher Gestalt Schären oder Bodden sind.
Nach einer kurzen Bezeichnung des jeweils typischen Erscheinungsbildes dieser Oberflächenformen sollen Sie unter Befolgung der Arbeitsanweisung „Vergleichen" Gemeinsamkeiten und Unterschiede der Genese von Bodden- und Schärenküste darstellen sowie ein **Ergebnis** formulieren. Vor allem den letzten Schritt sollten Sie nicht außer Acht lassen.

Definition

Schären sind kleine Felsinseln, die an **Schärenküsten** in großer Zahl (also „vergesellschaftet") auftreten, so zum Beispiel an der schwedischen Südostküste.
Bodden haben die Gestalt mehr oder weniger großer, meist flacher Buchten vor bzw. an der Flachküste. Sie sind in großer Zahl an der Küste Mecklenburg-Vorpommerns anzutreffen.

Gemeinsamkeiten

Schären- und Boddenküste haben im Hinblick auf ihre Genese gemeinsam, dass ihre Formen durch Prozesse entstanden sind, die sich mit **glazial** bedingten Vorgängen in Verbindung bringen lassen. Des Weiteren zählen beide Küstenformen zu den sogenannten **„zurückgewichenen Küsten"**.

Unterschiede

Die **Schärenküsten** gehören allerdings zu den **Felsküsten**, während die Boddenküsten den Lockergesteinsküsten zuzuordnen sind. Geomorphogenetisch sind Schären Rundhöcker, die vom Inlandeis überströmt und dabei abgeschliffen wurden. Nach dem Ende der Eiszeit wurden solche „Rundhöckerlandschaften" im Ostseeraum dann marin überflutet, sie sind heute als Schären weiterhin marinen und atmosphärischen Verwitterungsprozessen ausgesetzt.
Die **Boddenküste** ist eine ehemalige **Grundmoränenlandschaft**, die im Holozän im Zuge des (sowohl eustatischen als auch isostatischen) Meeresspiegelanstiegs zu großen Teilen überschwemmt wurde. Da Grundmoränen von welliger bzw. hügeliger Struktur sind,

hat die Boddenküste einen unregelmäßigen Grundriss und die Bodden selbst sind unterschiedlich tief.

Fazit

Während es sich bei beiden Küstenformen um postglazial überschwemmte Gebiete handelt, unterscheiden sie sich vor allem im Hinblick auf ihre geomorphologische Gestalt.

4 **TIPP**

Aufgabe 4 ist im Themenfeld **„Globale Herausforderung: Klimawandel"** angesiedelt. Der „Meeresspiegelanstieg" ist im Bildungsplan nicht als verbindlicher Arbeitsbegriff ausgewiesen. Aus einer inhaltlichen Auseinandersetzung mit den thematischen Bereichen „Klimawandel", „Küstenschutz" und „Vulnerabilität von Städten" ist er aber nicht wegzudenken, sodass Sie sich im Unterricht mit den Gründen für den Meeresspiegelanstieg auseinandergesetzt haben werden.
In Aufgabe 4 begegnet Ihnen wie in Aufgabe 3 eine weitere Arbeitsanweisung, die nicht an ein Material gebunden ist. Auch der Atlas wird Ihnen hier nicht weiterhelfen, es wird also ausschließlich Ihr Wissen abgerufen. Mit dem explizit hergestellten Raumbezug kommt ein bestimmter Grund für einen Meeresspiegelanstieg zum Tragen, der beispielsweise in tropischen Gefilden weniger von Belang ist.

Gründe für den Meeresspiegelanstieg in der Ostsee

Bei „Meeresspiegelanstieg" denken viele zunächst an die Erderwärmung und die damit verbundenen abschmelzenden Inlandeismassen, die in Form von Wasser über die Flüsse in die Meere gelangen (**eustatischer Meeresspiegelanstieg**).
Des Weiteren führt eine allgemeine Erderwärmung auch zu einer Erwärmung des Meerwassers, das sich dabei ausdehnt (**sterischer Meeresspiegelanstieg**).
Außerdem kann eine **Veränderung des Wasserhaushaltes auf den Kontinenten** (schnellerer Abfluss/geringere Rückhaltekapazität) zu einem Anstieg des Meeresspiegels beitragen.
Mit Blick auf den Ostseeraum wäre auch noch die Option des **isostatischen Meeresspiegelanstiegs** zu nennen. Dieser Ansatz geht davon aus, dass sich Landmassen, die sich infolge des mächtigen Eispanzers der letzten Eiszeit absenkten, nach Abschmelzen des Eises wieder heben (Ostseebecken) und damit auch den Meeresspiegel anheben können.

5 **TIPP**

In der zweiteiligen **Aufgabe 5** steht das Schwerpunktthema „aktuelle Maßnahmen gegen und Anpassungsstrategien an den Klimawandel unter dem Aspekt einer nachhaltigen Entwicklung auf unterschiedliche Maßstabsebenen bewerten“ (Themenfeld „Globale Herausforderung: Klimawandel“) im Zentrum der Betrachtungen.

5a **TIPP**

Aufgabe 5a fordert Sie auf, ausgehend von dem in M 5 abgebildeten Beziehungsgeflecht zielführende Anpassungsstrategien für die Ostsee-Anrainerstaaten darzustellen. Dazu müssen Sie in einem ersten Schritt die entsprechenden Herausforderungen verbalisieren, um dann Maßnahmen formulieren zu können. Dabei greifen Sie auf Ihr im Unterricht erworbenes Wissen zurück und wenden es sinnvoll auf die abgebildeten Zusammenhänge an. Besonders zu beachten ist hier, dass sie **fünf** Anpassungsstrategien darstellen sollen. Dies gestalten Sie optisch am besten durch eine sinnvolle Gliederung in Sinnabschnitte, anstatt Ihre Ausführungen monoton durchzunummerieren. Aufgrund der engen Verflechtungen der in M 5 angesprochenen Bereiche sollten Sie dabei die einzelnen Maßnahmen nicht künstlich voneinander isolieren.
Hinweis: Im folgenden Lösungsbeispiel finden Sie insgesamt sieben mögliche Maßnahmen, die Aufgabe verlangt von Ihnen jedoch nur fünf.

Das Beziehungsgeflecht M 5 ist komplex und bildet damit die Wirklichkeit in abstrahierter Form passend ab. Grundsätzlich ähnelt es stark einem Wirkungsgefüge und lässt dementsprechend auch Wechselwirkungen erkennen.

Herausforderung „Nahrungsmittelversorgung“

Auf sozialer und ökonomischer Ebene beeinflusst der Klimawandel die Rahmenbedingungen für die Nahrungsmittelerzeugung zu Land (z. B. Missernten oder Ernteausfälle durch Extremwetterereignisse) und zu Wasser (z. B. durch veränderte Lebensbedingungen für heimische Fischarten). Gleichzeitig wirkt sich die menschliche Aktivität im Bereich der Nahrungsmittelsicherung auf den Klimawandel aus, etwa durch CO_2-Emissionen von Bewirtschaftungsfahrzeugen oder Methanproduktion aus intensiver Nutzviehhaltung. Daraus ergibt sich für die Ostsee-Anrainerstaaten die Notwendigkeit für Maßnahmen, die zu einer klimaverträglicheren Nahrungsmittelerzeugung führen, wie zum Beispiel eine **Förderung der Bio-Landwirtschaft** oder eine konsequentere **Kontrolle im Bereich der (industriellen) Fischerei**.

In dem Rechteck „Energieerzeugung, Schiffsverkehr, Tourismus“ werden drei Bereiche zusammengefasst, die eng miteinander verflochten sind. Im Fokus stehen hier erneut die mit diesen menschlichen Aktivitäten verbundenen Emissionen, die zum einen die Erderwärmung vorantreiben und zum anderen zur Belastung sowohl der marinen als auch der terrestrischen Ökosysteme beitragen. Um Emissionen zu reduzieren, sollten verstärkt Maßnahmen zur Förderung der **Energieerzeugung aus regenerativen Quellen** in den Blick genommen und die **Intensität des Schiffsverkehrs** stärker reguliert werden. Ein Umdenken in Richtung **emissionsärmerer Treibstoffe** für Schiffe (v. a. im touristischen Sektor) wäre lohnenswert, wenn auch mit hohen Kosten verbunden. Eine stärkere Sensibilisierung der Touristen für einen **nachhaltigen Urlaub** und mehr entsprechende Angebote wären ebenfalls zielführend.

Herausforderung „Energie, Schiffsverkehr, Tourismus“

Schließlich macht M 5 deutlich, dass sich der Klimawandel des Weiteren auf den Verlauf der Küstenlinie auswirkt, etwa durch den Meeresspiegelanstieg oder verstärkte Erosionsprozesse infolge von Extremwetterereignissen (in diesem Fall Sturmfluten). Daraus ergibt sich für die Ostsee-Anrainerstaaten die Notwendigkeit, stärker in den **Küstenschutz** zu investieren. Für Flachküsten bedeutet dies in der Regel eine Erhöhung und Verbreiterung von Deichen, an Steilküsten gestaltet sich der Küstenschutz schwieriger.

Herausforderung „Küstenschutz“

5b **TIPP**

Aufgabe 5b ist eine klassische Erörterungsaufgabe und verlangt in diesem Zusammenhang ein Abwägen von Pro- und Kontra-Argumenten, das in eine abschließende Ergebnisformulierung mündet. Bei Aufgaben, die dem Anforderungsbereich III zuzuordnen sind, wird in besonderem Maße auf eine strukturierte Ausführung Wert gelegt, die in etwa mit dem etablierten Aufsatzformat „Einleitung – Hauptteil – Schluss“ verglichen werden kann. Die Verrechnungspunkte teilen sich bei solchen Aufgaben in der Regel in sogenannte „Darstellungspunkte“ (welche neben der Schlüssigkeit der Darstellung u. a. auch die eben bezeichnete Gliederung umfassen und ein bis zwei Verrechnungspunkte ausmachen) und „Inhaltspunkte“. Beachten Sie den Hinweis **„anhand von“**, der Sie in die Pflicht nimmt, sich im Verlauf Ihrer Erörterung auf Aspekte zu beschränken, die sich aus den **Materialien M 6 bis M 8** ergeben.

Angesichts des globalen Klimawandels und zwischenstaatlicher Konflikte um (fossile) Energierohstoffe wird die Notwendigkeit eines trag- und zukunftsfähigen Energiemanagements immer dringlicher. Für viele sind regenerative Energiequellen wie Wind aus entsprechenden Konzeptionen nicht mehr wegzudenken.

Energiemanagement der Zukunft

Offshore-Windkraftanlagen konzentrieren sich bisher vor allem im westlichen und südlichen Bereich der Ostsee (M 6). Gerade für die östlichen Anrainerstaaten und Finnland, aber auch für Schweden besteht also noch großes Potenzial für die Errichtung bzw. den Ausbau solcher Anlagen. Die zahlreichen Signaturen in der Karte zeigen, dass hier offensichtlich bereits viele Lizenzverhandlungen im Gange sind. Das spricht für ein Bewusstsein bezüglich des Potenzials von Windkraftanlagen für die künftige Energiegewinnung.

Potenzial der Windkraft

Andererseits ist die Ostsee ein **stark befahrenes Nebenmeer**, wie aus M 8 hervorgeht. Obwohl die Zufahrtsmöglichkeiten in die Ostsee natürlichen Beschränkungen unterliegen, wird die (Container-) Schifffahrt in diesem Gebiet laut M 7 weiter zunehmen. Dazu trägt u. a. der Ausbau der Häfen mehrerer Anrainerstaaten bei. Steigt aber die Intensität des Schiffsverkehrs, ist auch mit einer zunehmenden marinen **Flächennutzungskonkurrenz** zu rechnen, die sich möglicherweise nachteilig auf den verfügbaren Raum für Offshore-Windkraftanlagen auswirken könnte. Denn Offshore-Windkraftanlagen treten nicht als einzelne Bauwerke auf, sondern in mehr oder weniger ausgedehnten Windparks, in deren Bereich Durchfahrten großer Schiffe schlecht möglich sind. Andererseits befinden sich zahlreiche bereits bestehende Windparks in relativer Küstennähe (aufgrund einer besseren Anbindung an Umspannwerke) und treten in solchen Fällen im Unterschied zu den küstenfernen Hochleistungs-Windparks nicht zwingend in Konkurrenz zu Containerschiff-Routen.

Flächennutzungskonkurrenz mit der Schifffahrt

Angesichts der Endlichkeit fossiler Energieträger und des fortschreitenden Klimawandels ist ein Umdenken in Richtung einer **Energiegewinnung aus regenerativen Quellen** unausweichlich. Bei der Windenergie übersteigt die Effektivität von Offshore-Anlagen diejenige von Windparks auf dem Land (Onshore-Anlagen) um ein Vielfaches. Auch angesichts dessen, dass wirtschaftliche Aktivität nicht unendlich steigerbar ist und staatliche Abhängigkeiten von Energielieferungen aus anderen Ländern reduziert werden sollten, überwiegen die Argumente für einen Ausbau der Offshore-Windparkanlagen in der Ostsee.

Fazit

TIPP

Aufgabe 6 richtet sich auf die „**Globale Herausforderung: Städte** unter dem Einfluss gesellschaftlicher und naturräumlicher Veränderungen" und hier speziell auf das Schwerpunktthema „Ursachen und Dimensionen weltweiter Verstädterung anhand unterschiedlicher Erklärungsansätze überprüfen". Die Aufgabe verlangt von Ihnen, dass Sie anhand der Informationen aus den Materialien M 9 bis M 11 überprüfen, ob die Veränderungen der Einwohnerzahlen in den großen Städten ausgewählter Ostsee-Anrainerstaaten Prozessen entsprechen, die typisch für sogenannte Industrieländer sind. Dazu müssen Sie mit dem Datenmaterial auch rechnerisch umgehen. Treffen Sie dabei eine sinnvolle Auswahl, aus welcher sich eindeutige Aussagen ableiten lassen.

Zum Fazit: Hier können Sie die Vermutung äußern, dass die für Estland und Lettland vorliegenden Daten mit deren historischer politischer Entwicklung nach dem Zweiten Weltkrieg zusammenhängen könnten. Die Aufgabenstellung an sich verlangt ein solches Wissen allerdings nicht.

Die Materialien 9 bis 11 nehmen städtische Veränderungsprozesse in den nordeuropäischen Staaten Finnland, Schweden und Dänemark sowie in den (nord-) osteuropäischen Länder Estland und Lettland mittels der Einwohnerzahlen in den Blick.

Verstädterungsprozesse in Industriestaaten

Verstädterungsprozesse in Industriestaaten sind dadurch gekennzeichnet, dass die **Verstädterungsrate** aktuell recht gering ist, was mit dem bereits allgemein hohen **Verstädterungsgrad** zusammenhängt. Industriestaaten haben die Phasen hoher Verstädterungsraten bereits hinter sich (Industrialisierungsprozess im 19. Jahrhundert). Im Gegensatz zu den sogenannten „Entwicklungsländern" (Ländern des globalen Südens) weisen Industriestaaten also hohe Verstädterungsgrade und niedrige Verstädterungsraten auf. Material 9 bestätigt diese Regel vor allem für die drei skandinavischen Staaten. Mit Ausnahme von Helsinki (71,9 %) lag der Verstädterungsgrad in Schweden (83,1 %) und Dänemark (83,8 %) schon 1980 deutlich über der 80 %-Marke. In den folgenden vierzig Jahren waren die Verstädterungsraten in Schweden und Dänemark niedrig, da der Verstädterungsgrad aktuell (2020) in diesen Staaten bereits bei 85,8 % bzw. 87,8 % liegt. Auch Finnland hat inzwischen nachgezogen und belegt mit 86,3 % einen Platz zwischen den beiden anderen skandinavischen Staaten. Die Verstädterungsgrade von Lettland (2020: 67,5 %) und Estland (2020: 67,7 %) liegen deutlich hinter den anderen drei Ostsee-Anrainerstaaten zurück und sind damit nicht typisch. Allerdings sind auch hier ausgesprochen niedrige Verstädterungsraten zu beobachten, im Vergleich zu 2000 liegt der Verstädterungsgrad sowohl in Estland als auch in Lettland sogar niedriger.

Metropolisierung ist ein Prozess, der eher in Entwicklungsländern zu beobachten ist, durchaus aber auch in Industriestaaten eine Rolle spielen kann, je nach geographischer Lage und/oder überregionaler Bedeutung bestimmter Städte. Metropolisierung lässt sich am **Index of Primacy** erkennen und liegt vor, wenn dieser mehr als 2 beträgt. Aus den Daten von M 10 lassen sich die entsprechenden Werte berechnen: Demnach haben Helsinki (2,24), Riga (7,66) und Tallinn (4,80) den Status einer Metropole. Typischerweise verzeichnen Metropolen jedoch ein recht kontinuierliches Wachstum der Einwohnerzahlen, was wiederum bei Riga nicht der Fall ist (kontinuierliche Abnahme, vgl. M 11). Bei Tallinn ist der Prozess uneinheitlich. Metropolisierung

Helsinki, dessen Index of Primacy knapp über dem Schwellenwert liegt, verzeichnet laut M 11 seit 1980 eine Bevölkerungszunahme. Desgleichen steigen die Einwohnerzahlen Stockholms seit 1980, in Kopenhagen seit 1990. Vorsichtig formuliert könnte das ein Hinweis auf **Reurbanisierung** sein, welches als ein für Industriestaaten typischer Prozess der Gegenwart gilt. Um den Sachverhalt allerdings mit Sicherheit beurteilen zu können, wären weiterführendes Datenmaterial bzw. Informationen nötig. Reurbanisierung

Abschließend lässt sich feststellen, dass die zu überprüfende Aussage am meisten auf Finnland, Schweden und Dänemark zutrifft, während Estland und Lettland eher eine Art „Zwischenstatus" im Hinblick auf charakteristische Verstädterungsprozesse einzunehmen scheinen. Fazit

Der **Südwesten bzw. Süden der USA** sowie **Mexiko** stehen im Fokus dieser Aufgabe. Dieser Raum weist sowohl geologisch-geomorphologisch als auch klimatisch, hydrologisch und wirtschaftlich eine große Vielfalt auf.

Aufgabenstellung

1 *Ordnen* Sie den Stationen A und B (M 1) die mexikanischen Städte Mexiko-Stadt und Mérida *begründet zu,* indem Sie die klimatischen Gemeinsamkeiten und Unterschiede der beiden Stationen aus der globalen atmosphärischen Zirkulation sowie der geographischen Lage *erläutern.* 10 VP

2 Der Colorado River mündet zwischen den mexikanischen Bundesstaaten Baja California und Sonora in den Golf von Kalifornien. *Begründen* Sie anhand von M 2, um welche Art der Flussmündung es sich beim Colorado in den Golf von Kalifornien handelt und *erklären* Sie deren Genese. 5 VP

3 Die Höhenlinienkarte M 3 zeigt den Colorado River im US-Bundesstaat Arizona.

a *Erstellen* Sie ein Profil in 2-facher Überhöhung entlang der Profillinie A–B.

b *Benennen* Sie die in M 3 bzw. die in Ihrem Profil erkennbare Talform und *erklären* Sie deren Genese. 9 VP (**a**) + 4 VP (**b**)

4 Der Lake Mead ist ein Stausee des Colorado River, der vom Hoover Dam aufgestaut wird, etwa 50 Kilometer südöstlich von Las Vegas. Er ist das größte Trinkwasser-Reservoir der USA und versorgt u. a. die US-Bundesstaaten Arizona, Nevada und Kalifornien.

Überprüfen Sie ausgehend von M 4–M 6 folgende Aussage: *„Die durch den Lake Mead sichergestellte Wasserversorgung von Millionen von Menschen im Südwesten der USA ist im Laufe des 21. Jahrhunderts zunehmend gefährdet“.* 10 VP

5 *Beurteilen* Sie auf Grundlage des Weltrisikoindex (M 7) die Vulnerabilität Kaliforniens im Hinblick auf Erdbeben ausgehend von M 8–M 10. 12 VP

6 In den letzten circa 20 Jahren haben immer mehr Firmen ihren Standort vom Silicon Valley nach Austin in Texas verlegt. In Anlehnung an die Metropolregion um die Städte San Francisco und San José, das Silicon Valley, sowie aufgrund der hügeligen Landschaft wird Austin auch Silicon Hills genannt.

Stellen Sie anhand von M 11 und M 12 den sogenannten „Silicon Valley Exodus“ *dar,* indem Sie die Veränderungen der Raumstrukturen in den Wirtschaftsregionen Silicon Valley und Silicon Hills *vergleichen.* 10 VP

60 VP

M 1 Klimadiagramme ausgewählter Orte Mexikos

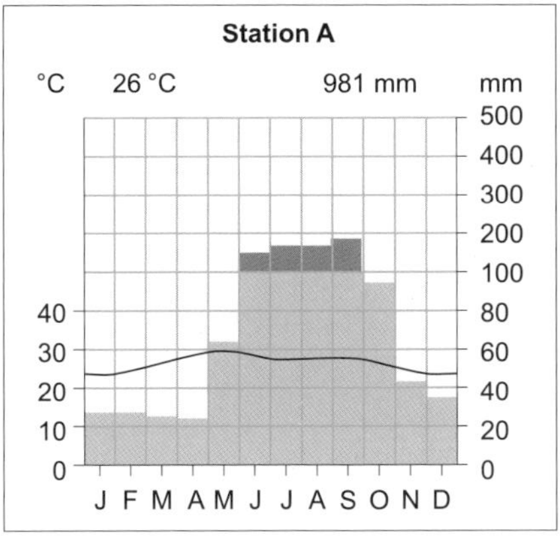

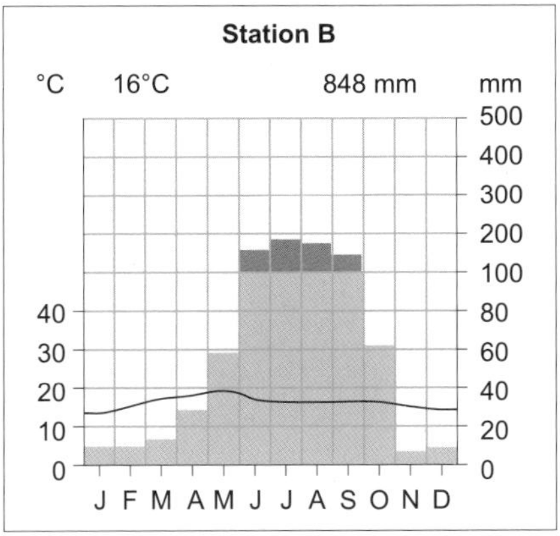

nach Daten des Deutschen Wetterdienstes

M 2 Flussmündung des Colorado River

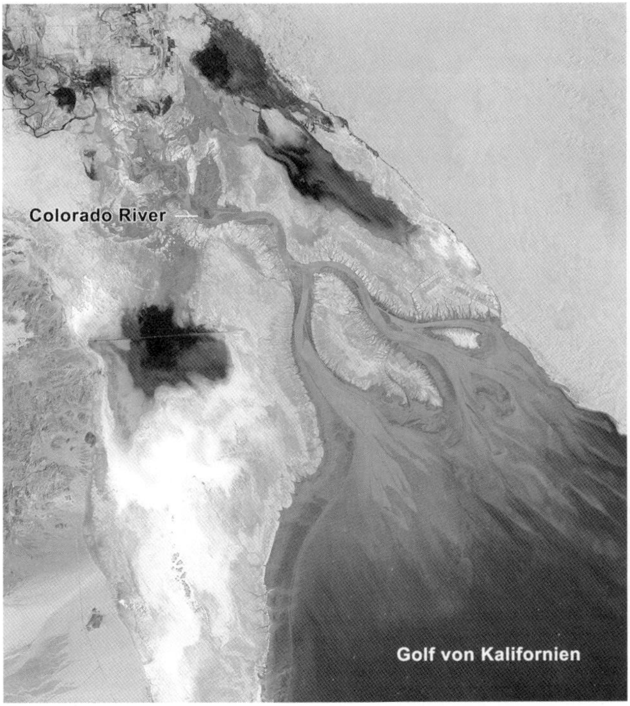

NASA Earth Observatory images by Lauren Dauphin, using Landsat data from the U.S. Geological Survey; https://earthobservatory.nasa.gov/images/146839/green-lagoons-no-more?src=eoa-iotd

M 3 Isohypsenkarte des Colorado River Tals

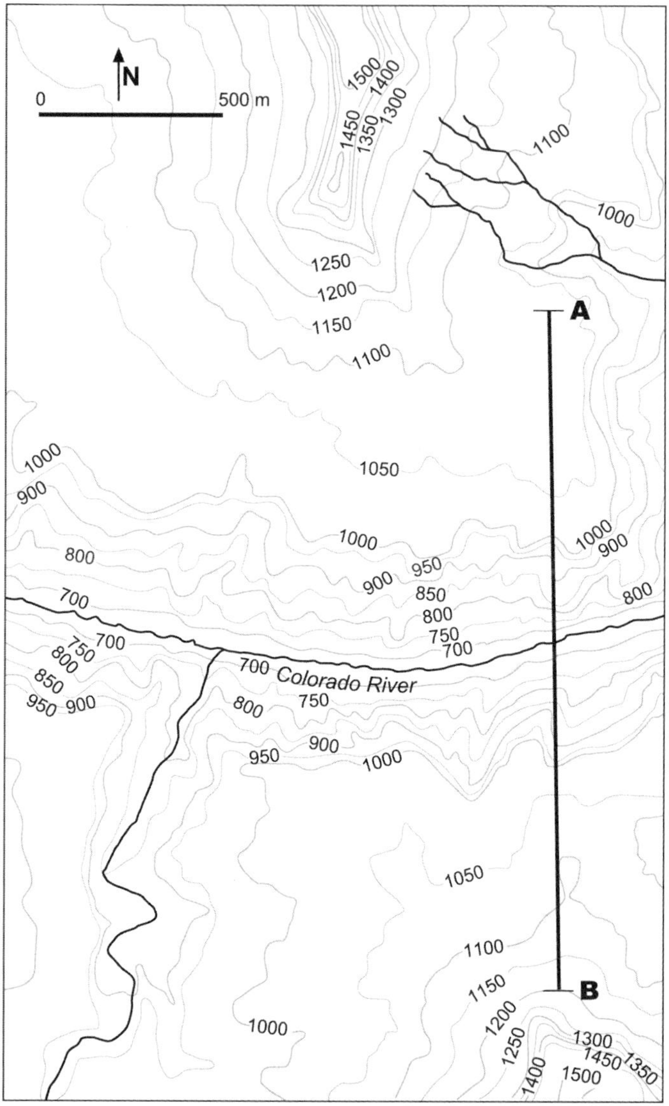

© cartomedia, Karlsruhe, nach: https://geo.lmz-bw.de/hoehenlinien/#

M 4 Wasserstand des Lake Mead seit 2000 in ft

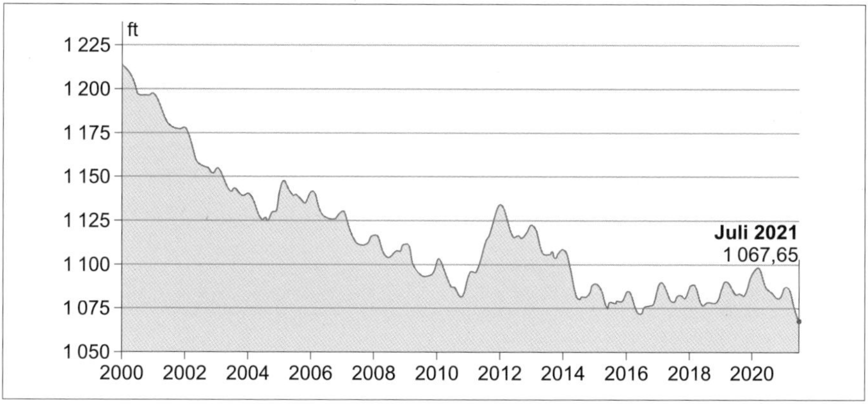

ft – Fuß (1 ft = 30,48 cm)

NASA Earth Observatory, Daten nach: Bureau of Reclamation, https://landsat.visibleearth.nasa.gov/view.php?id=148758

M 5 Tragweite der Trockenheit im Westen der USA

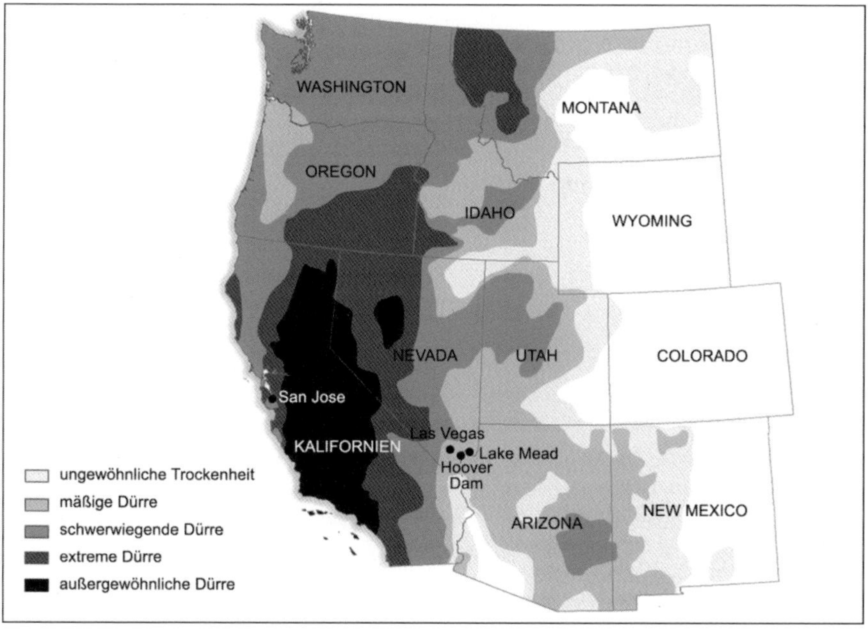

nach: US Drought Monitor, https://droughtmonitor.unl.edu/Maps/MapArchive.aspx (Stand: 21. 7. 2015)

M 6 Bevölkerungsentwicklung ausgewählter US-Bundesstaaten

	2000	2010	2020
Arizona	5 130 632	6 392 017	7 151 502
Kalifornien	33 871 648	37 253 956	39 538 223
Nevada	1 998 257	2 700 551	3 104 614

eigene Darstellung nach Daten von: U.S. Census Bureau

M 7 Weltrisikoindex

Weltrisikoindex = **Gefährdung (Exposition)** × **Verwundbarkeit * (Vulnerabilität)**

* Verwundbarkeit = Anfälligkeit + Mangel an Bewältigungskapazität + Mangel an Anpassungskapazität

siehe auch Darstellung im Diercke Weltatlas, 1. Auflage 2015, S. 252.1

eigene Darstellung

M 8 Übersicht über die teuersten Erdbeben Kaliforniens

Gebiet in Kalifornien (Jahr)	Stärke (Richter-skala)	Gesamt-schaden (in Mrd. US-$)	versicherter Schaden (in Mrd. US-$)	Tote
Napa-Valley (2014)	6,0	4	1–2	1
Northridge, Los Angeles (1994)	6,7	44	15,3	57
Loma Prieta, Santa Cruz, San Francisco, Oakland (1989)	6,9	10	0,96	63
San Francisco (1906)	8,4	ca. 11,7*	keine Angaben	> 3 000

* (in heutiger Kaufkraft)

eigene Darstellung, Daten nach: Munich Re, California Earthquake Authority, FAZ.net, USA-Info.net, National Geographic Society

M 9 Potenzielle Erdbebenschäden gemäß dem „Shakeout Scenario"

The „Big One": Schweres Erdbeben in Kalifornien nur eine Frage der Zeit (...)

Die Zahlen sind erschreckend: Hunderte Milliarden US-Dollar könnte ein schweres Erdbeben in Kalifornien kosten, das die Metropolregionen San Francisco oder Los Angeles treffen würde. (...) Angesichts des offenkundigen Risikos ist erschreckend, wie wenig Gebäude in dem Bundesstaat gegen Erdbeben versichert sind. Viele Geschädigte würden also auf ihren Schäden sitzenbleiben, wenn die Erde bebt. (...)

Laut dem „Shakeout Scenario" würde ein solches Beben in Kalifornien 1 800 Tote fordern, es gäbe 50 000 Verletzte. Den ökonomischen Schaden bezifferten die Experten auf 200 Milliarden US-Dollar. „Das ist kein Worst-Case-Szenario", betonte David Applegate vom USGS (US Geological Survey), „es ist eher ein realistisches Szenario". Zehn Millionen Menschen würden die heftigen Stöße spüren, so auch im Zentrum von Los Angeles.

Folgende Ergebnisse brachten die Simulationen und Schadenskalkulationen:

- Alle nicht verstärkten gemauerten Gebäude in bis zu 25 Kilometern Entfernung von dem gefährdeten Teilstück der San Andreas Verwerfung werden vollständig zerstört, dabei sterben viele Bewohner. Insgesamt 600 000 Gebäude werden beschädigt, darunter auch aus Stahl gebaute Hochhäuser. Die Schäden an Gebäuden summieren sich auf 33 Milliarden US-Dollar.
- Wichtige Verbindungen in Südkalifornien werden unterbrochen, darunter die Interstate Highways 10 und 15 sowie Strom- und Wasserleitungen und Telefonkabel.
- Die langfristig schwerwiegendsten Folgen betreffen die Wasserversorgung. Die Schäden an den Leitungen werden in einigen Regionen so groß sein, dass das gesamte System ersetzt werden muss. Einige Gebäude müssten bis zu sechs Monate ohne Wasser auskommen. Die Schäden an Leitungen summieren sich auf 50 Milliarden US-Dollar.
- Feuer, die infolge des Bebens ausbrechen, verdoppeln die Schäden. Die Forscher rechnen mit 1 600 Brandherden in ganz Südkalifornien. Finanzielle Schäden infolge der Brände: 87 Milliarden US-Dollar.
- Zwei Drittel aller Krankenhausbetten in den Counties Los Angeles, Orange, Riverside und San Bernadino stehen nicht mehr zur Verfügung. Chaotische Zustände dürften herrschen, wenn zugleich die rund 50 000 Verletzten behandelt werden müssen.
- Das Netz der State Highways, der vom Bundesstaat Kalifornien betriebenen Autobahnen, übersteht die Erdstöße weitgehend unbeschadet – auch wegen der aufwendigen Verstärkungen gegen Bebenschäden, die sechs Milliarden US-Dollar gekostet haben. Einige Brücken müssen jedoch gesperrt werden. Die erforderlichen Reparaturen dürften in den Folgejahren zu höheren Brückenmauten führen.

Die Experten haben jedoch auch eine gute Nachricht: Die Schäden seien vorhersehbar und oft auch vermeidbar. Sie empfehlen den Bürgern der gefährdeten Gebiete, ihre Häuser zu verstärken und somit erdbebensicher zu machen. (...)

Torsten Jeworrek: The „Big One": Schweres Erdbeben in Kalifornien nur eine Frage der Zeit, Munich RE vom 15. 10. 2018, https://www.munichre.com/topics-online/de/climate-change-and-natural-disasters/natural-disasters/earthquakes/earthquake-risk-in-california.html; Holger Dambeck, DER SPIEGEL, 23. 05. 2008, https://www.spiegel.de/wissenschaft/natur/erdbebengefahr-in-kalifornien-geologen-befuerchten-1800-tote-und-200-milliarden-dollar-schaeden-a-554960.htm

M 10 Ausgewählte Strukturdaten Kaliforniens im Vergleich zu nationalen Daten der USA

		Kalifornien	USA
Bevölkerungszahl	2020	39 538 223	331 449 281
Bevölkerungsdichte (EW/km^2)	2020	91,3	36,02
BIP (in Milliarden US-$)	2020	3 091,87	20 893,75
BIP/Kopf (in US-$)	2020	78 199	63 037
HDI	2019	0,936	0,926
Einwohner ohne Krankenversicherung [%]*	2020	7,3	8,6

* zum Vergleich Deutschland (2019): < 0,1 %

eigene Zusammenstellung, Daten nach: Global Data Lab, U.S. Census Bureau, World Bank, Statistisches Bundesamt (Destatis) 2022

M 11 Der „Silicon Valley Exodus“

„Silicon Valley Exodus“ nennen die US-Medien ein Phänomen, das schon länger anhält: Tech-Firmen verlassen die San Francisco Bay Area. Oracle verlegte im Dezember 2020 seinen Hauptsitz aus der Nähe von San Francisco nach Austin, Texas. Drew Houston, CEO von Dropbox, hat sich dort ein Haus gekauft, auch Elon Musk ist dorthin umgezogen und baut eine Auto-Fabrik.

In Austin will auch Apple demnächst einen neuen, milliardenschweren Campus eröffnen. Die Region ist schon länger ein Zentrum der Halbleiterproduktion mit Standorten von Samsung, NXP und Infineon. Und neben den Konzernen zieht es auch viele kleinere Startups in den Tech-Hub, „Silicon Hills“ genannt. Dieser Trend hält an und hat sich verstärkt, (…).

Philipp Anz: Das Silicon Valley wandert in die Silicon Hills ab, Inside It vom 02.06.2021, https://www.inside-it.ch/post/das-silicon-valley-wandert-in-die-silicon-hills-ab-20210602

M 12 Ausgewählte Strukturdaten

	Silicon Valley	Silicon Hills
Fläche	4 000 km^2	790,1 km^2
Einwohner Metropolregion insgesamt	2016: ca. 3 Millionen 2021: ca. 3,02 Millionen	2016: 2,06 Millionen 2021: 2,35 Millionen
Einwohnerentwicklung in ausgewählten Städten	San José: 2012: 954 379 2016: 1 030 359 2021: 1 010 302	Austin: 2012: 799 939 2016: 907 779 2021: 973 720
Veränderung der Beschäftigtenzahl (Mai 2020 bis April 2021)	Verlust von 80 IT-Beschäftigten pro 10 000 bestehender Stellen	Nettozufluss von 217 IT-Beschäftigten pro 10 000 bestehender Stellen
durchschnittliches Jahreseinkommen in der Hightechindustrie (2019/2020)	123 826 US-Dollar/ 126 801 US-Dollar	95 118 US-Dollar/ 104 344 US-Dollar
Quadratmeterpreis beim Kauf eines Apartments	10 986,60 US-Dollar (San Jose)	5 766,29 US-Dollar (Austin)
Lebenshaltungskostenindex 2022[1]	73,71 (San Jose)	66,50 (Austin)
Anzahl der Universitäten in unmittelbarer Nähe	11	7
Freizeit- und Kulturangebot in unmittelbarer Nähe	San Francisco Bay; Naturschutzgebiete; ausgeprägte Musik-, Sport- und Kunstszene	Seen des Colorado River; ausgeprägte Musik-, Sport- und Kunstszene

1 Ein Lebenshaltungskosten-Index von 120 bedeutet, dass das Leben in dieser Stadt 20 % teurer ist als in New York City (Miete nicht berücksichtigt).

eigene Darstellung, Daten nach: U.S. Census Bureau (2019), TechRepublic, Silicon Valley Indicators, Inside It, Numbeo

TIPP **Allgemeine Hinweise zur Lösung der Aufgabe**

Diese Übungsaufgabe bezieht sich auf den Westen bzw. den Süden der USA sowie auf Mexiko. Sie behandelt die Abitur-Schwerpunktthemen zur **Reliefsphäre** (Flusslandschaften, Naturgefahren), **Atmosphäre** (Klimate der Erde als Folge solarer Einstrahlung und atmosphärischer Prozesse), **Hydrosphäre** (Wasserdargebot, Wasserverfügbarkeit) sowie der **Anthroposphäre** (Veränderung der Raumstrukturen ausgewählter Wirtschaftsregionen), wobei in Anlehnung an den Aufbau einer Abiturprüfung von den physisch-geographischen zu den anthropogeographischen Themen übergegangen wird, was Überschneidungen keineswegs ausschließt.

Der sichere Umgang mit verschiedenen geographischen Materialien ist erforderlich, wobei der methodische Schwerpunkt in dieser Übungsaufgabe auf der Auswertung verschiedener **Klimadiagramme** (Aufgabe 1) und der **Erstellung eines Profils** (Aufgabe 3a) liegt. Wie in der Abiturprüfung wird auch bei dieser Übungsaufgabe erwartet, dass Sie Ihre Ausführungen als logisch strukturierte, zusammenhängende Fließtexte in der Fachsprache verfassen (mit Ausnahme von Aufgabe 3a) und ausgehend vom zur Verfügung gestellten Material weitere geeignete Atlaskarten zur Beantwortung der Frage heranziehen. Damit ersichtlich ist, auf welches Material Sie sich beziehen, müssen Sie Ihre Aussagen belegen. Für den vorliegenden Lösungsvorschlag wurde der Diercke Weltatlas 2015 genutzt.

Lösungsvorschlag

1 **TIPP**

Diese Aufgabe ist Teil des Schwerpunktthemas „die Vielfalt der Klimate als Folge solarer Einstrahlung und atmosphärischer Prozesse erklären“. Für die Beantwortung ist es unabdingbar, zunächst mithilfe einer geeigneten physischen Atlaskarte die Lage der beiden Stationen sowie die orographischen Gegebenheiten zu analysieren. Neben einer Zuordnung der beiden Stationen zu den Klimadiagrammen wird vor allem auf die Begründung Wert gelegt, der sich eine Erläuterung ausgehend vom Modell der atmosphärischen Zirkulation anschließen soll.

Lage und Zuordnung der Stationen

Mérida (ca. 21 °N) liegt annähernd auf Meeresniveau im Norden der mexikanischen Halbinsel Yucatán, etwa 40 km von der Küste des Golfs von Mexiko entfernt. Circa 1 000 km südwestlich davon befindet sich bei ca. 19 °N die Hochlandmetropole Mexiko-Stadt *(Diercke Weltatlas 2015, S. 224.1)*. Mexiko-Stadt liegt zwischen den Gebirgen der Sierra Nevada im Osten sowie der Sierra de las Cruces und Sierra del Ajusco im Westen und Süden *(Diercke Weltatlas*

2015, S. 223.5). Aufgrund dieser geographischen Lage kann in Verbindung mit der atmosphärischen Zirkulation **Station A Mérida** und **Station B Mexiko-Stadt** zugeordnet werden, was im Folgenden begründet werden soll.

Erklärung der Gemeinsamkeiten und Unterschiede

Da Station A eine deutlich höhere **Jahresmitteltemperatur** (26,0 °C; im Vergleich zu 16,0 °C bei Station B) und eine etwas höhere **Jahresniederschlagssumme** (981 mm im Vergleich zu 848 mm bei Station B) aufweist, kann Station A Mérida zugeordnet werden (vgl. M 1).
Ausschlaggebend für die Zuordnung im Hinblick auf die Temperatur ist in erster Linie die **Höhenlage**, nicht die Lage im Gradnetz: Mexiko-Stadt (Station B) weist aufgrund seiner Höhe von circa 2 300 m über dem Meeresspiegel *(Diercke Weltatlas 2015, S. 223.5)* deutlich geringere Temperaturen auf. Der Temperaturdifferenz zwischen Mérida und Mexiko-Stadt beträgt sowohl im Jahresdurchschnitt als auch jeden Monat für sich betrachtet circa 10 K (vgl. M 1).
Die **Jahresamplitude der Temperatur** beider Stationen liegt bei vergleichsweise geringen 6 K und der Jahrestemperaturverlauf ist sowohl bei Station A als auch bei Station B relativ gleichmäßig, was durch deren tropische Lage und der damit einhergehenden direkten Einstrahlung der Sonne zu erklären ist.
Zudem weisen beide Diagramme **eine ausgeprägte Regenzeit** in den Monaten Mai bis Oktober auf (vgl. M 1). An beiden Stationen sind die Monate November bis April hingegen arid. Diese Niederschlagsverteilung im Jahresverlauf lässt sich im Rahmen der globalen atmosphärischen Zirkulation mit der **Passatzirkulation**, insbesondere mit der **Verschiebung der innertropischen Konvergenzzone** (ITC) erklären: So befinden sich beide Stationen ganzjährig unter dem Einfluss des Nordost-Passats, da die ITC auch in den Sommermonaten Mexiko nicht ganz erreicht. Der Nordost-Passat weht in den Wintermonaten der Nordhalbkugel aufgrund der südlich verlagerten ITC verändert oder bleibt ganz aus, was diese ariden Monate erklärt. Die humiden Monate sind bedingt durch den zu dieser Zeit stark wehenden Nordost-Passat, der über dem Karibischen Meer bzw. dem Golf von Mexiko viel Feuchtigkeit aufnehmen kann und damit intensive Niederschläge mit sich bringt.
Die etwas größere Niederschlagssumme Méridas lässt sich mit der **geographischen Lage** dieser Station begründen. **Mérida** liegt in direkter **Küstennähe**, sodass sich die Luftmassen, die mit dem aus Nordost wehenden Passatwind hier erstmals auf Land treffen, abregnen. **Mexiko-Stadt** liegt hingegen weiter **im Landesinneren** und umgeben von Gebirgen, sodass der Steigungsregen bereits östlich der Station niedergegangen ist.

2 **TIPP**

Die Aufgaben 2 und 3 sind der Reliefsphäre zuzuordnen, genauer gesagt dem Schwerpunktthema „charakteristische Oberflächenformen von **Flusslandschaften** als Ergebnis endogener und/oder exogener Prozesse erklären".
Bei Aufgabe 2 wird erwartet, dass Sie die auf dem Satellitenbild abgebildete Flussmündung benennen und anschließend Ihre Aussage durch Argumente stützen, also begründen, warum es sich um eben diese Flussmündung handelt. Zudem sollen Sie die Entstehung einer solchen Flussmündung erklären.

Bei der Mündung des Colorado in den Golf von Kalifornien handelt es sich um ein **Delta**.

Benennung der Flussmündung

Ein Delta entsteht durch **abnehmende Fließgeschwindigkeit** des Flusses im Mündungsbereich, was eine **erhöhte Sedimentation** mit sich bringt. Dadurch versperren die Sedimente dem Fluss regelrecht den Weg, sodass dieser sich in verschiedene Flussarme verzweigt. Diese vorherrschende Sedimentation führt dazu, dass sich der Colorado im Mündungsbereich in ein Netz von Flussarmen aufgabelt bzw. abgelenkt wird, wodurch sich die klassische Dreiecksform des **Schwemmfächers** ausbildet (vgl. M 2). Im Satellitenbild ist darüber hinaus erkennbar, dass der Fluss seine Mündung zunehmend in Richtung Meer verlagert und der ehemalige Mündungsbereich verlandet.

Entstehung eines Deltas

3a **TIPP**

Die erste Teilaufgabe überprüft Ihre Methodenkompetenz im **Profilzeichnen**. Dabei ist die Überhöhung vorgegeben. Es wird darauf Wert gelegt, dass Ihre Darstellung sauber und vollständig ist. Achten Sie darauf, neben der korrekten und vollständigen Beschriftung der Achsen, Ihr Profil mit einer Überschrift zu versehen, die Himmelsrichtungen anzugeben und alle Schnittpunkte korrekt zu übertragen.

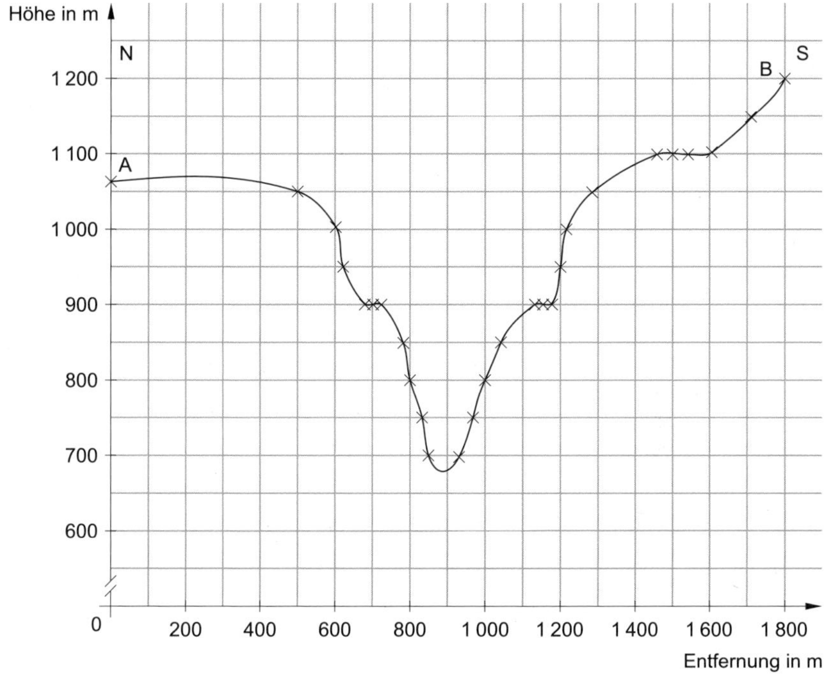

3b **TIPP**

Im Anschluss an das Zeichnen des Profils sollen Sie nun die Talform benennen und die Prozesse, die für die Entstehung dieser Talform relevant sind, erklären.

Es handelt sich bei der Talform um einen **Canyon**. Ein Canyon ist eine **Sonderform des Kerbtals**, da dieser treppenartige Hänge aufweist. Diese Hänge entstehen durch eine Wechsellagerung von unterschiedlich resistenten Gesteinsschichten, die der Kraft des Wassers einen unterschiedlich starken Widerstand entgegensetzen und damit eine unterschiedlich starke Tiefen- bzw. Seitenerosion bedingen. Die steilen Hangabschnitte entstehen durch die Tiefenerosion in den widerständigeren Gesteinen. Flache Hangabschnitte bilden sich in den weniger Widerstand bietenden Gesteinen. Talform: Canyon

4 **TIPP**

Bei dieser Aufgabe, die sich auf die **Hydrosphäre** (genauer gesagt auf das Wasserdargebot und die Wasserverfügbarkeit rund um den Lake Mead) bezieht, ist vor allem der Operator „Überprüfen" entscheidend. Die gegebene Aussage soll zunächst auf ihre sachliche Richtigkeit hin untersucht werden, bevor ein begründetes Ergebnis diese Untersuchung abschließt. Zudem muss die zeitliche Dimension miteinbezogen, also die Entwicklung dargestellt werden.

Zunehmende Trockenheit

Der **Wasserstand des Stausees Lake Mead sinkt** seit Beginn des 21. Jahrhunderts, abgesehen von den als Ausnahmen zu bezeichnenden Jahren 2005 und 2012 stetig. Während der Wasserstand im Jahr 2000 noch über 1 200 Fuß betrug, sind es im Juli 2021 nur noch 1 067,65 Fuß (M 4). Als Grund für den Rückgang des Wasserstands kann die zunehmende Trockenheit im Westen der USA angeführt werden (M 5). Eine hohe Verdunstung in Verbindung mit geringeren Niederschlägen und einer dünneren Schneedecke in den Rocky Mountains führen dazu, dass der Colorado River weniger Wasser führt. So ist die gesamte Region rund um den Lake Mead von einer mäßigen Dürre betroffen (M 5). Noch gravierender stellt sich die Situation westlich des Lake Meads dar: Nevada und, in noch stärkerem Maße, Kalifornien sind von extremer beziehungsweise außergewöhnlicher Dürre betroffen. Auch wenn in M 5 keine Entwicklung dargestellt ist, so darf aufgrund der globalen Erwärmung und des Klimawandels von einer zunehmenden Tragweite der Trockenheit ausgegangen werden, sodass auch weiterhin mit einer Abnahme des Wasserspiegels und einem zunehmenden Bedarf an Wasser zu rechnen ist.

Bevölkerungswachstum

Dieser Wasserbedarf steigt auch im Zuge des Bevölkerungswachstums der thematisierten US-Bundesstaaten Nevada, Arizona und Kalifornien. In allen drei Bundesstaaten ist ein Bevölkerungswachstum zu verzeichnen und in der Summe hat sich die Bevölkerung der drei US-Bundesstaaten von circa 40 Millionen Menschen im Jahr 2000 um ca. 10 Millionen im Jahr 2020 vergrößert (M 6).

Fazit

Dem steigenden Bedarf stehen also geringere Niederschläge und längere Dürreperioden gegenüber. Dementsprechend ist die **Aussage**, dass die durch den Lake Mead sichergestellte Wasserversorgung von Millionen von Menschen im Südwesten der USA im 21. Jahrhundert zunehmend gefährdet ist, **korrekt**.

5 **TIPP**

Diese Aufgabe bezieht sich auf den Bildungsstandard „die Verwundbarkeit von Räumen durch Naturgefahren erläutern". Hier wird erwartet, dass Sie auf Basis einer Materialanalyse (inklusive Belegen und unter Einbeziehung des Atlas) die Vulnerabilität Kaliforniens im Hinblick auf Erdbeben beurteilen. Der Operator „Beurteilen" erfordert das Benennen der zugrunde gelegten Kriterien und die Formulierung eines Sachurteils. Bei den Kriterien beziehungsweise der Strukturierung der Antwort bietet es sich an, sich an M 7 zu orientieren und auf die einzelnen Bestandteile des **Weltrisikoindex** einzugehen. Eine genauere Darstellung mit Erklärungen und Aspekten, die sich hinter den Bestandteilen des Weltrisikoindex verbergen, befindet sich im Diercke Weltatlas, Aufl. 2015, auf S. 252.1. Zudem ist es ratsam, zunächst die geologischen Gegebenheiten mithilfe des Atlas zu klären.

Gefährdung

Kalifornien befindet sich im äußersten Westen der USA. Der US-Bundesstaat wird parallel zur Pazifikküste von der San-Andreas-Verwerfung durchzogen, entlang derer die Pazifische Platte nordwärts an der Nordamerikanischen Platte vorbeidriftet *(Diercke Weltatlas 2015, S. 206f.; 242f.)*. Die Granitintrusionen entlang dieser Störungszone sind besonders widerstandsfähig, sodass sie die Bewegung behindern und sich Bereiche verhaken. Lösen sich diese Spannungen schlagartig, so geschieht dies begleitet von **Erdbeben**. Das seismische Gefahrenpotenzial ist entlang dieser konservativen Plattengrenze als sehr hoch einzustufen, da die Magnituden hoch bis sehr hoch sind (6,0 bis 8,4, vgl. M 8). Außerdem kommt es sehr häufig zu Erdbeben *(Diercke Weltatlas 2015, S. 207.2)*, die bevölkerungsreiche Regionen Kaliforniens (M 10), vor allem die Städte San Francisco und Los Angeles, treffen. Dies kostete bereits viele Menschenleben, wobei laut dem „Shakeout Scenario" ein solches Erdbeben in Zukunft fast 2 000 Menschenleben fordern kann (M 8, M 9).

Vulnerabilität

Neben der bereits thematisierten **Gefährdung** setzt sich der Weltrisikoindex zudem aus der **Vulnerabilität** zusammen, die wiederum in Anfälligkeit, Mangel an Bewältigungskapazität und Mangel an Anpassungskapazität aufgegliedert wird (M 7). Anhand dieser **Kriterien** soll die Vulnerabilität im Folgenden beurteilt werden.

Anfälligkeit und Anpassungskapazität

Die **Anfälligkeit** *(Diercke Weltatlas 2015, S. 252.1f.)* ist unter anderem angesichts der anhand des hohen **BIP/Kopf** von 78 199 US-Dollar erkennbaren wirtschaftlichen Stärke Kaliforniens als vergleichsweise gering einzustufen (M 10). Dies bestätigt auch der hohe **Human Development Index** (HDI) von 0,936 (M 10). Der HDI gibt Aufschluss über den Entwicklungsstand eines Landes und wird berechnet aus dem Bruttoinlandsprodukt pro Kopf, der Lebenserwartung, der Bildung und aus der Kaufkraft der Menschen. Dabei ist die Wirtschaftskraft der Anfälligkeit zuzuordnen, die Lebenserwartung und die Alphabetisierung beziehen sich auf die **Anpassungskapazität**, worunter die Kapazität für langfristige Strategien zum Wandel in der Gesellschaft verstanden wird. Aufgrund des Entwicklungsstands Kaliforniens bzw. der USA allgemein kann generell von einem sicheren **Zugang zu sauberem Trinkwasser und Nahrungsmitteln** ausgegangen werden, was die Anfälligkeit ebenfalls reduziert *(Diercke Weltatlas 2015, S. 274.1)*. Dem widerspricht allerdings das „Shakeout Scenario", gemäß dem die Schäden an Wasserleitungen so drastisch ausfallen können, dass einige Haushalte bis zu einem halben Jahr ohne direkten Wasserzugang auskommen müssen (M 9).

Bewältigungskapazität

Darüber hinaus verfügt Kalifornien im Allgemeinen über eine relativ hohe **Bewältigungskapazität**. So können beispielsweise aufgrund einer guten medizinischen Versorgung *(Diercke Weltatlas 2015, S. 275.5)* die negativen Auswirkungen im Ereignisfall gut aufgefangen werden. Allerdings ist einschränkend hinzuzufügen, dass über sieben Prozent der kalifornischen Bevölkerung keine Krankenversicherung besitzt und zudem im Fall eines schweren Erdbebens die medizinische Versorgung angesichts der großen Anzahl an Verletzten beziehungsweise der Beschädigung der Infrastruktur gefährdet sein kann (M 9, M 10).
Mängel beim allgemeinen Versicherungsschutz sind ein wichtiger Bestandteil der Bewältigungskapazität. So ist bis heute nur ein Teil der Schäden versichert (2014 waren es nicht einmal die Hälfte des Gesamtschadens, M 8). Zudem können starke Erdbeben wichtige Kommunikationsverbindungen und Infrastrukturen unterbrechen (M 9). Zur Minimierung der Vulnerabilität wurde finanziell viel investiert. Beispielsweise wurde das Autobahnnetz verstärkt, damit es Erdbeben weitestgehend unbeschadet übersteht.

Fazit

Abschließend ist festzuhalten, dass **Kalifornien** zwar sehr stark **erdbebengefährdet** ist, allerdings Erdbeben prinzipiell bewältigen kann und sich den Ereignissen **gut angepasst** hat, was die Zahl der Todesopfer minimiert (M 8). Als Hauptgrund hierfür lässt sich in erster Linie der **hohe Entwicklungsstand** Kaliforniens beziehungsweise der USA allgemein anführen. Mit einem HDI von über 0,936 und einem für die USA überdurchschnittlichem BIP/Kopf ist der US-Bundesstaat finanziell gut abgesichert (M 10). Nicht unterschätzt werden darf hingegen der Aspekt des Versicherungsschutzes, der noch eines deutlichen Ausbaus bedarf, ebenso wie die Sicherstellung der Wasserversorgung. Grundsätzlich ist die **Vulnerabilität** in Anbetracht der Gefährdung als **eher gering** einzustufen.

6 **TIPP**

Diese anthropogeographische Aufgabe bezieht sich auf das Schwerpunktthema „Entwicklungen in der Anthroposphäre – die **Veränderung der Raumstrukturen** in ausgewählten Wirtschaftsregionen als Ergebnis wirtschaftlichen Handelns im Globalisierungsprozess erklären". Stellen Sie zuerst kurz dar, was unter dem Silicon Valley Exodus zu verstehen ist (M 11). Davon ausgehend können Sie die Veränderungen der Raumstrukturen vergleichend analysieren. Nutzen Sie dazu die Strukturdaten und verschiedene Standortfaktoren der beiden Wirtschaftsregionen (M 12).

Silicon Valley Exodus

Unter dem Begriff „Silicon Valley Exodus" wird die **Standortverlagerung** von zahlreichen Technologieunternehmen verstanden, die das Silicon Valley in Kalifornien verlassen. Einige dieser Unternehmen, unter ihnen viele Global Player wie Apple oder Samsung sowie kleine Startup-Unternehmen, zieht es nach Austin in Texas, das in Anlehnung an die Metropolregion des Silicon Valley und aufgrund des Reliefs auch Silicon Hills genannt wird (M 11).

Standortvergleich

Silicon Hills (790 km^2) ist im Vergleich zum Silicon Valley (4 000 km^2) flächenmäßig deutlich kleiner, hat weniger Einwohner (2,35 Millionen im Vergleich zu ca. 3 Millionen), allerdings eine ca. vierfach höhere Bevölkerungsdichte. Zudem zeigt die Einwohnerentwicklung sowohl der gesamtem Metropolregion als auch an den exemplarisch ausgewählten Städten San José und Austin, dass die Bevölkerungszunahme von 2012 bis 2021 in Silicon Hills deutlich größer war als im Silicon Valley (M 12).
Analysiert man die Beschäftigtenzahlen der IT-Branche, so fällt diesbezüglich das Urteil noch aussagekräftiger aus: Während das Silicon Valley einen Verlust von 80 IT-Beschäftigten pro 10 000 bestehender Stellen innerhalb eines Jahres meldet, verzeichnet Silicon Hills einen Nettozufluss von 217 Beschäftigten (M 12).

Hintergründe für diese Entwicklung liefert eine **Standortfaktorenanalyse**. Bei den **harten Standortfaktoren** zeigt sich, dass beispielsweise der Quadratmeterpreis beim Kauf eines Apartments in Austin deutlich kostengünstiger ist als in San José. Gleiches gilt für den Lebenshaltungskosten-Index (M 12). Silicon Hills bietet demnach betriebswirtschaftliche Vorzüge, die in Verbindung mit den niedrigeren Lebenshaltungskosten Unternehmen und Mitarbeiter in die Region zieht.
Das durchschnittliche Jahreseinkommen stützt die These des Silicon Valley Exodus nicht hinreichend, da das durchschnittliche Jahreseinkommen in der High-Tech Industrie derzeit im Silicon Valley immer noch höher ist und auch eine leichte Zunahme verzeichnet. In

Silicon Hills nimmt das Einkommen zwar stärker zu, allerdings auf einem geringeren Ausgangsniveau (M 12).
Als **weicher Standortfaktor** können beispielsweise die Freizeit- und Kulturangebote in der direkten Umgebung in Betracht gezogen werden. Neben der San Francisco Bay gibt es rund um das Silicon Valley verschiedenste Naturschutzgebiete. Silicon Hills kann hingegen mit den Seen des Colorado Rivers punkten. Auch Bildungseinrichtungen zählen zu den weichen Standortfaktoren: Während es im Silicon Valley elf Universitäten in direkter Nähe gibt, verzeichnet Silicon Hills nur sieben, allerdings ist die Fläche dieser Region eben auch deutlich kleiner (M 12). Insgesamt liegen die beiden Gebiete hinsichtlich der weichen Standortfaktoren annähernd gleichauf.

Fazit

Die Analyse zeigt, dass **beide Wirtschaftsregionen** für Unternehmen (im Speziellen für IT-Unternehmen) **als Standorte attraktiv** sind. Allerdings sprechen insbesondere harte Standortfaktoren künftig eher für Silicon Hills, was eine Abwanderung vom Silicon Valley in die Region um Austin, den Silicon Valley Exodus, mit sich bringt.

Die **VR China** ist ein Land der Rekorde. Es ist der bevölkerungsreichste Staat und gehört flächenmäßig zu den größten Ländern der Erde. Es wird durch drei der vier längsten Flüsse Asiens durchflossen und weist die meisten Megastädte auf.

Aufgabenstellung

1 Der Huang He ist der zweitlängste Fluss der VR China und besitzt unter den großen Flüssen der Erde den höchsten Anteil an Schwebfracht. Diese färbt den Fluss ockergelb und verleiht ihm seinen Namen „Gelber Fluss“.

a *Erklären* Sie das Abflussdiagramm des Huang He (M 1) aus der globalen atmosphärischen Zirkulation (M 2). 8 VP

b *Beschreiben und erklären* Sie die in M 3 dargestellten natürlichen und anthropogen beeinflussten flussmorphologischen Prozesse in ihrer Wirkung auf das Sediment Löss (M 4, M 5). 9 VP

2 In Xining sind die klimatischen Voraussetzungen für die Verwitterungsprozesse Frostsprengung und Lösungsverwitterung gegeben.

Stellen Sie beide Verwitterungsprozesse dar und begründen Sie, wann diese im Jahresverlauf vorrangig ablaufen (M 2). 9 VP

3 Die Bevölkerungsentwicklung der VR China ist vor allem Ergebnis einer unterschiedlich ausgerichteten Bevölkerungspolitik. Gerade die pronatalistische Geburtenpolitik unter Mao zwischen den 1940er- bis 1970er-Jahren steht der Geburten begrenzenden Ein-Kind-Politik der 1980er-Jahre gegenüber.

Analysieren Sie die demographischen Auswirkungen der chinesischen Bevölkerungspolitik der 1940er- bis 1980er-Jahre anhand von M 6. 9 VP

4 Shanghai und Hongkong zählen zu den größten Städten Chinas und übernehmen als Global Citys wichtige Funktionen innerhalb des globalen Handels.

a *Erstellen* Sie eine Analysespinne, welche die globale Vernetzung der Städte Shanghai und Hongkong zeigt, indem Sie passende Indikatoren aus M 7 auswählen. 6 VP

b *Vergleichen* Sie anschließend anhand Ihrer selbst erstellten Analysespinne beide Städte hinsichtlich ihrer globalen Vernetzung. 7 VP

5 „Für Shanghai ist das Katastrophenrisiko hinsichtlich des Meeresspiegelanstiegs aufgrund der Möglichkeiten als Global City stark reduziert!“

Überprüfen Sie diese Aussage anhand der Materialien M 7, M 9 bis M 12 sowie geeigneter Atlaskarten. 12 VP

60 VP

M 1 Abflussdiagramm des Huang He (Mittellauf)

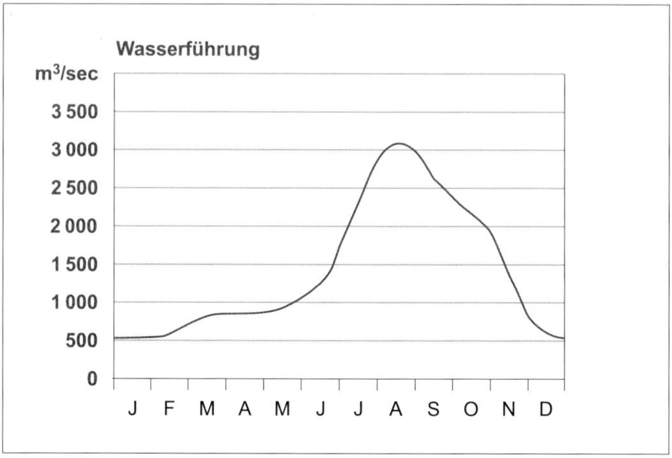

eigene Darstellung

M 2 Klimadiagramm Xining

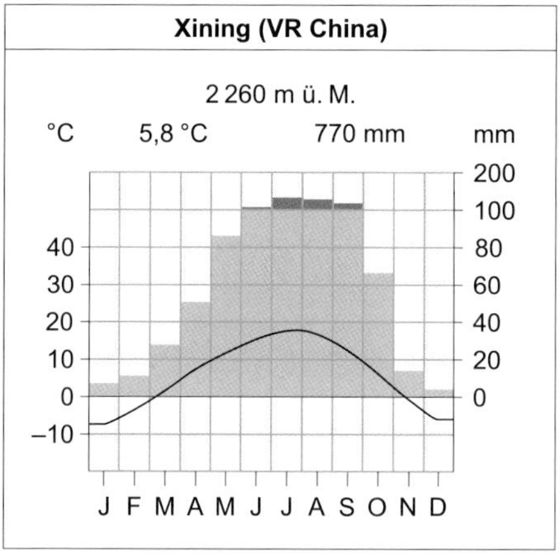

eigene Darstellung, Daten nach:
climate-data.org (05. 03. 2022)

M3 Lösstransport am Huang He

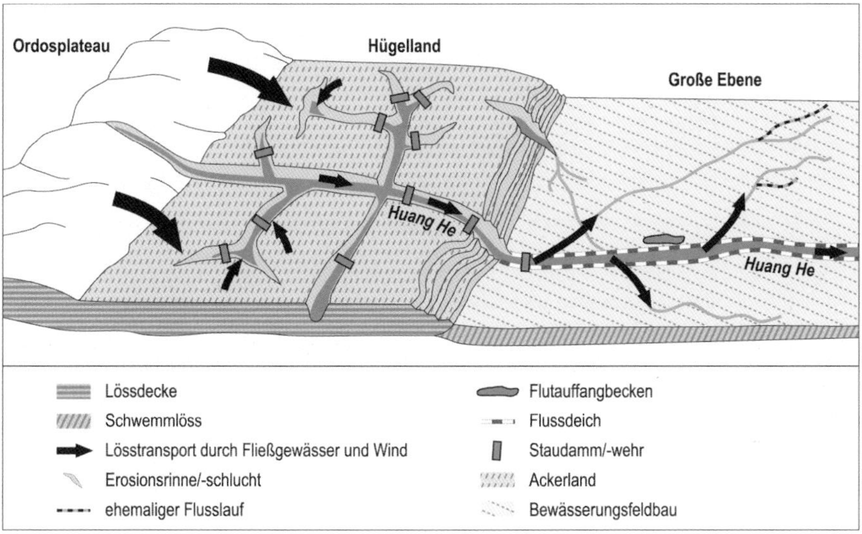

© cartomedia, Karlsruhe

M4 Löss

Löss ist ein feinkörniges, homogenes, meist ungeschichtetes Sediment von hellgelber bis gelblich-brauner Färbung. Er besteht hauptsächlich aus Quarzstaub und besitzt einen relativ hohen Kalkgehalt. Löss weist eine mittlere Korngröße von ca. 0,03 mm auf und liegt damit zum Großteil im Bereich des Schluffs. Das feinkörnige Sediment wird in den kalten, trockenen Wintern als Staub aus den innerasiatischen Wüsten ausgeweht und wird in begünstigten Lagen, z. B. an den Leeseiten von Gebirgsrändern, in Nordchina abgelagert. Löss kann nach seiner Ablagerung auch durch Flüsse wieder umgelagert bzw. verschwemmt werden. Man spricht dann von Schwemmlöss. Aus Lössablagerungen entwickeln sich aufgrund seiner guten bodenphysikalischen Eigenschaften, wie dem günstigen Korngrößenspektrum, hohen Kalkgehalt, Wasserhaltevermögen oder der guten Durchlüftung fruchtbare Böden. Deshalb werden die Böden oft landwirtschaftlich intensiv genutzt.

eigener Entwurf

M 5 Wirkung der Fließgeschwindigkeit auf Materialien unterschiedlicher Korngröße

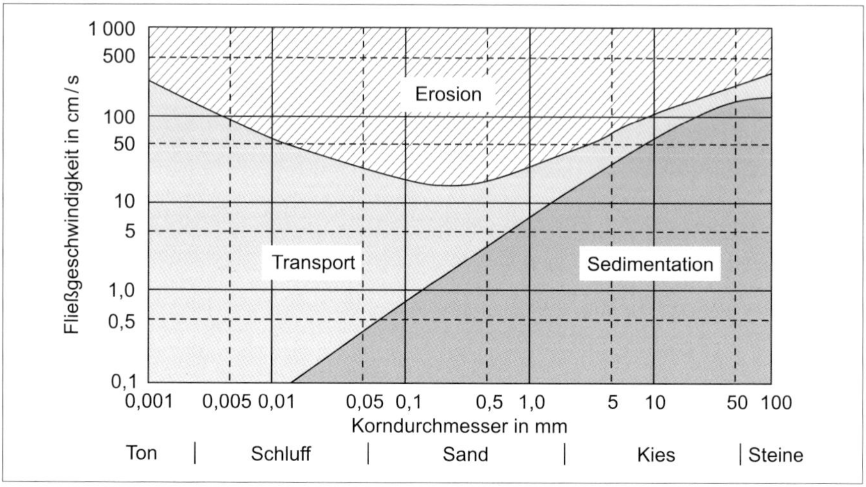

verändert nach: Ahnert, F.: Einführung in die Geomorphologie, 4. Aufl. Stuttgart, Ulmer 2009

M 6 Bevölkerungsdiagramme Chinas 1990 und 2020

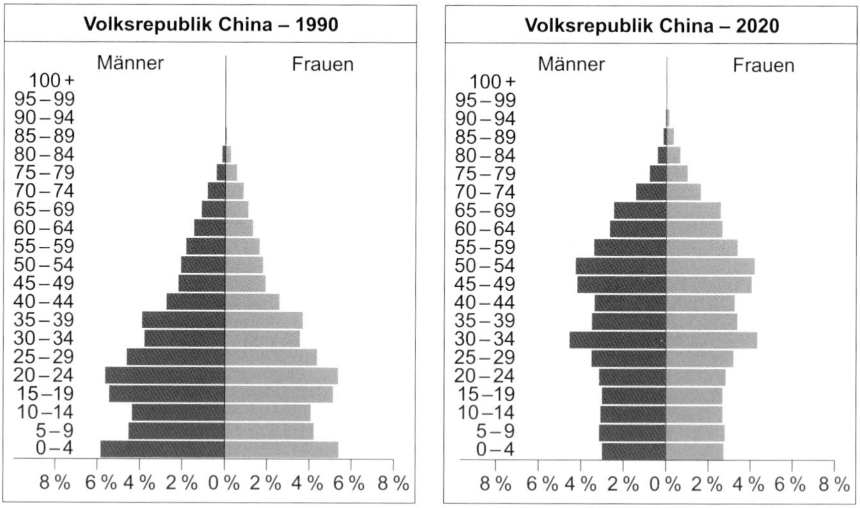

eigene Darstellung nach: PopulationPyramid.et, CC BY 3.0 IGO

M 7 Sozioökonomische Kennzahlen für Shanghai und Hongkong im Vergleich zu Berlin (2019)*

	Shanghai	Hongkong	Berlin
Bevölkerungszahl	24 281 400	7 521 000	3 645 000
Einwohnerdichte in Einwohner/km²	3 830	7 150	4 090
BIP in Mrd. US-$	487	363	157
Regionaler HDI	0,873	0,949	0,964
Ausländische Direktinvestitionen in Mrd. US-$	19	59	28 (2017)
Platzierung im Global Power City Index (GPCI)** im Bereich kultureller Austausch	25	13	7
Anzahl internationaler Studenten (2018)	61 400	42 653	45 339 (2021)
Ausgaben für Forschung und Entwicklung in % am BIP	4	0,8 (2018)	3,4 (2018)
Containerumschlag in 1 000 TEU	43 303	18 316	k. A.
Headquarter internationaler Unternehmen	720	2 187	k. A.
Ärzte pro 1 000 Personen	3	2	9 (2020)
Mittleres Haushaltseinkommen pro Monat und Kopf in Euro	837	1 226 (2018)	1 777

* Werte gerundet, Ausnahmen angegeben

** Der Global Power City Index (GPCI) misst die globale Wettbewerbsfähigkeit von 48 Global Citys anhand von 70 verschiedenen Indikatoren; es entstehen 7 unterschiedliche Rankings in den Bereichen „Wirtschaft“, „Erreichbarkeit“, „Forschung und Entwicklung“, „Umwelt“, „kultureller Austausch“ und „Lebensqualität“, die dann zu einem Gesamtranking zusammengeführt werden.

eigene Zusammenstellung nach: Shanghai Municipal People's Government, IMF - WEO; Weltbank; IMF - IFS; Asian Development Bank, Wikipedia, Kooperation international, Social Indicators of Hong Kong

M 8 Vorlage Analysespinne

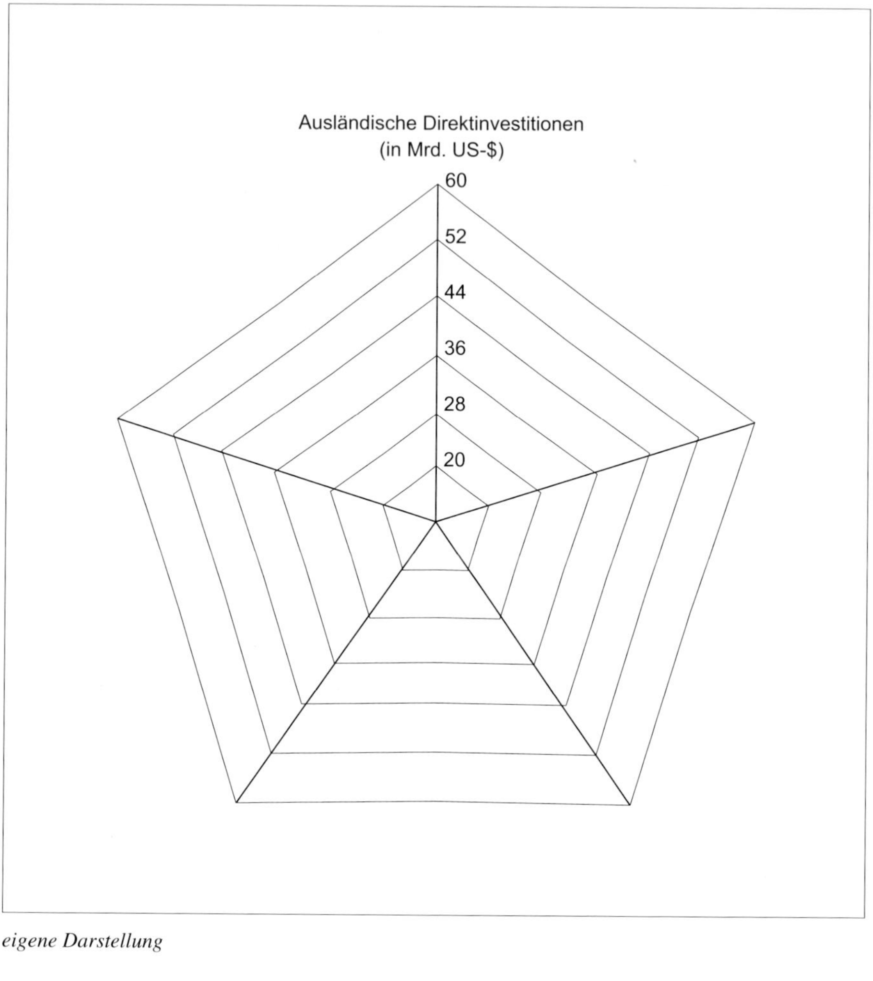

eigene Darstellung

M 9 Modell zum Katastrophenrisiko

Katastrophen-risiko

Naturgefahren-Bereich		Vulnerabilität (Gesellschaftlicher Bereich)		
Gefährdung (Exposition gegenüber Naturgefahren)	*Im Zusammenspiel mit:*	**Anfälligkeit** Wahrscheinlichkeit, im Ereignisfall Schaden zu erleiden	**Bewältigungs-kapazitäten** Kapazitäten zur Verringerung negativer Auswirkungen	**Anpassungs-kapazitäten** Kapazitäten für langfristige Strategien zum Wandel
z. B.: • Meeresspiegel-anstieg • Wirbelstürme • Überschwem-mungen • Erdbeben • Vulkan-ausbrüche		z. B.: • spezifische Lagemerkmale • Wohnsituation • Infrastruktur • Armutsrate	z. B.: • Wirtschaftskraft • medizinische Versorgung • Katastrophen-vorsorge	z. B.: • Wirtschaftskraft • Bildungsniveau • Ausgaben für Gesundheits-wesen und FuE

eigener Entwurf auf Grundlage des Weltrisikoindex

M 10 Küstenschutzmaßnahmen und Katastrophenvorsorge in Shanghai

Küstenschutzmaßnahmen:

- 520 km Schutzdeiche
- umfangreiche Frühwarnsysteme
- Stauwehre und mechanische Tore zur Regulierung der über die Ufer tretenden Flüsse
- Projekt „Sponge City“: Eindämmung der regelmäßigen Überflutungen durch starke Regenfälle mit umweltfreundlichen Maßnahmen wie wasserdurchlässige Gehwege, künstlich angelegte Teiche und Feuchtgebiete

Katastrophenvorsorge:

- Trainingszentrum für Katastrophenschutz für Kinder und Jugendliche
- Zentrales, staatliches Büro für Katastrophenschutz
- internationale Kooperation im Bereich Katastrophenvorsorge, z. B. mit Deutschland

Safeguarding against climate change: How cities respond to the need of coastal protection, BASF SE 2022, https://plastics-rubber.basf.com/emea/en/performance_polymers/industries/pp_construction/stories-in-construction/future-proofing-cities--responding-to-the-urgent-call-of-coastal.html

M 11 **Meeresspiegelanstieg Shanghais (2-Grad bzw. 4-Grad-Szenario) und vom zukünftigen Meeresspiegelanstieg betroffene Städte (Top 10)**

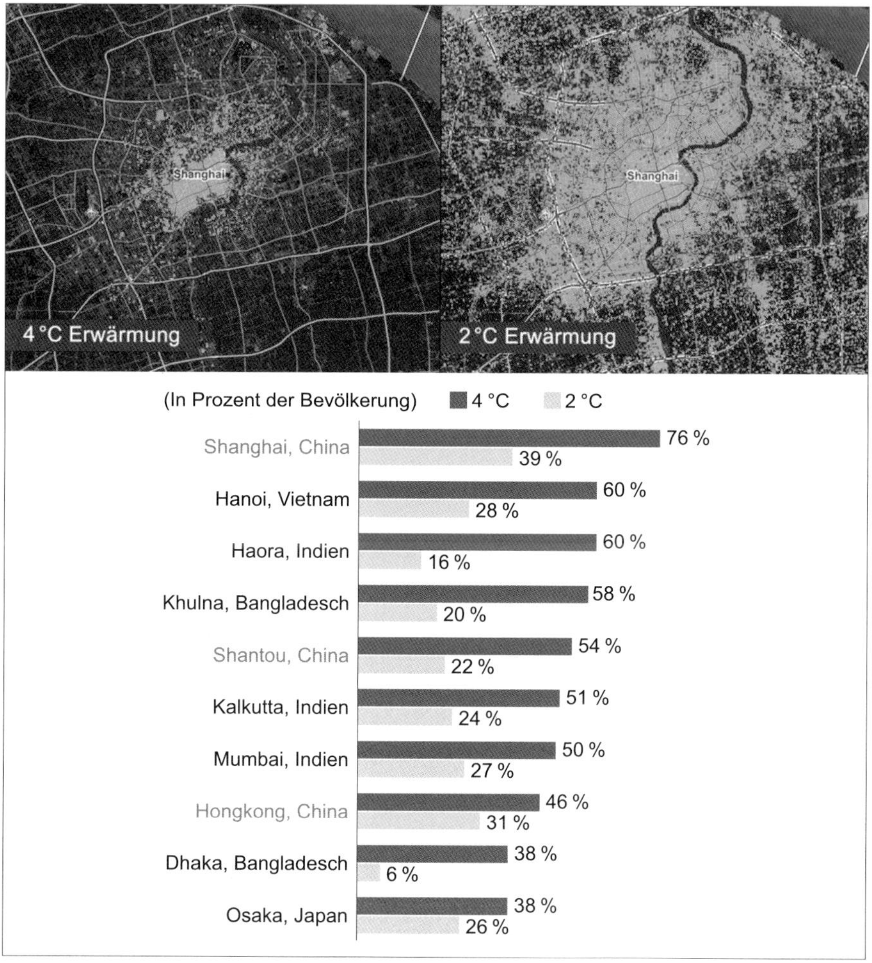

Climate Central, https://news.cgtn.com/news/3d3d674e344d544d35457a6333566d54/index.html

M 12 **Kumulierte Landabsenkung durch Grundwasserentnahme und Bebauung in Shanghai von 1921–2016**

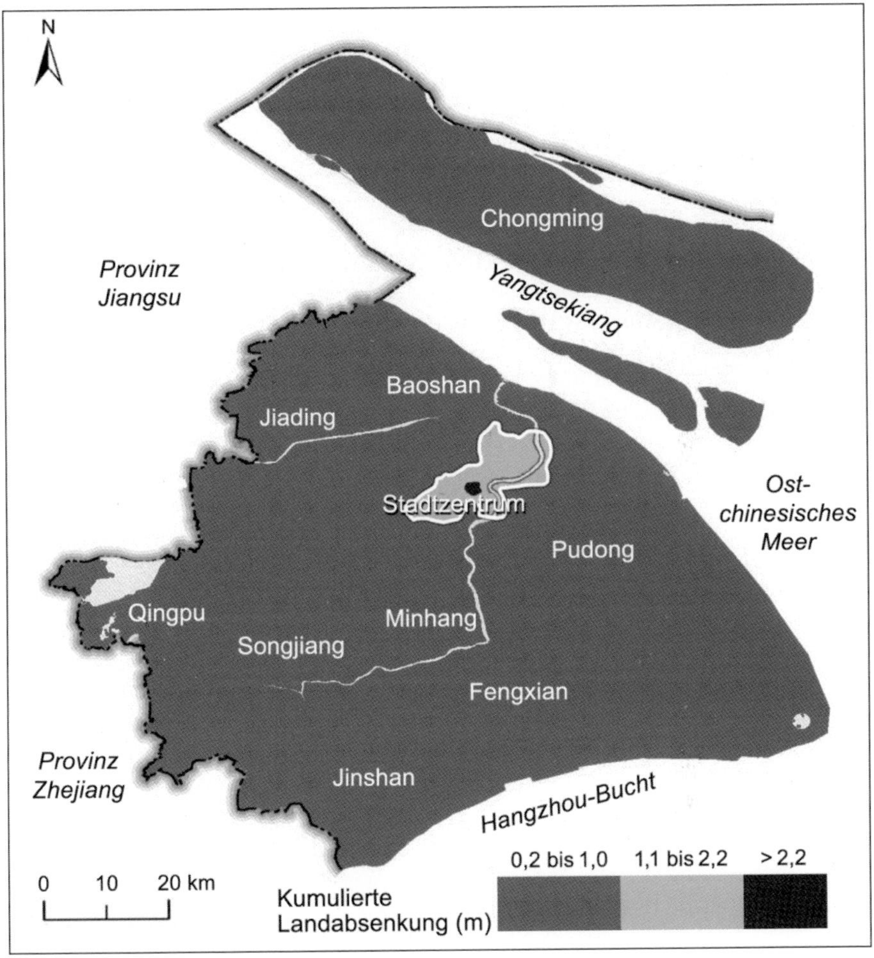

nach: He, X.-C., T.-L. Yang, S.L. Shen, Y.-S. Xu, A. Arulrajah (2019): Land subsidence control zone and policy for the environmental protection of Shanghai. Int J Environ Res Public Health 16(15):2729, CC BY 4.0, verändert

TIPP **Allgemeine Hinweise zur Lösung der Aufgabe**

Diese Übungsaufgabe setzt sich mit China als Raumbeispiel auseinander. Die Teilaufgaben sind, wie für das Abitur üblich, aus dem physisch-geographischen und humangeographischen Bereich entnommen.
Teilaufgabe 1 beschäftigt sich mit flussmorphologischen Prozessen und gehört damit zum Themenbereich **Formen und Prozesse der Reliefsphäre**. Zudem wird Wissen aus dem Themenbereich **Prozesse in der Atmosphäre** für Teilaufgabe 1 a verlangt. Teilaufgabe 2 thematisiert zwei ausgewählte Verwitterungsprozesse; sie ist ebenfalls in dem übergeordneten Themenbereich Formen und Prozesse der Reliefsphäre zu verorten.
Teilaufgabe 3 fokussiert das Thema **Weltbevölkerung** aus dem übergeordneten Bereich **Entwicklungen in der Anthroposphäre**, die Teilaufgaben 4 und 5 behandeln die **Globalen Herausforderungen Stadt** bzw. **Klimawandel**.
Wenn Sie die Übungsaufgabe bearbeiten, sollten Sie, wie in der Abiturprüfung, Ihre Antworten logisch gliedern, Fachsprache benutzen und Ihre Lösungen in vollständigen Sätzen formulieren. Außerdem sollten Sie sich darin üben, die Materialien entsprechend der Aufgabenstellung gründlich auszuwerten und in Ihren Antworten darauf Bezug zu nehmen.

Lösungsvorschlag

1 a **TIPP**

In dieser Aufgabe sollen Sie das Abflussdiagramm des Huang He (M 1) auf Grundlage der globalen atmosphärischen Zirkulation (M 2) erklären. Dies erfordert eine Materialauswertung (M 1, M 2) in Kombination mit Ihrem Wissen zur globalen atmosphärischen Zirkulation (hierfür sind auch Atlaskarten, z. B. *Diercke Weltatlas 2015, S. 246–249*, hilfreich).

Sommermonsun

Der Jahresabfluss des Huang He (M 1) und der Jahresgang der Niederschläge in Xining (M 2) zeigen einen deutlichen Zusammenhang. Beide sind vom **Monsun** geprägt. Die **Niederschlagsmaxima** in Xining (Juni bis September > 100 mm) und die damit einhergehende verzögerte **Abflussspitze** in den Sommermonaten (Juli bis September > 2 500 m^3/sec.) ist durch den Sommermonsun zu erklären: Die starke Erwärmung der zentralasiatischen Landmasse führt zur Ausbildung eines ausgeprägten Hitzetiefs (mit Verlagerung der ITC weit nach Norden). In dieses weht der **Südostmonsun** vom Pazifik kommend. Dieser kann **über dem Pazifik viel Feuchtigkeit** aufnehmen, die dann als **Steigungsniederschlag** im tibetischen Hochland und

Ordos-Plateau wieder frei wird und den Abfluss des Huang He stark steigen lässt.

Wintermonsun

Die deutlich **geringeren Niederschläge** in den Winter- und Frühjahrsmonaten (November bis März < 30 mm) und der damit **stark reduzierte Abfluss** des Huang He (Dezember bis April < 800 m^3/sec.) ist auf den Wintermonsun zurückzuführen: Die starke Auskühlung der zentralasiatischen Landmasse führt zu Ausbildung eines ausgeprägten Kältehochs. Aus diesem weht der **Nordwestmonsun** Richtung China und bringt kalte, trockene Festlandsluft.

1 b

TIPP

Es ist sinnvoll, zuerst die Info zum Sediment Löss (M 4) zu lesen und sich dann über das Erosions-, Transport- und Sedimentationsverhalten zu informieren (M 5). Erst dann kann eine fundierte Beschreibung und Erklärung der flussmorphologischen Prozesse erfolgen.

Erosion des Löss im Hügelland

Im chinesischen Hügelland wird der vom Wind abgelagerte Löss (Leelage zum Ordosplateau) vom Huang He erodiert und als Schwebfracht flussabwärts transportiert. Löss mit einer mittleren **Korngröße von 0,03 mm** (M 4) wird bei einer **Fließgeschwindigkeit von ca. 40 cm/s** erodiert (M 5). Diese überschreitet der Huang He aufgrund der hohen Reliefenergie im Hügeland deutlich. Hinzu kommt eine verstärkte Erosion des Löss durch Erosionswaffen (z. B. Sand, Steine, Geröll). Die hohe **Erosionskraft** schafft breite und tiefe Erosionsrinnen und sogar -schluchten (M 3).

Sedimentation des Löss in der Großen Ebene

In der Großen Ebene wird der Löss weitflächig als **Schwemmlöss** abgelagert (M 3). Löss der mittleren Korngröße 0,03 mm wird erst bei einer **Fließgeschwindigkeit von ca. 0,2 cm/s** sedimentiert (M 5). Diese Fließgeschwindigkeit unterschreitet der Huang He teilweise in der Großen Ebene, sodass es zur **Sedimentation** kommt.

Einflussnahme durch anthropogene Eingriffe

Menschliche Eingriffe beeinflussen diese natürlichen flussmorphologischen Prozesse wesentlich. Im Hügelland sollen Stauwehre und Staudämme nicht nur als **Hochwasserschutz** dienen, sondern auch die **Erosion des fruchtbaren Löss minimieren**. Er bildet dort die Grundlage für den Ackerbau. In den Stauwehren und Staudämmen kommt es allerdings auch zur erhöhten Sedimentation des Löss, sodass der Schwebfrachtanteil und damit auch die Schwemmlösssedimentation in der Großen Ebene reduziert wird. Eine weitere **Reduktion der Sedimentation** wird durch die Eindeichung des Huang He, die Flutauffangbecken und die großflächige Bewässerungslandwirtschaft in der Großen Ebene bewirkt (M 3).

2 **TIPP**

Es gilt zunächst die beiden Verwitterungsprozesse Frostsprengung und Lösungsverwitterung darzustellen und im Anschluss anhand des Klimadiagramms (M 2) zu begründen, wann diese vorrangig ablaufen.

Die **Frostsprengung** wird der **physikalischen Verwitterung** zugerechnet, die **Lösungsverwitterung** stellt eine **chemische Verwitterungsform** dar.

Bei der Frostsprengung kommt es zur Volumenzunahme durch das Gefrieren von Wasser (Eisbildung) im Gestein. Diese bewirkt eine Druckzunahme und schließlich eine Sprengung des Gesteins. Frostsprengung

Die Lösungsverwitterung beruht auf der **wasserlöslichen Eigenschaft von Salzgesteinen bzw. Löslichkeit von Kalkgesteinen** durch kohlensäurehaltiges Wasser. Bei der Lösung der Salzgesteine lagern sich die Wassermoleküle so lange an das Ionengitter der Minerale an, bis diese vollständig hydratisiert sind und in der Folge leicht in wässriger Lösung abtransportiert werden können. Lösungsverwitterung

Die Lösung der Kalksteine stellt eine Sonderform der Lösungsverwitterung dar. Hierbei wird der Kalk durch kohlensäurehaltiges Wasser gelöst. Dabei reagiert das Calciumkarbonat mit dem kohlensauren Wasser zu wasserlöslichem Calciumhydrogencarbonat. Kalksteinlösung als Sonderform

Für die **Frostsprengung** sind Temperaturen unter dem Gefrierpunkt sowie das Vorhandensein von Wasser erforderlich. Diese Bedingungen sind in den **Wintermonaten** (November bis März) gegeben. Abgleich der Verwitterungsprozesse mit dem Klima

Die **Lösungsverwitterung** ist v. a. an Wasser gebunden. Grundsätzlich laufen die chemischen Verwitterungsprozesse bei höheren Temperaturen schneller und intensiver ab. In den **Sommermonaten** Juni bis September erreichen in Xining die Niederschläge sowie die Temperaturen ihre Maxima. Deshalb ist davon auszugehen, dass die Lösungsprozesse in diesen Monaten verstärkt stattfinden.

3

TIPP

Bei der Bearbeitung der Aufgabe ist es sinnvoll, die beiden Phasen der Bevölkerungspolitik zuerst in den beiden Bevölkerungsdiagrammen (M 6) zu verorten. Erst dann kann mit der eigentlichen Analyse begonnen werden. Am Ende einer jeden Analyse muss ein schlüssiges Ergebnis formuliert werden.

Allgemeine Analyse

Die Bevölkerungsdiagramme entwickeln sich von der Pyramide (1990) hin zur Urne (2020). Typisch für diese Entwicklung ist eine Angleichung der Geburtenrate an die bereits gesunkene Sterberate bei starker Reduzierung der Geburtenrate. Das schnelle Durchlaufen des **demographischen Übergangs** ist vor allem auch der chinesischen Bevölkerungspolitik zwischen den 1940er- und 1980er-Jahren geschuldet, die sich in den verschiedenen Diagrammen nachweisen lässt.

Chinesische Geburtenpolitik

Die **pronatalistische Geburtenpolitik** unter Mao (Ende 1940er-Jahre bis 1970er-Jahre) zeigt sich in der Bevölkerungspyramide von 1990 im hohen Anteil der 15- bis 45-Jährigen (ca. 55 % der Bevölkerung). Dieser hohe Bevölkerungsanteil ist dann im Bevölkerungsdiagramm von 2020 nach oben gewachsen, was sich entsprechend am starken Bevölkerungsanteil der 45- bis 75-Jährigen zeigt.
Demgegenüber steht die **restriktive Ein-Kind-Politik** der 1980er-Jahre, die im Diagramm von 1990 an den deutlichen Einbuchtungen in den Altersklassen 5 bis 14 Jahre (ca. 17 % der Bevölkerung) erkennbar ist. Im Bevölkerungsdiagramm von 2020 werden diese geburtenschwachen Jahrgänge in der Altersklasse 35–44 Jahre sichtbar. Eine Geburtenzunahme nach der Ein-Kind-Politik (geburtenstarke Jahrgänge 0 bis 4 Jahre im Bevölkerungsdiagramm von 1990 bzw. 30 bis 34 Jahre im Bevölkerungsdiagramm von 2020) tritt nur kurz auf, wie das Bevölkerungsdiagramm von 2020 zeigt.

Ergebnis

Die stark gegensätzliche Bevölkerungspolitik zwischen 1940 und 1990 führt in näherer Zukunft zu einer **Überalterung der Bevölkerung**. Die geburtenstarken Jahrgänge der maoistischen Bevölkerungspolitik bilden bereits im Jahr 2020 knapp über 50 % der Bevölkerung im höheren erwerbsfähigen bzw. nicht mehr erwerbsfähigen Alter (ab 45 Jahre). Demgegenüber steht durch die Ein-Kind-Politik der 1980er-Jahre in näherer Zukunft ein geringerer Anteil von Menschen im erwerbsfähigen Alter. Dies führt zu erheblichen Problemen für den chinesischen Staat, z. B. in Hinblick auf den Arbeitsmarkt oder die Gesundheitsversorgung, die sich in den nächsten Jahrzehnten weiter verschärfen werden.

4a **TIPP**

In einem ersten Schritt müssen Sie die **Indikatoren** aus M 7 **sichten** und überlegen, welche davon geeignet sind, die **globale Vernetzung** der beiden Global Citys Shanghai und Hongkong auszudrücken. In einem zweiten Schritt geht es darum, die **Indikatoren** in die Analysespinnenvorlage M 8 zu **übertragen**. Hierfür müssen Sie **inhaltliche Aspekte** und die **Darstellung betreffende Kriterien** beachten.

Zu den inhaltlichen Aspekten zählen das korrekte Eintragen der Werte sowie die inhaltlich richtige Ausrichtung der Achsen (hohe Werte außen für „Ausländische Direktinvestitionen“, „Anzahl internationaler Headquarter“, „Anzahl internationaler Studenten“ und „Containerumschlag“; niedrige Werte außen für „Platzierung im GPCI“).

Um die **Darstellungskriterien** zu erfüllen, müssen folgende Aspekte beachtet werden: aussagekräftige Überschrift, Legende mit klar unterscheidbaren Signaturen, sinnvolle Ausnutzung der Achsenlänge, saubere Darstellung.

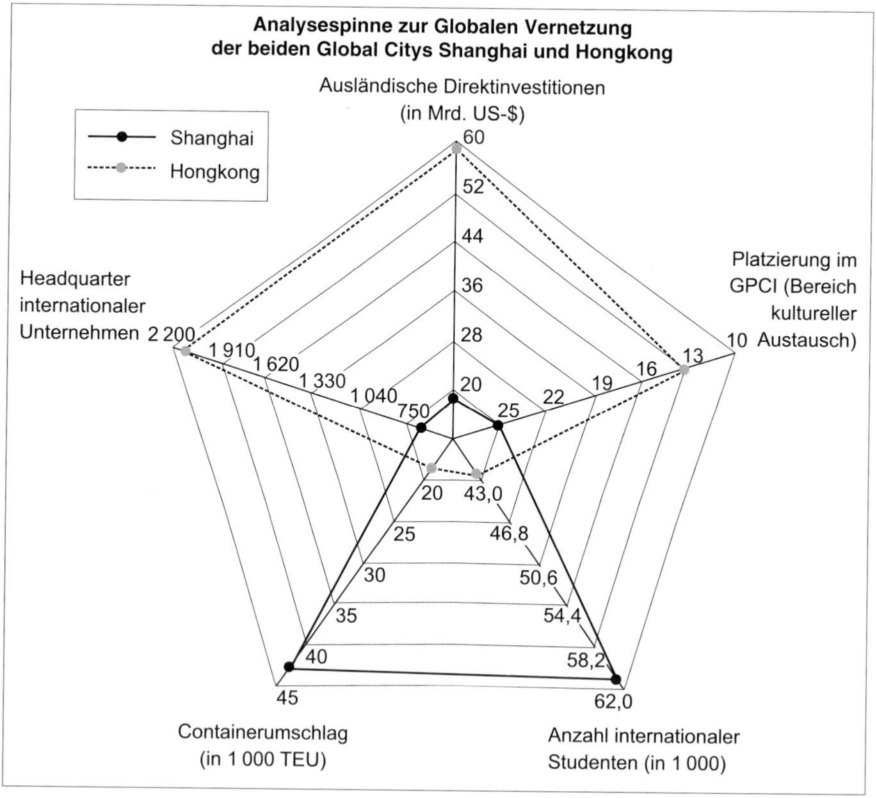

4 b **TIPP**

Nach der Erstellung der **Analysespinne** sollen Sie diese **auswerten**, indem Sie einen **Vergleich beider Städte** hinsichtlich ihrer globalen Vernetzung durchführen. Hier bietet es sich an, immer auch die Tabelle M 7 zurate zu ziehen, falls sich beim Erstellen der Analysespinne Fehler eingeschlichen haben sollten.

Gemeinsamkeiten

Bei Betrachtung der Analysespinne fällt auf, dass **kaum Gemeinsamkeiten** bestehen und sich beide Städte hinsichtlich ihrer globalen Vernetzung, zumindest in den ausgewählten Indikatoren, deutlich unterscheiden.
Lediglich belegen sowohl Shanghai als auch Hongkong im GPCI im Bereich „kultureller Austausch“ keinen Top-10-Platz, beide Städte können sich hier noch verbessern.

Unterschiede

Auch wenn beide Städte nicht zu den Top-10 des GPCI im Bereich „kultureller Austausch“ zählen, so liegt **Shanghai** doch immerhin zwölf Plätze vor Hongkong. Shanghai weist außerdem einen mehr als doppelt so großen Containerumschlag im Jahr auf (43 303 TEU zu 18 316 TEU in Hongkong) und eine ca. 44 % höhere Anzahl an internationalen Studenten und Studentinnen (61 400 zu 42 653 in Hongkong).
In **Hongkong** hingegen investieren deutlich mehr ausländische Unternehmen als in Shanghai (59 Mrd. US-$ ausländische Direktinvestitionen zu 19 Mrd. US-$ in Shanghai). Diese Dominanz zeigt sich auch an der Zahl der Headquarter internationaler Unternehmen, die in Hongkong gut dreimal so hoch ist (2 187 zu 720 in Shanghai).

Ergebnis

Aufgrund der Dominanz der beiden Städte in jeweils zwei Bereichen kann man **keiner Stadt eine entscheidend höhere globale Vernetzung** zusprechen. **Hongkong** besitzt, was die globale Vernetzung betrifft, einen Vorsprung, da die Stadt schon unter britischer Herrschaft und als Sonderverwaltungszone eine frühe Öffnung nach Westen und damit eine deutlich frühere Globalisierung der Wirtschaft erfahren hat. Dies zeigt sich auch an den deutlich höheren ausländischen Direktinvestitionen oder der größeren Zahl an ansässigen internationalen Unternehmen.
Shanghai scheint aufzuholen, was eine höhere Platzierung im GPCI im Bereich „kultureller Austausch“ ebenso belegt wie die Dominanz in den Bereichen „Containerumschlag“ und „Anzahl internationaler Studenten“. Das Aufholen Shanghais ist auch auf eine rasante Entwicklung und den enormen Ausbau des internationalen Wirtschaftsstandortes in den letzten 20 Jahren zurückzuführen.

5 **TIPP**

Die Aufgabe verlangt von Ihnen, anhand eines breiten Materialangebots eine **Aussage** auf ihre sachliche Richtigkeit hin zu **überprüfen**.
In einem ersten Schritt bietet es sich an, den in der Aufgabenstellung angegebenen **Materialpool** zu sichten und hilfreiche **Atlaskarten** auszuwählen (z. B.: *Diercke Weltatlas 2015, S. 184–187, 189*).
In einem zweiten Schritt müssen dann die Materialien gründlich ausgewertet werden, sodass die Aussage abwägend diskutiert und am Ende ein begründetes Ergebnis formuliert werden kann. Eine Schlüsselstellung in der Aufgabe nimmt das **Modell** M 9 ein, das Grundlage der Überprüfung sein muss und Ihrer Antwort Struktur verleiht.
Bei Aufgabentypen aus dem Anforderungsbereich III (z. B. auch „Erörtern", „Bewerten", „Beurteilen") wird von Ihnen in der Regel keine Vollständigkeit in der Lösung erwartet, sondern vielmehr eine schlüssige und nachvollziehbare Darlegung der Argumente sowie eine gut strukturierte Darstellung, die folgende Elemente aufweisen muss: **Einleitung**, sinnvoll gegliederter **Hauptteil**, schlüssiges **Fazit**. Achten Sie auch darauf, dass Sie in Ihrer Antwort die entsprechenden Materialverweise aufführen.

Einleitung

Der fortschreitende Klimawandel wird in Zukunft zu einem weiteren **Anstieg der Meeresspiegel** führen. Aber auch schon gegenwärtig sind Küstenstädte wie Shanghai vom bereits gestiegenen Meeresspiegel bedroht.
Um **Shanghais Katastrophenrisiko** hinsichtlich dieser Gefährdung zu überprüfen, wird das Modell M 9 zugrunde gelegt.

Gefährdung

Eine **Gefährdung** Shanghais ist offensichtlich. Selbst bei Eintreten des **2-Grad-Szenarios**, das nach aktuellem Stand nur mit drastischen Klimaschutzmaßnahmen noch erreicht werden kann, sind bereits deutlich über ein Drittel (39 %) der Bevölkerung Shanghais vom Meeresspiegelanstieg betroffen (M 11); bei Eintreten des **4-Grad-Szenarios** sogar gut drei Viertel (76 %) der Bevölkerung (M 11).

Anfälligkeit

Die Anfälligkeit Shanghais wird durch die **hohe Bevölkerungsdichte** und **starke Bebauung** innerhalb des Jangtsekiang-Deltas verstärkt (*Diercke Weltatlas 2015, S. 185*). Die typischen **flach auslaufenden Küstenbereiche des Deltas** führen zu einer stark erhöhten Anfälligkeit von Wohnquartieren und Industriezentren. Erschwerend kommt eine zunehmende **Bodenabsenkung** durch Grundwasserentnahme und Bebauung hinzu (M 12). Diese wirkt sich entsprechend der Bebauungsdichte und dem Gewicht der Gebäude vor allem im City-Bereich aus. Hier werden Werte von über 2,2 m Bodenabsenkung erreicht (M 12).

Als besonders anfällig sind auch die landwirtschaftlichen Flächen in den Küstenbereichen zu bewerten (*Diercke Weltatlas 2015, S. 187*). Hier besteht die **Gefahr der Bodenversalzung** durch eindringendes Meerwasser.
Hingegen wird die Anfälligkeit durch die bereits getroffenen **Anpassungsmaßnahmen im Bereich Küstenschutz** wie Schutzdeiche, Stauwehre oder Frühwarnsysteme reduziert. Auch das Projekt „Sponge City" kann kleinere, temporäre Überflutungen ausgleichen. Das deutlich **geringere mittlere Haushaltseinkommen** in Shanghai (837 Euro) gegenüber Hongkong (1 226 Euro) und Berlin (1 777 Euro) lässt auf höhere sozioökonomische Disparitäten schließen (M 7). Die ökonomisch und sozial **schwächere Bevölkerung** ist entsprechend **anfälliger** gegenüber möglichen Überschwemmungen.

Bewältigungskapazitäten

Dies gilt auch für die Bewältigungskapazitäten. Diese werden v. a. durch die im Vergleich mit Berlin deutlich schlechtere **medizinische Versorgung** (vgl. Werte zu Berlin, M 7) mit drei Ärzten pro 1 000 Personen beschränkt (M 7).
Positiv auf die Bewältigungskapazitäten wirkt sich die große Wirtschaftskraft der Global City aus, die sich im enormen Gesamt-BIP ausdrückt (487 Mrd. US-$, M 7). So stehen prinzipiell genügend **finanzielle Mittel** zur Verfügung, um die negativen Auswirkungen eines Flutereignisses zu verringern. Ebenso wirken sich die **bereits vorhandenen Maßnahmen zur Katastrophenvorsorge** günstig auf die Bewältigungskapazitäten aus. Hierzu zählt die Institutionalisierung des Katastrophenschutzes durch ein staatliches Büro, ebenso wie Trainingszentren für Kinder und Jugendliche oder die internationale Kooperation im Bereich Katastrophenvorsorge (M 10).

Anpassungskapazität

Die Anpassungskapazitäten könnten durch geringere Ausgaben im **Gesundheitswesen** begrenzt werden. Auf diese kann man über die im internationalen Vergleich (hier: Vergleich mit Berlin) eher schlechtere medizinische Versorgung (Anzahl der Ärzte pro 1 000 Personen, s. o.) schließen.
Der hohe HDI (0,873, M 7) lässt in Verbindung mit der großen Dichte an **Bildungseinrichtungen** (*Diercke Weltatlas 2015, S. 189*) ein gutes Bildungsniveau vermuten. In Verbindung mit den vergleichsweise hohen **Ausgaben für Forschung und Entwicklung** (4 % des BIP, M 7) dürfte dies eine gute Grundlage darstellen, um Anpassungsstrategien vor Ort für die Region zu entwickeln und umzusetzen.

Ähnlich positiv wie auf die Bewältigungskapazitäten dürfte sich die hohe **Wirtschafskraft** Shanghais auf die Möglichkeiten zur Anpassung auswirken (s. o., M 7).

Abschließend kann man sagen, dass Shanghai, aufgrund der hohen Wirtschaftskraft, der herausgehobenen Position als Wirtschafts- und Wissenschaftsstandort, der starken internationalen Vernetzung als Global City sowie der bereits eingeleiteten Maßnahmen im Bereich Küstenschutz und Katastrophenvorsorge, das Katastrophenrisiko hinsichtlich des Meeresspiegelanstiegs reduzieren kann. Fazit

Dennoch bleibt ein hohes Gefährdungspotenzial bestehen, weil der Meeresspiegel im Küstenbereich von Shanghai durch den Klimawandel fortwährend steigt und Shanghai aufgrund seiner Lage im Deltabereich des Jangtsekiang eine besondere Gefahrenexposition aufweist. Die besondere geographische Lage bringt auch eine hohe Anfälligkeit mit sich, die durch die hohe Bevölkerungs- und Bebauungsdichte zusätzlich verstärkt wird.

Legt man die in der Aufgabenstellung ausgewiesene Aussage zugrunde, **kann definitiv nicht von einer starken Reduzierung des Katastrophenrisikos für Shanghai gesprochen werden**. Man müsste die Aussage abschwächen, indem man das „stark reduziert" durch ein „teilweise reduziert" austauscht. Zusätzlich müsste man die Aussage für unterschiedliche Personengruppen, z. B. untere Bevölkerungsschichten, neu formulieren, weil diese nach wie vor einem deutlich höheren Katastrophenrisiko ausgesetzt sind.

PRÜFUNGSAUFGABEN

Baden-Württemberg Geographie ▪ Abiturprüfung 2021
Aufgabe I

Madagaskar ist die viertgrößte Insel der Welt. Sie ist für ihre einmaligen Naturlandschaften und eine große geographische Vielfalt bekannt.

Aufgabenstellung

1 **a** Erläutern Sie anhand von M 1 das Klima der Station Toliara (auch: Tuléar) aus der globalen atmosphärischen Zirkulation. 7 VP

b Erläutern Sie die hohen Niederschlagswerte in Antalaha (M 1). 5 VP

2 Der Zyklon „Enawo" traf am 7. März 2017 mit Windgeschwindigkeiten von bis zu 290 km/h nahe Antalaha auf die Küste Madagaskars (M 2).

Überprüfen Sie ausgehend von M 2 und M 3 die Aussage, dass am 7. März 2017 die Ostküste zwischen 12° S und 17° S stärker gefährdet war als die West- und Nordküste. 6 VP

3 Im westlichen Kalkgebiet Madagaskars gibt es kilometerlange Karsthöhlensysteme, bei deren Entstehung – wie in europäischen Karstgebieten auch – die Mischungskorrosion eine wesentliche Rolle spielt.

Erklären Sie das Phänomen der Mischungskorrosion bei der Höhlenbildung und arbeiten Sie anhand von M 4 heraus, wie viel Milligramm Kohlenstoffdioxid pro Liter beim Aufeinandertreffen der Kalkwässer „W 1" und „W 2" am Punkt „W 3" für weitere Reaktionen zur Verfügung stehen. 10 VP

4 Madagaskar zählt mit einem HDI von 0,521 im Jahr 2019 zu den ärmsten Ländern der Welt.

Analysieren Sie anhand von fünf ausgewählten Indikatoren aus M 5 und M 6 die sozio-ökonomische Entwicklung des Landes seit 2005. 10 VP

5 Das deutsche Unternehmen Symrise AG ist ein globaler Anbieter von Geschmacksstoffen mit inzwischen fünf Produktionsstandorten für Vanille auf Madagaskar.

Erörtern Sie ausgehend von M 7 die Eignung Madagaskars als Produktionsstandort für die Symrise AG. 12 VP

6 Die Mangrovenküsten im Westen Madagaskars zählen zu den produktivsten Ökosystemen der Erde und sind von elementarer Bedeutung für die Küstenbewohner. Sie sind durch Übernutzung stark bedroht.

Begründen Sie anhand der in M 8 genannten Ökosystemleistungen ① bis ④ die Schutzwürdigkeit der Mangrovenküste (M 9, M 10). 10 VP

60 VP

M 1 **Klimadiagramme Toliara (23° 25‘ S/43° 48‘ O) und Antalaha (14° 54‘ S/50° 17‘ O)**

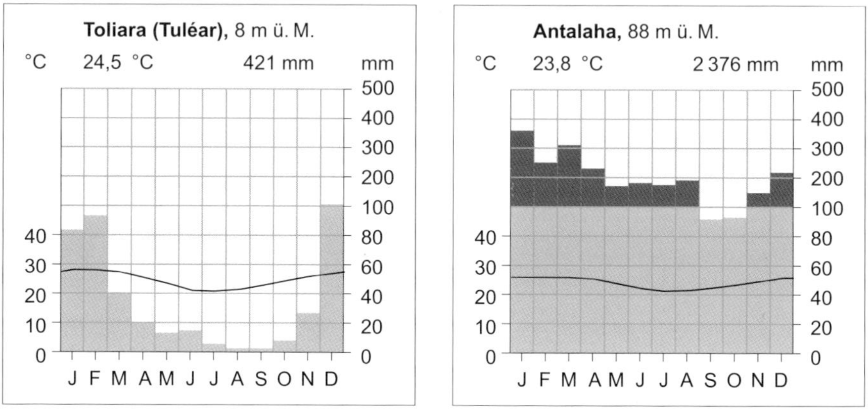

verändert nach: LMZ (Landesmedienzentrum Baden-Württemberg), GeoPortal

M 2 **Zyklon „Enawo“ (07. 03. 2017)**

M 3 Zugbahn Zyklon „Enawo“

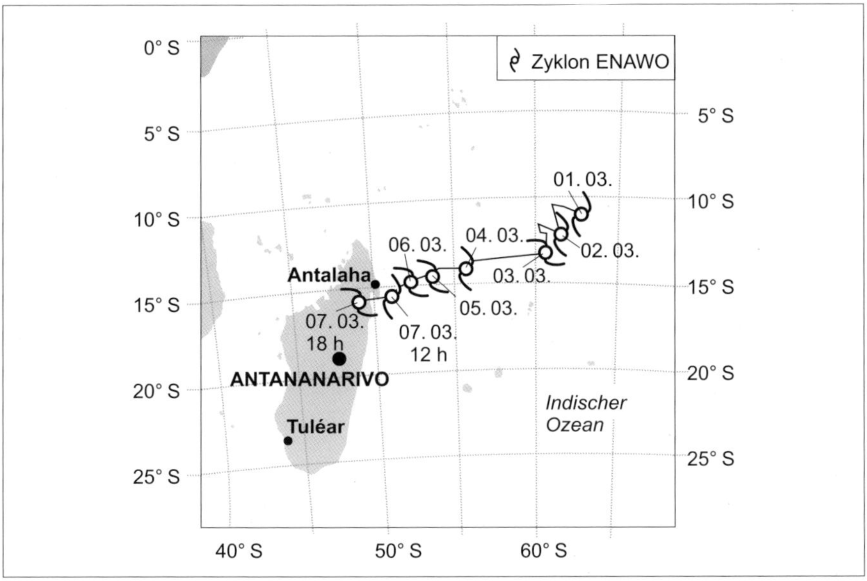

eigene Darstellung

M 4 Mischung zweier gesättigter Kalkwässer W 1 und W 2 im Verhältnis 1 : 1

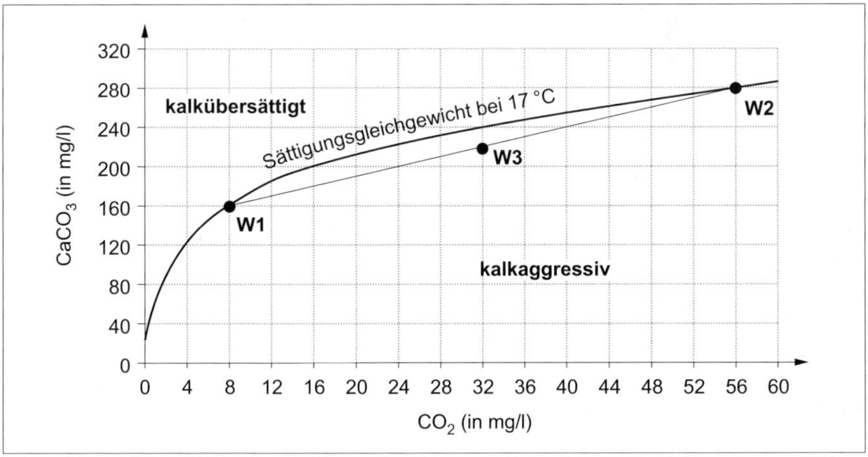

eigene Darstellung

M 5 Wirtschaftsdaten Madagaskars 2005–2018

	2005	2010	2018
Inflationsrate (in % zum Vorjahr)	18,4	9,2	8,6
Ausländische Direktinvestitionen (in % des BIP)	1,0	10,4	4,8
BIP/EW in KKP (in US-$)*	1 444	1 719	1 891
Handelsbilanz (in Mrd. US-$)	–0,8	–1,6	–0,9
Internationale Tourismuseinnahmen (in Mio. US-$)	275	425	879

* KKP: Mit der Kaufkraftparität werden Geldbeträge durch Wechselkurse in zwei unterschiedlichen Währungsräumen vergleichbar gemacht.

eigene Zusammenstellung nach verschiedenen Quellen

M 6 Ausgewählte Strukturdaten Madagaskars

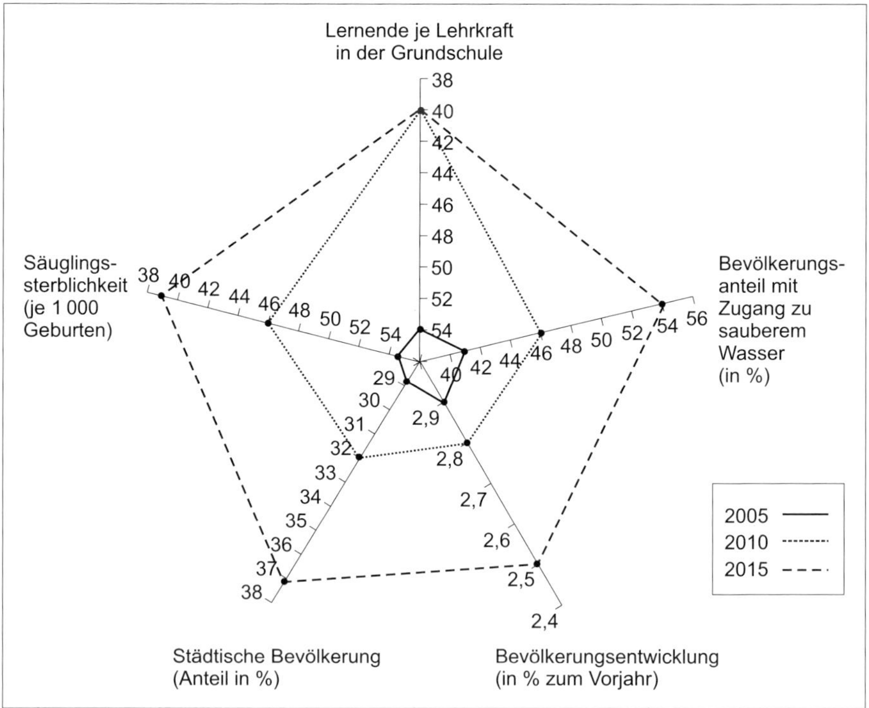

eigene Darstellung

M 7 Vanille-(Alb-)Traum

Vanillin hat die Firma Symrise AG – ein echter Global Player aus einem Städtchen im niedersächsischen Weserbergland – zur weltweiten Nummer Drei unter den internationalen Duft- und Geschmackstoffherstellern gemacht. Der synthetisch hergestellte Aromaträger Vanillin ist preiswert, universell einsetzbar und prägt seit Generationen den Geschmack von Eiscreme, Feingebäck oder Pudding. Mittlerweile legt der Verbraucher allerdings immer mehr Wert auf echte Vanille und Vanillegeschmack aus Vanilleextrakt. Auch die Symrise AG setzt inzwischen viel mehr auf das authentische Produkt. Seit die Verbraucher auf Natürlichkeit, Bio-Qualität und fairen Handel achten, ist es auch eines der teuersten Produkte.

Für den Vanilleextrakt, das konzentrierte Aroma aus Bourbon-Vanille, reißen auch Global Player wie Nestlé und Unilever den Farmern auf Madagaskar die Ernte aus den Händen. Madagaskar ist mit über 3 200 Tonnen vor Indonesien (ca. 2 000 t) der größte Vanilleproduzent weltweit. Erst mit großem Abstand folgen weitere Staaten wie China, Mexiko oder die Türkei. Um die hochwertigen Schoten der Bourbon-Vanille, die nur aus den Anbaugebieten Madagaskar, La Reunion und auf den Komoren stammen darf, ist fast ein „Vanille- Krieg“ ausgebrochen. Plantagen-Vanille ist heute nach Safran das zweitteuerste Gewürz der Welt. Der Preis für ein Kilogramm schwarzgebräunter Vanilleschoten, der lange bei 30 Euro lag, hat sich innerhalb weniger Jahre vervielfacht. Bis zu 600 Euro kostete ein Kilogramm während einer Hochpreisphase im Sommer 2017.

Seit 2005 ist die Firma Symrise auf Madagaskar tätig. Mittlerweile wird dort nicht nur Vanille geerntet, sondern auch weiterverarbeitet. Der traditionelle Herstellungsweg von Plantagenvanille macht viel Handarbeit notwendig. Beispielsweise beschäftigt alleine das tägliche Wenden der Samenkapseln ganze Dörfer über Wochen und Monate.

Anfang des 20. Jahrhunderts misslangen in den französischen Kolonien Reunion und Madagaskar trotz des idealen Klimas die ersten Kultivierungsversuche. Es fehlten die Bestäuberinsekten. Es dauerte Jahrzehnte, bis die Bauern lernten, wie man Vanilleblüten mit der Hand bestäubt. Gegen das billige Industriearoma waren die echten Schoten deshalb lange chancenlos. Das hat sich in den letzten Jahren grundlegend geändert und bedeutet großes Geld für fast 7 000 Kleinbauern, die mit Symrise in einer Kooperative zusammenarbeiten. Alle, die indes keine Vanille zu verkaufen haben – die glücklosen Bauern, die Beamten und kleinen Händler – wissen allerdings kaum noch, wie sie überleben sollen. Und so kam mit dem Geld auch die Gewalt in die Anbauregionen. Die Vanille-Diebe sind jetzt überall.

Die wahrscheinlich noch größere Gefahr für die Zukunft lauert hingegen im fernen Deutschland. Am Institut für Lebensmittelchemie an der Leibniz-Universität Hannover wird an biotechnologischem Vanillin geforscht. Das ist zwar deutlich teurer als synthetisches, aber immer noch billiger als Plantagen-Vanille und im Geschmack nicht von echter Vanille zu unterscheiden. Ob der Vanille-Traum somit zum Albtraum wird, ist völlig offen.

eigene Zusammenstellung nach verschiedenen Quellen

M 8 Ökosystemleistung Mangrovenküste

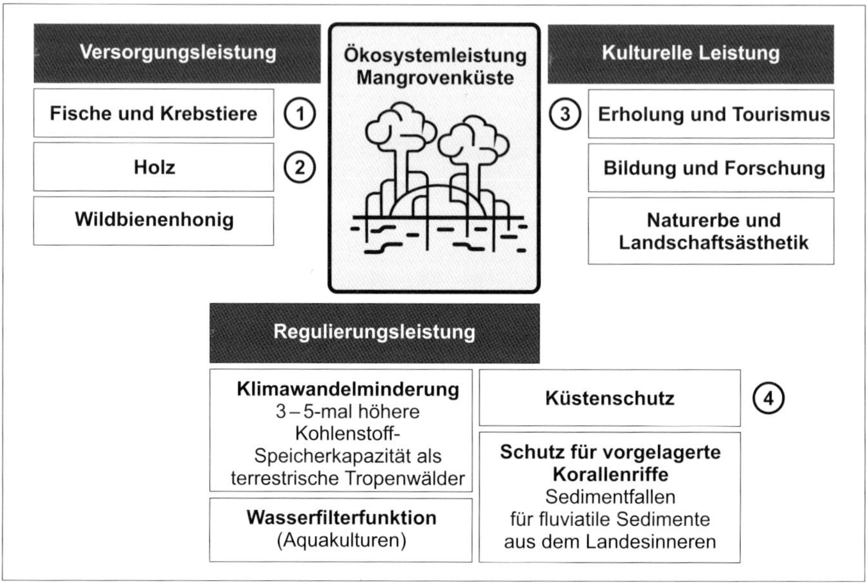

eigene Darstellung

M 9 Schema Mangrovenküste

verändert nach: Diercke Wörterbuch der Geographie, Bd. 1, S. 384, 1992

M 10 Mangrovenküste

In tropischen Gezeitenmeeren ist die Wattenküste oft als Mangrovenküste ausgebildet. Auf einer niedrigen Küstenplattform bilden verschiedene salztolerante Baum- und Straucharten einen mit Wasserrinnen durchzogenen, gewöhnlich nicht über 10 m hohen Mangrovenwald. Die Bedeutung der Mangroven für die Küstenmorphologie ergibt sich u. a. durch die Brett-, Stelz- und Kniewurzelgerüste, die die Mangroven fest im Untergrund verankern und bei der Wattbildung Einfluss auf Brandungsgeschehen und Gezeitenströmung nehmen.

eigener Text

TIPP **Allgemeine Hinweise zur Lösung der Aufgabe**

Aufgabe I thematisiert Madagaskar. Dabei stammen die ersten drei Teilaufgaben aus der physischen Geographie. Hier werden zunächst die **klimatischen Verhältnisse** auf der viertgrößten Insel der Welt untersucht (Aufgabe 1) und anschließend werden die Auswirkungen eines **tropischen Wirbelsturms** näher betrachtet (Aufgabe 2). Aufgabe 3 widmet sich der Genese einer **Karstlandschaft** am konkreten Beispiel der Mischungskorrosion.
Die Aufgaben vier bis sechs sind dann der Kulturgeographie zuzuordnen. Als Erstes wird in Aufgabe 4 die **sozioökonomische Entwicklung** des Landes analysiert. Anschließend rücken in Aufgabe 5 **Standortfaktoren**, die zum Themenfeld der Wirtschaftsgeographie gehören, in den Fokus. Abschließend (Aufgabe 6) soll die **Ökosystemleistung** der Mangrovenküste beurteilt werden.
Bei allen Teilaufgaben wird erwartet, dass Sie Ihre Antwort in einem zusammenhängenden, logisch strukturierten Text unter Verwendung der Fachsprache formulieren.

Lösungsvorschlag

1 a **TIPP**

Aufgabe 1 a fordert Sie dazu auf, das Klima der Station Toliara aus der globalen atmosphärischen Zirkulation zu erläutern. Da der Operator „erläutern" sowohl eine beschreibende als auch eine erklärende Komponente verlangt, bietet es sich an, diese beiden Bereiche zu trennen. Beginnen Sie mit der Beschreibung der klimatischen Verhältnisse, indem Sie das Klimadiagramm auswerten. Erklären Sie anschließend Ihre Beobachtungen, indem Sie Ihr Wissen über die globale atmosphärische Zirkulation einfließen lassen.

Das Klima in Toliara

Die Station **Toliara** liegt an der **Westküste Madagaskars**. Sie weist eine hohe Jahresdurchschnittstemperatur von 24,5 °C auf. Betrachtet man den Temperaturverlauf im Jahresgang, stellt man fest, dass die Maximaltemperatur der Station mit ca. 29 °C im Januar/Februar und die Minimaltemperatur im Juli mit ca. 21 °C zu finden sind. Somit ergibt sich eine **geringe Temperaturamplitude** von rund 8 Kelvin. Die **Jahresniederschlagssumme** beträgt nur 421 mm. Es zeigt sich ein Niederschlagsmaximum im Dezember mit etwas über 100 mm Monatsniederschlag. Die nachfolgenden Monate Januar und Februar weisen ebenfalls noch relativ hohe Niederschlagswerte (zwischen 80 und 90 mm) auf. In den restlichen Monaten werden nur geringe Niederschlagsmengen verzeichnet, die ihr Minimum in den Monaten

August und September mit rund 3 mm erreichen. Dadurch besitzt die Station Toliara nur **drei humide Monate** (Dezember–Februar). Die restlichen neun Monate des Jahres sind arid.

Erklärung der Temperaturverhältnisse

Diese Beobachtungen können mit der **Lage** der Station Toliara auf der Südhalbkugel, **in der Nähe des südlichen Wendekreises**, erklärt werden. Hier treffen die Sonnenstrahlen das ganze Jahr über mit einem großen Einstrahlungswinkel auf die Erde. Dies führt zur **hohen Jahresdurchschnittstemperatur**. Die größten Einstrahlungswinkel sind in den Tagen rund um den 21. Dezember zu verzeichnen, wenn die Sonne im Bereich des südlichen Wendekreises im Zenit steht. Dadurch können sich in den nachfolgenden Wochen die höchsten Monatsmitteltemperaturen einstellen. Dementsprechend kann auch das Temperaturminimum im Juli erklärt werden. In dieser Zeit steht die Sonne im Bereich des nördlichen Wendekreises im Zenit. Daraus resultieren in Toliara die geringsten Sonneneinstrahlungswinkel im Jahresverlauf. Der **Sonnenstand** ist aber **im gesamten Jahresverlauf recht hoch**. Daraus resultiert letztlich die geringe Amplitude im Jahresgang der Temperatur. Dies wird noch durch die **Küstenlage** der Station am **warmen Agulhas-Strom** unterstützt, sodass eine stärkere Abkühlung auch in den Monaten des Südwinters verhindert wird.

Erklärung der Niederschlagsverhältnisse

Entsprechend dem Zenitstand der Sonne verlagert sich auch die **ITC** (Innertropische Konvergenz) in die Nähe der jeweiligen Wendekreise. So gelangt die Station Toliara in den Monaten Dezember bis Februar in den Einflussbereich der ITC, was die höheren Niederschläge und die daraus resultierenden humiden Monate erklärt. Während der neunmonatigen Trockenzeit liegt die Station im **Einflussbereich des subtropisch-randtropischen Hochdruckgürtels der Hadley-Zelle**. Sie wird in dieser Zeit durch absteigende Luftmassen, die sich während des Absinkens trockenadiabatisch erwärmen, beeinflusst. Durch die Erwärmung kommt es zur Wolkenauflösung und damit auch zur Unterdrückung möglicher Niederschläge. Mit insgesamt drei humiden und neun ariden Monaten weist die Station ein **semiarides Klima innerhalb der wechselfeuchten Tropen** auf.

1 b **TIPP**

In **Teilaufgabe 1 b** lautet der Operator erneut „erläutern". Ähnlich dem „a-Teil" der Aufgabe wird auch hier erwartet, dass Sie Ihre Beobachtungen zunächst beschreiben und diese anschließend erklären. Allerdings wird hier nur eine Erläuterung der Niederschlagsverhältnisse und nicht des gesamten Klimas der Station Antalaha gefordert. Dabei können Ihnen verschiedene Atlaskarten (z. B. zur Topographie Madagaskars; Lage der ITC im Januar/Juli) helfen.

Beschreibung der Niederschlagsverhältnisse in Antalaha

Die **Niederschlagswerte der Station Antalaha** unterscheiden sich deutlich von der Station Toliara. In Antalaha beläuft sich die Niederschlagssumme auf hohe 2376 mm. Die Niederschläge sind im Verlauf des Jahres durchgängig hoch, sodass die Station **ausschließlich humide Monate** aufweist. Dennoch werden zwei klar erkennbare Niederschlagsmaxima im Januar (rund 350 mm) und März (rund 310 mm) sowie ein Niederschlagsminimum im September/Oktober (rund 90 mm) verzeichnet. Im Vergleich zur Station Toliara sind insbesondere die hohen Niederschlagswerte im Zeitraum von Juni bis einschließlich August (Südwinter) auffällig.

Erklärung der Niederschlagsverhältnisse in Antalaha

Die Niederschlagsverhältnisse der Station lassen sich grundsätzlich genauso erklären wie diejenigen der Station Toliara. Allerdings liegt die Station fast 10° weiter nördlich, sodass sie sich deutlich **länger im Einflussbereich der ITC** befindet. Dies gilt vor allem für die Monate Dezember bis März mit ihren sehr hohen Niederschlagswerten. In dieser Zeit liegt die ITC – dem Zenitstand der Sonne entsprechend – zweimal über der Station Antalaha. Dies **erklärt die Niederschlagsspitzen im Januar und März**. Ab April schwindet der Einfluss der ITC auf die Station, da sich die Zenitalregenzone gemäß dem Zenitstand der Sonne weiter nördlich befindet. In dieser Zeit dominieren die aus Südosten wehenden **Passatwinde**. Diese bringen warme und feuchte Luftmassen vom Indischen Ozean heran, die beim Auftreffen auf die Insel Madagaskar zum Aufsteigen gezwungen werden. Dieser Aufstieg wird durch das entlang der Ostküste verlaufende Gebirge verstärkt (siehe Physische Karte zur Insel Madagaskar). Da die **Station Antalaha im Luv des Gebirges** liegt, profitiert sie insbesondere in den Monaten des Südwinters wesentlich von den **Steigungsniederschlägen**. Während der Monate September und Oktober sind die auflandigen und feuchten Winde etwas abgeschwächt, sodass in dieser Zeit das Niederschlagsminimum zu verzeichnen ist.

2

TIPP

Aufgabe 2 fordert Sie dazu auf, eine Aussage über einen Zyklon zu überprüfen. Hierzu stehen Ihnen zwei Materialien zur Verfügung, die Sie als Grundlage nutzen müssen. Gleichzeitig ist es aber nötig, dass Sie Ihr Vorwissen über die Gefahren, die mit einem tropischen Wirbelsturm einhergehen, mit in die Überprüfung einfließen lassen. Am Ende Ihrer Lösung ist zwingend ein eigenes Fazit zu ziehen, das logisch auf Ihrem zuvor formulierten Text aufbaut.

Anfang März des Jahres 2017 wurde Madagaskar durch den **Zyklon „Enawo“** getroffen. Dieser **tropische Wirbelsturm** brachte sehr hohe Windgeschwindigkeiten von bis zu 290 km/h mit sich und traf zunächst die Nordostküste der Insel. Aufgrund dessen soll nachfolgend die These, dass „am 7. März 2017 die Ostküste zwischen 12° S und 17° S stärker gefährdet war als die West- und Nordküste“, überprüft werden.

These: Ostküste stärker durch Zyklon gefährdet

Material M 3 kann man entnehmen, dass sich der Zyklon „Enawo“ **in westlicher Richtung** auf Madagaskar zubewegte. Somit traf er mit seinen **hohen Windgeschwindigkeiten** zunächst ungebremst auf die Ostküste, die damit automatisch sehr stark bedroht war. Im Satellitenbild M 2 ist zu sehen, dass sich die damals gefährdeten Regionen der Ostküste auch im genannten Bereich zwischen 12° S und 17° S befinden. Beim Überqueren der Insel traf der Zyklon auf das **Gebirge**, welches sich entlang der Ostküste Madagaskars erstreckt. Aufgrund der Höhen bis über 2 500 m wurden die Niederschläge an der Ostküste durch **Staueffekte** nochmals verstärkt (siehe Atlas). Demgegenüber konnten sich die Windgeschwindigkeiten beim Überqueren der Insel abschwächen, sodass an der Westküste geringere Niederschläge und Windgeschwindigkeiten zu verzeichnen waren. Diese Beobachtung gilt allerdings nur bedingt für den nördlichsten Teil der Westküste. Südlich des Kap d´Ambre weist Madagaskar eine recht geringe Ost-West-Ausdehnung auf und das erwähnte Gebirge besitzt hier geringe Gipfelhöhen (siehe Atlas). Deshalb war die Nordwestküste ebenfalls von hohen Windgeschwindigkeiten und Niederschlägen betroffen, was anhand der in M 2 sichtbaren Bewölkung zu erkennen ist.

Windgeschwindigkeit/ Niederschläge

Aufgrund der sehr hohen Windgeschwindigkeiten in einem tropischen Wirbelsturm wird auch das Meer sehr stark aufgepeitscht, was wiederum **hohe Wellen** mit sich bringt, welche die Küstenregionen stark gefährden können. Aufgrund der Zugrichtung des Zyklons ist die auflandige Ostküste deutlich stärker durch Wellen gefährdet als die ablandige Nordseite der Insel. Hinzu kommt, dass der Zyklon im

Wellengang

Uhrzeigersinn rotierte – wie alle Tiefdruckgebiete auf der Südhalbkugel. Diese **Drehrichtung verstärkte die Gefährdung der Ostküste** durch den hohen Wellengang noch zusätzlich.

Zusammenfassend **kann der Aussage zugestimmt werden**. Sowohl die mit dem Zyklon einhergehenden Windgeschwindigkeiten und die starken Niederschläge als auch der hohe Wellengang gefährdeten die Ostküste Madagaskars deutlich stärker als die West- und Nordküste.

Fazit

3 **TIPP**

Aufgabe 3 weist zwei Teile auf. Zunächst sollen Sie das Phänomen der Mischungskorrosion erklären, das für die Höhlenbildung in Karstgebieten zentral ist. Diese Aufgabe ist ohne weiteres Material rein mit Ihrem im Unterricht erlernten Wissen zu lösen. Anschließend werden Sie dazu aufgefordert, die frei werdende Kohlenstoffdioxidmenge bei der Mischung zweier Kalkwässer zu berechnen. Um auf die Lösung zu kommen, müssen Sie lediglich eine Parallele zur x-Achse durch den Punkt W 3 ziehen und anschließend den Schnittpunkt mit der Sättigungskurve ablesen.

Der erste Teil der Aufgabe ist deutlich stärker zu gewichten als der nachfolgende „mathematische" Teil, was an den Operatoren „erklären" (Kategorie II) und „herausarbeiten" (Kategorie I) zu erkennen ist. Dennoch ist es nicht nötig, chemische Formeln in die Erklärung einfließen zu lassen.

Die **Mischungskorrosion** ist ein Phänomen aus dem Bereich der **Kohlensäureverwitterung**. Hierbei dringt kohlensäurehaltiges Wasser über Spalten und Klüfte in kalkhaltiges Gestein ein. Dabei löst diese leichte Säure Kalk aus dem Gestein, bis sie gesättigt ist. Dadurch ist das Wasser nicht mehr kalkaggressiv. Das so entstandene **Karstwasser bewegt sich innerhalb des Kalkgesteins** entlang von Hohlräumen weiter. Dabei kann es vorkommen, dass zwei bereits gesättigte Karstwässer aufeinandertreffen, die eine unterschiedliche Temperatur und/oder einen unterschiedlichen CO_2-Gehalt besitzen. Während sich die unterschiedlichen Wassermengen linear im Verhältnis 1:1 mischen, verhält sich das **Sättigungsgleichgewicht nicht-linear** (siehe M 4). Deshalb wird bei der Mischung zuvor bereits gebundenes CO_2 wieder frei, wodurch das entstandene **Mischwasser wieder kalkaggressiv** ist. Somit kann in tiefer liegenden Gesteinsschichten erneut Kalk aus dem Carbonatgestein ausgelöst und in der dann gesättigten Wasserlösung abgeführt werden. Dies führt wiederum zur **Erweiterung der Hohlräume bis hin zur Höhlenbildung**.

Definition Mischungskorrosion

Aus M 4 kann man entnehmen, dass im Wasser W 1 160 mg Kalk je Liter enthalten sind. Demgegenüber steht das Wasser W 2, das einen Kalkgehalt von 280 mg pro Liter besitzt. Bei einer **Mischung im Verhältnis 1:1** ergibt sich für das Wasser W 3 daher ein Kalkgehalt von 220 mg/l. Sowohl das Wasser W 1 (8 mg CO_2 je Liter) als auch das Wasser W 2 (56 mg CO_2 je Liter) befanden sich ursprünglich im Sättigungsgleichgewicht. Bei der bereits beschriebenen Mischung resultiert für das Wasser W 3 folglich ein CO_2-Gehalt von 32 mg/l. Legt man die **vorgegebene Sättigungskurve** zugrunde, so wären zur Lösung der 220 mg $CaCO_3$ je Liter Wasser aber lediglich ca. 22 mg Kohlenstoffdioxid je Liter nötig. Aufgrund dieser Tatsache ist das **Mischwasser W 3** folglich **wieder kalkaggressiv** und besitzt rund 10 mg freies Kohlenstoffdioxid, das zur erneuten Kalklösung genutzt werden kann.

Kohlenstoffdioxidgehalt des Kalkwassers W 3

4

TIPP

Aufgabe 4 fordert Sie dazu auf, die sozioökonomische Entwicklung von Madagaskar beginnend mit dem Jahr 2005 zu analysieren. Hierzu stehen die Materialien M 5 und M 6 zur Verfügung, die Sie systematisch und gezielt auswerten sollen. Die Aufgabenstellung gibt ganz konkret vor, dass Sie sich bei Ihrer Analyse auf **fünf Indikatoren** beschränken sollen. Welche Indikatoren Sie hierfür heranziehen, bleibt Ihnen überlassen. Achten Sie darauf, dass Sie **sowohl ökonomische** (M 5) **als auch soziale Indikatoren** (M 6) in Ihre Analyse einfließen lassen. Im Folgenden werden mehr als nur fünf Indikatoren untersucht, um Ihnen verschiedene Analysemöglichkeiten aufzuzeigen.

M 5 weist mehrere positive Entwicklungstendenzen im Bereich der Wirtschaft aus. So ist die **Inflationsrate** seit dem Jahr 2005 um rund zehn Prozentpunkte zurückgegangen (2005: 18,4 %; 2018: 8,6 %). Auch das **Bruttoinlandsprodukt** hat sich positiv entwickelt. Seit dem Jahr 2005 ist ein leichter Anstieg um rund 450 US-$ zu verzeichnen. Allerdings gehört das Bruttoinlandsprodukt mit 1 891 US-$ (2018) im weltweiten Vergleich noch immer zu den niedrigsten. Ähnlich muss die Analyse der **internationalen Tourismuseinnahmen** ausfallen. Diese haben sich seit 2005 zwar mehr als verdreifacht, allerdings fand dieser Zuwachs auf einem sehr niedrigen Niveau statt (2005: 275 Mio. US-$; 2018: 879 Mio. US-$). Demgegenüber stehen die **ausländischen Direktinvestitionen**. Während in den Jahren von 2005 (1,0 % des BIP) bis 2010 (10,4 % des BIP) ein starker Anstieg von 9,4 Prozentpunkten zu verzeichnen war, steht diesem Zuwachs dann ein deutlicher Rückgang von 5,6

Wirtschaftliche Entwicklungstendenzen

Prozentpunkten entgegen (2018: 4,8 % des BIP). Somit sind die ausländischen Direktinvestitionen insgesamt gestiegen, waren aber in den letzten Jahren rückläufig.
Auch die **Handelsbilanz** Madagaskars zeigt kein klares Bild: Im Jahr 2005 war sie mit –0,8 Mrd. US-$ negativ und das Minus hat sich bis ins Jahr 2010 sogar noch verstärkt (–1,6 Mrd. US-$). Erst in den Jahren bis 2018 (–0,9 Mrd. US-$) zeichnet sich eine leicht positive Entwicklungstendenz ab. Im gesamten Zeitraum schwankte die Handelsbilanz leicht und blieb immer negativ.

Soziale Entwicklungstendenzen

In der Analysespinne sind fünf Indikatoren aufgeführt, die dem sozialen Spektrum zuzuordnen sind. Alle Werte haben sich von 2005 bis 2015 positiv entwickelt.
So sank die **Zahl der Lernenden pro Grundschullehrkraft** seit dem Jahr 2005 um 14 Personen. Dieser Fortschritt wurde bereits in den Jahren von 2005 (54 Personen) bis 2010 (40 Personen) erzielt. Bis 2015 konnte dieser Wert zwar nicht weiter verbessert, aber zumindest gehalten werden.
Auch der **Bevölkerungsanteil mit Zugang zu sauberem Wasser** ist deutlich gestiegen. Während 2005 nur 41 % der Bevölkerung über sauberes Wasser verfügen konnte, waren dies im Jahr 2015 immerhin 54 %. Diese Entwicklung ist positiv, fand aber auf sehr niedrigem Niveau statt.
Im Bereich der **Säuglingssterblichkeit** ist Ähnliches zu beobachten: Diese ist seit 2005 (54/1 000 Geburten) deutlich rückläufig, befand sich aber auch im Jahr 2015 mit 39/1 000 Geburten noch auf einem erschreckend hohen Niveau.
Betrachtet man die gesamte **Bevölkerungsentwicklung**, so ist hier eine Abnahme des jährlichen Zuwachses um 0,4 Prozentpunkte zu verzeichnen (im Zeitraum 2005 bis 2015). Allerdings ist ein Bevölkerungswachstum von rund 2,5 % im weltweiten Vergleich als sehr hoch einzuordnen.
Während das Bevölkerungswachstum leicht abnimmt, wächst der Anteil der **städtischen Bevölkerung** um rund 12 Prozentpunkte (2005: ca. 29 %; 2015: ca. 37 %). Allerdings macht die städtische Bevölkerung in Madagaskar nach wie vor einen geringen Anteil der Gesamtbevölkerung aus, was auf eine große Zahl von in der Landwirtschaft Beschäftigten schließen lässt.

Fazit

Zusammenfassend lässt sich festhalten, dass Madagaskar sowohl ökonomisch als auch sozial gesehen in den Jahren 2005 bis 2015 eine **positive Entwicklung** vollzogen hat. Allerdings fand diese **auf einem sehr niedrigen Niveau** des Entwicklungsstandes statt.

5 **TIPP**

Aufgabe 5 erwartet von Ihnen, dass Sie die Eignung Madagaskars als Standort für die Vanilleproduktion erörtern. Um dem Operator „erörtern" gerecht zu werden, müssen Sie sowohl Pro- als auch Kontra-Argumente anführen. Als Ausgangsmaterial steht Ihnen hierbei der Text M 7 zur Verfügung. Ihre Argumente dürfen aber auch über die im Text genannten Punkte hinausgehen. Durch das Abwägen sollten Sie abschließend zu einem begründeten Urteil im Hinblick auf die Eignung des Standorts gelangen.

Formulieren Sie Ihre Antwort in einem zusammenhängenden Text unter Verwendung der Fachsprache. Achten Sie außerdem darauf, dass Sie zunächst eine kurze Einleitung schreiben, der ein Hauptteil und ein zusammenfassender Schlussteil folgt. Der Hauptteil ist dabei in Pro- und Kontra-Argumente zu gliedern. Ihr Fazit muss logisch auf Ihrem Hauptteil aufbauen. Dabei ist es zweitrangig, zu welcher abschließenden Beurteilung Sie letztlich kommen.

Die unten abgedruckte Lösung der Aufgabe erfasst mehr Argumente, als in Ihrer Erörterung erwartet werden. Für die Beurteilung Ihrer Lösung sind letztlich der Aufbau und die Stringenz Ihres Textes ausschlaggebend.

Madagaskar als Produktionsstandort für Vanille

Vanille ist ein weltweit gefragter Geschmacksstoff. Häufig wird statt echter Vanille das synthetisch hergestellte und deutlich günstigere Aroma Vanillin verwendet. Durch die Produktion von Vanillin ist die **Symrise AG** zu einem der **weltweit führenden Anbieter von Geschmacksstoffen** geworden. Aufgrund der **hohen Nachfrage nach echter Vanille** betreibt das Unternehmen seit 2005 aber auch fünf Produktionsstandorte auf Madagaskar. Nachfolgend soll die Frage erörtert werden, ob sich Madagaskar tatsächlich als geeigneter Produktionsstandort erweist.

Standortvorteile

Die Eignung Madagaskars zur Vanilleproduktion wird bereits an den Produktionsmengen deutlich (M 7). So ist Madagaskar der **weltweit größte Vanilleproduzent** (Z. 12/13). Für einen **Global Player** wie die Symrise AG ist es aus Imagegründen fast schon zwingend erforderlich, an diesem führenden Produktionsstandort vertreten zu sein. Die herausragende Rolle, die sich Madagaskar im Bereich des Vanille-Anbaus erworben hat, basiert letztlich auf idealen klimatischen Voraussetzungen (Z. 26). Diese führten dazu, dass der Vanille-Anbau bereits seit Anfang des 20. Jahrhunderts unter französischer Kolonialherrschaft intensiviert wurde (Z. 24). Verbunden mit dieser **langen Anbautradition** hat sich auch ein beträchtliches **Know-how** bei den Arbeitern angesammelt, das für die Produktion von Plantagenvanille wichtig ist, wie die lange andauernden Startschwierigkeiten bei den ersten Kultivierungsversuchen belegen (Z. 25–27).

Gleichzeitig besitzt Madagaskar ein großes Reservoir an Arbeitskräften, welche die Arbeit auf den Plantagen übernehmen können. Aufgrund des großen Anteils an Handarbeit (Z. 23) bei der Vanilleproduktion ist die Kombination aus **qualifizierten und ausreichend vorhandenen Arbeitskräften** ein sehr bedeutender Standortvorteil. Für die Symrise AG kommt hinzu, dass sie schon relativ lange (seit 2005) auf Madagaskar präsent ist (Z. 21).

Somit kann sie auf eine lange Standortkontinuität und **gewachsene Produktions- und Vertriebsstrukturen** zurückgreifen. Zudem wächst die Nachfrage nach echter Vanille, die im biologischen Anbau erzeugt und fair gehandelt wird (Z. 8/9). Diesem Verbraucherwunsch kann die Symrise AG durch die Zusammenarbeit mit fast 7 000 kleinbäuerlichen Betrieben nachkommen (Z. 30).

Standortnachteile

Neben den vielen Vorteilen, die Madagaskar als Produktionsstandort für Vanille bietet, müssen aber auch einige Nachteile angeführt werden. So sind auf der Insel aufgrund der hohen Nachfrage nach Vanille und der optimalen klimatischen Voraussetzungen auch noch **weitere Global Player** (z. B. Nestlé, Unilever) aus dem Bereich der Nahrungsmittel- und Geschmackstoffindustrie tätig (Z. 11). Diese **konkurrieren mit der Symrise AG** sowohl um die qualifizierten Arbeitskräfte als auch um die Zusammenarbeit mit Kooperativen und kleinbäuerlichen Betrieben. Letztlich treibt diese Konkurrenz den Preis für das Produkt in die Höhe, was zusammen mit **hoher globaler Nachfrage** zu extremen **Spitzenpreisen für Vanille** führen kann (Z. 19).

Hinzu kommt, dass es aufgrund des geringen Entwicklungsstandes von Madagaskar immer größere **soziale Disparitäten** gibt. Während die Vanillebauern einen gewissen wirtschaftlichen Aufschwung verzeichnen können (Z. 30), bleibt dieser vielen anderen Personen auf Madagaskar verwehrt. Aufgrund dessen kommt es immer wieder zu **Unruhen und Diebstählen**, die sowohl die Produktionsstätten als auch Lieferketten bedrohen (Z. 30 ff.).

Aufgrund dieser Unwägbarkeiten stellt die hohe **Abhängigkeit vom Produktionsstandort** Madagaskar für die Symrise AG ein gewisses **Risiko** dar. Außerdem müssen Investitionen in wirtschaftlich und sozial unterentwickelten Ländern (siehe M 5 und M 6) aus der Sicht der Investoren immer als unsicher und problematisch eingeordnet werden.

Betrachtet man abschließend noch die **naturräumlichen Gefahren**, welche die Vanilleproduktion auf Madagaskar gefährden könnten, so treten vor allem die tropischen Wirbelstürme in das Blickfeld (M 2, M 3), die zu erheblichen **Ernteschäden bis hin zu** kompletten **Ernteausfällen** führen können.

Nach Abwägen der angeführten Argumente ist Madagaskar trotz der Probleme und Risiken als **geeigneter Produktionsstandort** für die Symrise AG einzuordnen. Bei den Standortvorteilen sind vor allem die klimatische Gunst, die vielen verfügbaren und qualifizierten Arbeitskräfte sowie die seit längerer Zeit andauernde Präsenz der Firma auf der Insel zu nennen. Dies wiegt letztlich schwerer als die Gefahren und Risiken für das Unternehmen. Fazit

6

TIPP

Aufgabe 6 gibt in den einleitenden Worten bereits vor, dass die Mangrovenküste schützenswert ist. Der hier genutzte Operator „begründen“ erwartet von Ihnen, dass Sie Ihre Überlegungen zur Schutzwürdigkeit argumentativ schlüssig und zusammenhängend darstellen. Dabei sind die Ökosystemleistungen, mit denen Sie arbeiten müssen, in M 8 vorgegeben.

Gründe für den Schutz des Ökosystems Mangrovenküste

Das **Ökosystem Mangrovenküste** ist **sehr produktiv** und in vielerlei Hinsicht von großer Bedeutung für die dort lebenden Menschen. Dabei profitieren die Küstenbewohner sowohl von der Versorgungsleistung als auch der Regulierungsleistung sowie der kulturellen Leistung des Ökosystems. Gleichzeitig sind die Mangroven im Westen Madagaskars **durch Übernutzung stark bedroht**. Daher wird nachfolgend begründet, weshalb der Schutz des Ökosystems Mangrovenküste von großer Wichtigkeit ist.

Versorgungsleistung

Betrachtet man den Bereich der **Versorgungsleistung**, so kann man die Schutzwürdigkeit der Mangroven zunächst anhand ihrer Bedeutung für die **Fische und Krebstiere** erkennen. Die Mangrovenwälder bieten den Tieren in ihrem Wurzelgeflecht sichere Laichreviere. Außerdem finden die heranwachsenden Fische ausreichend Nahrung und Schutz vor Raubfischen. Aus diesem Grund leben hier sehr viele Fisch- und Krebstiere, die der Bevölkerung als wichtige Nahrungsquelle dienen. Hinzu kommt, dass die Menschen die gefangenen Tiere auch verkaufen und so ihren Lebensunterhalt sichern können. Durch die Zerstörung der Mangrovenwälder gehen diese Laich- und Aufzuchtplätze für die Fische und Krebstiere verloren. Damit einhergehend ist aber auch die **Nahrungs- und Einkommensgrundlage vieler Menschen gefährdet**.
Durch die steigenden Bevölkerungszahlen im Bereich der Mangrovenküste wird immer mehr Bauholz benötigt. Dieses stammt meist aus den Mangroven. Außerdem verbrennen die Menschen dieses **Holz**, um Energie zu erzeugen. Dies kann direkt in der Nutzung als Brennholz geschehen oder aber auch im vorgeschalteten Prozess der Holzkohlegewinnung. Diese wird vielfach verkauft und trägt somit

wiederum zum Einkommen der Bevölkerung bei. Bei einer Übernutzung der Mangrovenwälder durch zu starken Holzeinschlag sind also einerseits die **Energieversorgung** und andererseits das **Einkommen der Bevölkerung gefährdet**.

Kulturelle Leistung

Neben der Versorgungsleistung ist auch die kulturelle Leistung der Mangroven durch Übernutzung bedroht. Als Beispiel hierfür können die Bereiche „Erholung" und „Tourismus" genannt werden. Die Mangrovenwälder haben als besonderes Ökosystem mit ihrer Abgeschiedenheit und Artenvielfalt ein hohes **Erholungspotenzial**. Dieses kann im touristischen Bereich vielfältig genutzt werden. Es wäre beispielsweise möglich, gezielt Individual- und Natur- bzw. Ökotourismus zu fördern und so dieses einmalige Ökosystem einer geringen Touristenzahl zugänglich zu machen. Diese Möglichkeit besteht aber nur in einem intakten Ökosystem. Durch eine Übernutzung **sinken** der **Erholungswert und das touristische Potenzial** der Mangrovenküste.

Regulierungsleistung

Die Bedeutung der Mangrovenwälder für den **Küstenschutz** fällt in den Bereich der Regulierungsleistung. Aufgrund der stark ausgeprägten Gezeiten im Bereich der Mangrovenküste wird hier durch **Ebbe und Flut** sehr viel Material bewegt. Das Wurzelgeflecht der Mangrovenwälder bremst die Gezeitenströme stark ab. Dadurch erhöht sich der Anteil des sedimentierten Materials. Außerdem stabilisieren die Wurzeln den sandigen Untergrund und verringern so die Erosion. Hinzu kommt, dass die Bäume, die bis zu 10 m hoch werden können, die Windgeschwindigkeiten der auflandigen Winde abbremsen. Dadurch fallen bei Stürmen die Schäden im küstennahen Bereich geringer aus. Bei starken auflandigen Winden kann es in Kombination mit der einlaufenden Flut auch zu Sturmfluten mit sehr hohen Wellen kommen. Diese werden durch die Mangroven bereits weit vor dem Strand gebrochen. Somit reduziert sich die Wellenhöhe beträchtlich und der Wassereinlauf findet langsamer statt. Im Fall der Übernutzung der Mangrovenwälder fallen all die genannten **Schutzfunktionen** weg, sodass die Küste in diesem Bereich deutlich stärker von **Erosion**, starken **Winden** und hohen **Wellen** gefährdet wäre.

Marokko ist ein nordafrikanisches Land im Aufbruch und hat durch seine Lage am Atlantik und die Nähe zu Europa vielfältige Entwicklungsmöglichkeiten.

Aufgabenstellung

1 Der Kanarenstrom ist eine Meeresströmung vor der westafrikanischen Küste (M 1).

Erläutern Sie die Eigenschaften dieser Meeresströmung in Grundzügen. 6 VP

2 Trotz vieler Gemeinsamkeiten treten in Marokko zwischen Casablanca und Fes regionale klimatische Unterschiede auf.

a Erläutern Sie das Klima der Station Casablanca (M 2) aus der globalen atmosphärischen Zirkulation. 6 VP

b Erläutern Sie die klimatischen Unterschiede zur Station Fes (M 3) anhand der geographischen Lage. 6 VP

3 In Fes sind die klimatischen Voraussetzungen für die Verwitterungsprozesse der Lösungsverwitterung und der Insolationsverwitterung gegeben.

Stellen Sie die beiden Verwitterungsprozesse dar und begründen Sie anhand von M 3, wann im Jahresverlauf welcher der beiden Prozesse vorrangig abläuft. 10 VP

4 Marokko hat sich in den vergangenen Jahren wirtschaftlich dynamisch entwickelt.

a Überprüfen Sie die Aussagekraft der dargestellten Indikatoren (M 4) für die wirtschaftliche Entwicklung Marokkos. 8 VP

b „Die wirtschaftliche Situation Marokkos lässt auf eine positive Entwicklung schließen".
Erörtern Sie anhand der Strukturdaten Marokkos (M5) diese Aussage mit vier Pro- und vier Contra-Argumenten. 14 VP

5 Eine Säule der Wirtschaft in Marokko ist der Tourismus. In den letzten Jahren nimmt dabei der Golftourismus an Bedeutung zu.

Beurteilen Sie anhand von M 6 und M 7 den Golftourismus am Standort Marrakesch im Hinblick auf seine Nachhaltigkeit. 10 VP

60 VP

M 1 Oberflächennahe Meeresströmungen im Atlantischen Ozean

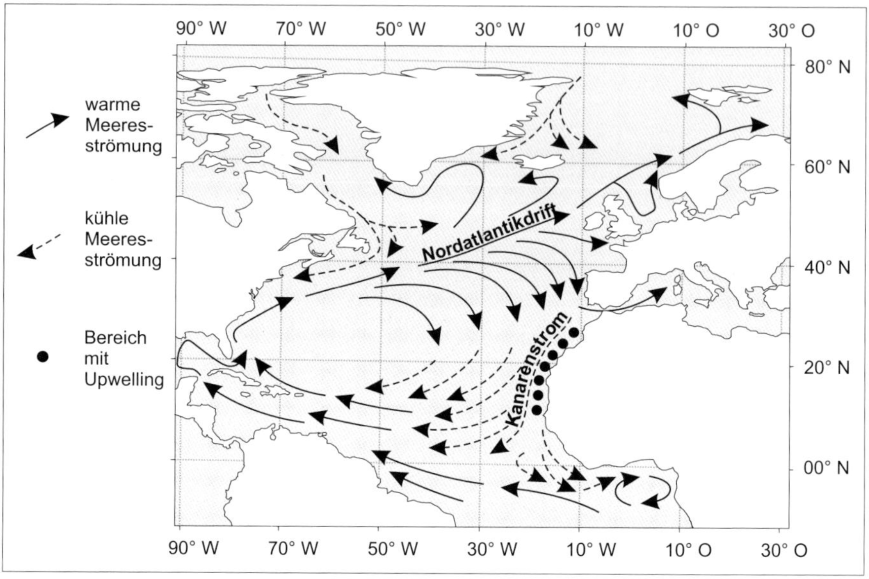

eigene Darstellung

M 2 Klimadiagramm von Casablanca (33° 35' N/7° 37' W)

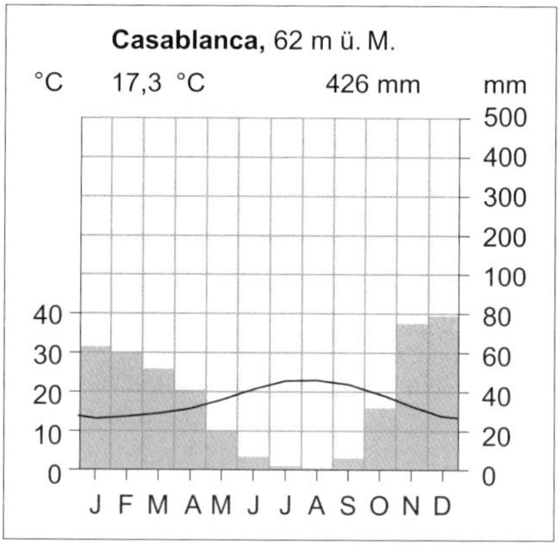

M 3 Klimadiagramm von Fès (34° 02' N/5° 00' W)

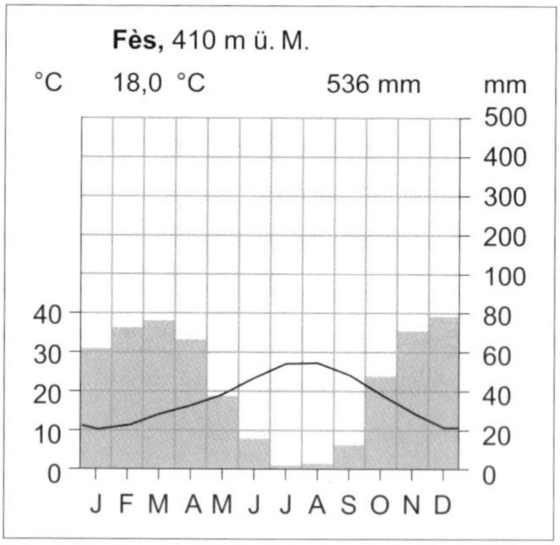

verändert nach: LMZ (Landesmedienzentrum Baden-Württemberg), GeoPortal

M 4 Oberflächennahe Meeresströmungen im Atlantischen Ozean

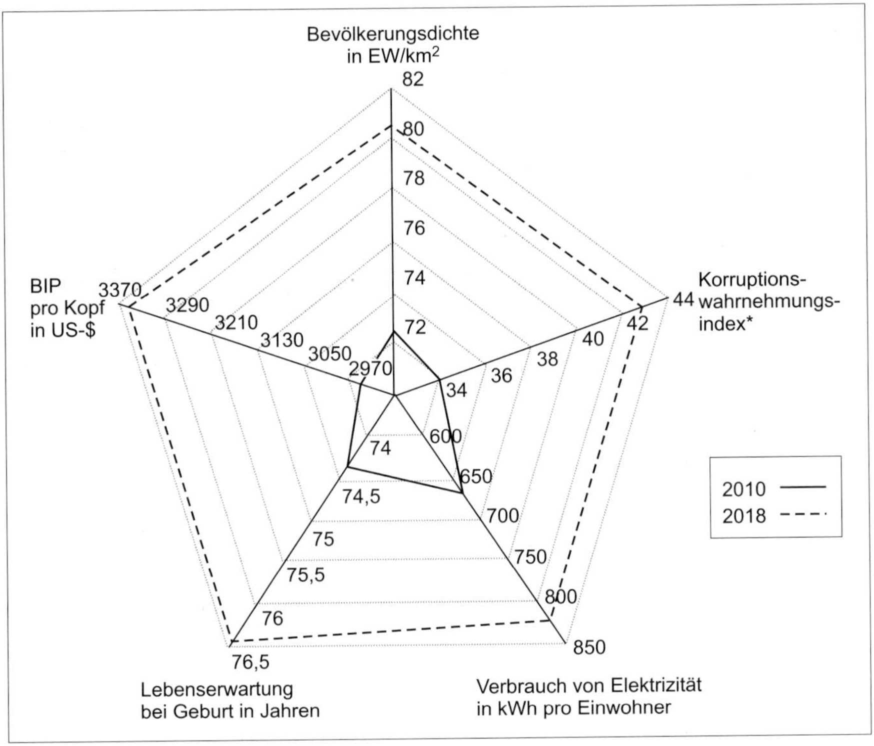

* Der Korruptionswahrnehmungsindex gibt an, wie viel Korruption bei Politikern und Beamten wahrgenommen wird. Der Index reicht von 0 (hohes Maß an Korruption) bis 100 (keine wahrgenommene Korruption).

eigene Darstellung nach statista.com, knoema.de, indexmundi.com

M 5 Strukturdaten Marokkos und Spanien

	Marokko	Spanien
Importe (in Mrd. US-$, 2018)	51,3	330,6
wichtige Importgüter (2018)	Erdölerzeugnisse, Kraftfahrzeuge, Maschinen, Garne und Gewebe, Getreide	k. A.
Hauptlieferländer (2018)	Spanien, Frankreich, Italien, Deutschland, China, USA	k. A.
Exporte (in Mrd. US-$, 2018)	29,4	293,5
wichtige Exportgüter (2018)	Maschinen, Kleidung, Kraftfahrzeuge, Düngemittel, Gemüse und Früchte	k. A.
Hauptabnehmerländer	Spanien, Frankreich, Italien, Deutschland, USA	k. A.
durchschnittlicher Monats-Bruttoarbeitslohn (in €, 2018)	467	2 006
Alphabetisierungsrate (in %, 2018)		
männlich	83,3	98,9
weiblich	64,6	98
Arbeitslosenquote (in %, 2019)	9,2	14,1
Jugendarbeitslosenquote (in %, 2019)	22,1	32,9
Ausländische Direktinvestitionen (in Mio. US-$, 2018)	3 640	43 591
Anteil erneuerbarer Energien an Stromerzeugung (in %) im Jahr		
2020	42	42
2030 (Prognose)	52	50
Anteile der Wirtschaftssektoren am BIP (in %, 2018)		
Primärer Sektor	15	2,6
Sekundärer Sektor	29	23,2
Tertiärer Sektor	56	74,2
Beschäftigtenanteile der Wirtschaftssektoren (in %, 2018)		
Primärer Sektor	34,7	4,3
Sekundärer Sektor	21,7	19,7
Tertiärer Sektor	43,6	76,0

	Marokko	Spanien
Internationale Tourismuseinnahmen (in Mio. US-$/in % am BIP) im Jahr		
2010	8 176/8,8	58 348/4,1
2018	9 523/8,0	81 250/5,7
Jährliche erneuerbare Wasserressourcen pro Einwohner (in m³) im Jahr		
2002	982,7	2 649
2017	811,4	2 399

eigene Zusammenstellung nach Daten von: www.fao.org, www.gtai.de, www.auswaertiges-amt.de u. a.

M 6 Golftourismus in Marrakesch

Der Golftourismus in Marrakesch boomt. Doch ein einziger Platz verbraucht am Tag beinahe so viel Wasser wie eine vierköpfige Familie in Deutschland in zehn Jahren. Greenkeeper Abdelhaq Zougar steht vor einer Herausforderung. Vor zehn Jahren gab es drei Golfplätze in Marrakesch. Heute sind es 13. „Agrostis Stolonlinfera" heißt die spezielle Sorte Gras, die auf dem Golfplatz gepflanzt wird. An verschiedenen Stellen eines Golfplatzes sind andere Qualitäten und damit andere Sorten von Gras gefragt. Gemeinsam haben alle eines: Sie brauchen viel Wasser. Nicolas Barraud, Manager des Al Maaden-Golfplatzes, stammt – wie so viele seiner Kollegen in Marokko – aus Frankreich. Um das Dilemma zwischen Wasserknappheit auf der einen und Golftourismus als Wirtschaftsmotor auf der anderen Seite zu lösen, hat die marokkanische Regierung in einem nationalen Plan klare Ziele definiert. Bis 2030 soll für die Bewässerung von Golfplätzen, Grünflächen und Ackerflächen immer mehr Abwasser genutzt werden. Das ist vor allem deshalb bemerkenswert, weil in Marokko bisher nur ein Teil des Abwassers überhaupt gereinigt wird. In Zukunft will das Land es schaffen, 60 Prozent des Abwassers zu behandeln. In Marrakesch wurde eigens eine neue Kläranlage gebaut, die bis zu 18 Golfplätze mit Abwasser versorgen soll. 120 Millionen US-Dollar hat das gekostet. Wie sehr das Projekt die Arbeit von Abdelhaq Zougar beeinflusst, merkt man spätestens dann, wenn auf dem AI-Maaden-Golfplatz die Sprinkler angehen. Dann riecht es hier nicht mehr nach frisch gemähtem Gras oder nach den Parfüms der schick gekleideten Golfer aus aller Welt – sondern nach Gülle. Und der Gestank ist für Barraud und Zougar sogar nur das kleinste Problem. Besonders in den kleinen Tälern zwischen den sanften Hügeln auf dem Golfplatz wird vor allem das salzhaltige Abwasser zum Problem. Hier sterbe das Gras teilweise komplett ab, erklärt Barraud. An vielen Stellen auf dem Golfplatz sind die großen, braunen Flächen kaum zu übersehen. Barraud und Zougar nutzen verschiedene Methoden, um mit dem Abwasser klarzukommen. Das Salz kann z. B. mit zusätzlichem Wasser weggeschwemmt werden. „Natürlich ist es frustrierend“, gibt Manager Nicolas Barraud schließlich zu. „Wir wissen, dass wir mit besserem Wasser ein besseres Produkt hätten.“ Greenkeeper Abdelhaq Zougar hätte eine Lösung gewusst. Sie heißt „Paspalumvagintum“. Das Tropengras ist besonders salzresistent und kann sogar mit Salzwasser bewässert werden. Doch als Al Maaden gebaut wurde, hat niemand daran gedacht, Paspalumvagintum zu pflanzen.

Mirna Gharbi und Siri Warrlich: Golfplatz, Konrad-Adenauer-Stiftung – REMENA, https://h2o-kas.com/golfplatz/

M 7 Aspekte des Arbeitsmarktes in der Tourismusbranche

Die Achillesferse des marokkanischen Tourismus ist der Personal- und Arbeitsmarkt. Unter anderem werden der geringe Anteil an Frauen unter den Arbeitnehmern, Einstellungs- und Kündigungsverfahren, die Anstellung ausländischer Fachkräfte, Bezahlung und Produktivität bemängelt. Zudem sind Aus- und Weiterbildung ein großes Problem.

Dies verwundert angesichts der großen Arbeitslosigkeit, vor allem unter jungen Menschen. Die Ausbilder beklagen insbesondere das Fremdsprachenniveau, das die Auszubildenden von der Schule mitbringen – selbst im Hinblick auf das Französische. Viele Betriebe beschäftigen Unausgebildete illegal oder über steuerbefreite Kurzanmeldungen und in beiden Fällen ohne Sozialversicherung. Die Bezahlung ist schlecht, je nach Art der Arbeit bekommt ein Kellner 250 bis 300 Euro im Monat. Angesichts der Arbeitslosigkeit, Gesetzeslücken und geringer staatlicher Kontrollen können die Betriebe es sich erlauben. In Weiterbildung wollen sie dann auch nicht investieren.

Olaf Kellerhoff: Marokko statt Mallorca?, Friedrich-Naumann-Stiftung für die Freiheit vom 24.10.2017, https://www.freiheit.org/de/deutschland/marokko-statt-mallorca

TIPP **Allgemeine Hinweise zur Lösung der Aufgabe**

Aufgabe II behandelt den Natur- und Kulturraum Marokkos. Dabei sind die ersten drei Aufgaben der physischen Geographie und die letzten beiden Aufgaben der Kulturgeographie zuzuordnen.
Die erste Aufgabe entstammt dem Themenfeld der **Hydrosphäre**. Anschließend folgt eine Aufgabe aus der **Klimageographie**, die in zwei Teile gegliedert ist. Den Abschluss der Naturgeographie bildet Aufgabe 3, die sich mit der **Verwitterung** beschäftigt. Nachdem die naturräumlichen Gegebenheiten in Marokko näher betrachtet wurden, folgt zunächst eine zweiteilige Aufgabe aus dem Bereich der **Wirtschaftsgeographie**. Den Abschluss bildet eine Aufgabe aus dem Themenfeld des **Massentourismus**.
Bei allen Teilaufgaben wird erwartet, dass Sie Ihre Antwort in einem zusammenhängenden, logisch strukturierten Text formulieren und Fachsprache verwenden.

Lösungsvorschlag

1 **TIPP**

Aufgabe 1 beschäftigt sich mit dem Kanarenstrom. Hier wird von Ihnen erwartet, dass Sie diese Meeresströmung beschreiben und Ihre Beobachtungen erklären. Beachten Sie, dass hier nur eine Erläuterung in den Grundzügen gefordert ist, und nutzen Sie das beigefügte Material M 1 sowie den Atlas (z. B. Haack-Weltatlas, 2007, S. 214/215 oder 2015, S. 234/235).

Beschreibung des Kanarenstroms

Beim Kanarenstrom handelt es sich um eine **kühle Meeresströmung im Bereich des Nordatlantiks**. Diese verläuft von Nordosten kommend in südwestlicher Richtung vor der Küste Nordwestafrikas.

Erklärung von Strömungsrichtung und Wassertemperatur

Die Strömungsrichtung und die kühlen Wassertemperaturen lassen sich letztlich auf die in diesen Breiten vorherrschenden **Passatwinde** sowie die Auswirkungen der **Corioliskraft** zurückführen. Betrachtet man das gesamte Muster der Meeresströmungen im Nordatlantik, so erkennt man, dass der Kanarenstrom aus dem **Nordatlantikstrom** (Golfstrom) resultiert. Dieser spaltet sich nach dem Verlassen des Golfs von Mexiko in verschiedene Zweige auf, von denen einer zwischen dem 30. und 45. Grad n. Br. aufgrund der Corioliskraft nach Südosten abgelenkt wird. So gelangt ein Teil des Wassers des Nordatlantikstroms in den Bereich der nordwestafrikanischen Küste. Hier wehen ganzjährig die **Nordostpassate**. Diese **verlagern das Oberflächenwasser** stetig in südwestlicher Richtung von der Küste weg und treiben so den Kanarenstrom an. Außerdem kann dadurch kühles Tiefenwasser vor der Küste nach oben steigen, womit die kühlen Temperaturen des Kanarenstroms zu erklären sind. Man spricht hier vom Prozess des **Upwelling**.

2a **TIPP**

Aufgabe 2 wendet sich in beiden Teilaufgaben der Klimageographie zu. Zunächst werden Sie im „a-Teil" dazu aufgefordert, das Klima der Station Casablanca aus der globalen atmosphärischen Situation zu erläutern. Dieser Operator verlangt von Ihnen erneut eine Beschreibung des Klimas, die Sie durch das Auswerten des Klimadiagramms erreichen können. Anschließend müssen Sie Ihre Beobachtungen mithilfe Ihres Vorwissens erklären. Nutzen Sie hierbei auch den Atlas, um die Station Casablanca zu verorten.

Das Klima von Casablanca

Material M 2 zeigt das Klimadiagramm von Casablanca. Dieses weist eine relativ **hohe Jahresdurchschnittstemperatur** von 17,3 °C aus. Das Temperaturminimum findet sich im Januar/Dezember mit ca. 12 °C, das Temperaturmaximum dagegen im August mit ca. 22 °C. Somit ergibt sich eine recht **geringe Temperaturamplitude** von ca. 10 K.
Die **Jahresniederschlagssumme** beträgt 426 mm. Das Niederschlagsmaximum liegt im Dezember bei etwas unter 80 mm. Das Minimum findet sich im August, in dem nahezu kein Niederschlag fällt. Mit sechs humiden Monaten (November bis April) und sechs ariden Monaten (Mai bis Oktober) sind die **Trocken- und die Regenzeit etwa gleich lang**.

Erklärung der Temperaturen

Die hohe Jahresdurchschnittstemperatur geht auf die **Lage** der Station bei etwa 33° n. Br. zurück. Hier hat die Sonne ganzjährig recht hohe Einstrahlungswinkel, was zu einer starken Erwärmung führt. Die **stärkste Einstrahlung** ist **im Nordsommer** zu verzeichnen, sodass sich hier auch das Temperaturmaximum befindet, während die **geringsten Einstrahlungswinkel im Nordwinter** zu beobachten sind, was wiederum zum Temperaturminimum im Januar/Dezember führt. Der geringe Temperaturgang im Jahresverlauf lässt sich durch die **maritime Lage** Casablancas erklären. Der **Einfluss des Kanarenstroms** führt dazu, dass die Sommermonate nicht ganz so heiß ausfallen, während er im Winter dafür sorgt, dass die Tiefsttemperaturen etwas abgeschwächt werden.

Erklärung der Niederschläge

Die Niederschlagsverhältnisse sind mit der **Verschiebung der Hadley-Zelle** gemäß dem Zenitstand der Sonne zu erklären. Während der ariden Monate Mai bis Oktober liegt die Station im Einflussbereich des **subtropisch-randtropischen Hochdruckgürtels**. Hier sinken Luftmassen ab und erwärmen sich dabei trockenadiabatisch. Dadurch kann die Luft mehr Feuchtigkeit aufnehmen und es kommt zur Wolkenauflösung, was letztlich Niederschläge verhindert. In den humiden Monaten November bis April verlagert sich der Hochdruckgürtel nach Süden, sodass Casablanca in den **Einflussbereich der Westwindzone** gelangt. In dieser werden immer wieder **Zyklonen** herangeführt, die in Casablanca für Niederschläge sorgen.

2 b **TIPP**

In **Teilaufgabe 2 b** findet sich erneut der Operator „erläutern“. Nachdem Sie in Teilaufgabe 2 a das Klima der Station Casablanca erläutert haben, sollen Sie nun die Unterschiede zur Station Fès beschreiben und aus der geographischen Lage der beiden Stationen erklären. Nutzen Sie zum Beschreiben das Klimadiagramm von Fès (M 3) und ziehen Sie zur Erklärung erneut den Altas zurate.

Das Klima von Fès

Die Station Fès weist im Vergleich zur Station Casablanca einen um 110 mm **höheren Jahresniederschlag** von insgesamt 536 mm auf. Auch die Jahresdurchschnittstemperatur ist mit 18 °C etwas höher (Casablanca: 17,3 °C). Der **Temperaturgang im Jahresverlauf** ist deutlich **ausgeprägter**. Während die Jahresamplitude mit ca. 10 K in Casablanca recht gering ist, weist Fès eine deutlich größere Amplitude von ca. 18 K (Januar/Dezember: 10 °C, Juli/August: 28 °C) auf.

Vergleich des Klimas von Fès und Casablanca

Die Analyse der **geographischen Lage** der beiden Stationen Casablanca (62 m ü. NN) und Fès (410 m ü. NN) zeigt einen deutlichen Höhenunterschied. Während **Casablanca an der Küste** liegt, findet sich die Station **Fès** weiter **im Landesinneren** am Fuße des Mittleren Atlasgebirges. Diese kontinentalere Lage verringert den Einfluss des kühlen Kanarenstroms und führt somit zur höheren Jahresdurchschnittstemperatur, obwohl Fès rund 350 m höher liegt als Casablanca. Durch den **fehlenden Einfluss des Kanarenstroms** lässt sich auch die größere Temperaturamplitude erklären. Im Sommer fehlt die kühlende und im Winter die ausgleichende Wirkung der Meeresströmung. Dies erklärt das höhere Temperaturmaximum sowie das niedrigere -minimum.

Die höheren Jahresniederschläge lassen sich auf **Steigungsniederschläge** zurückführen. Diese resultieren zum Teil aus der **höheren Lage von Fès** im Vergleich zu Casablanca, vor allem aber aus der **Luvlage** der Stadt vor dem Mittleren Atlas. Beim Überqueren des Gebirges sind die von den Zyklonen herangeführten feuchten Luftmassen zum Aufstieg gezwungen und regnen sich ab.

3 **TIPP**

Aufgabe 3 thematisiert die Lösungsverwitterung und die Insolationsverwitterung. Zur Darstellung dieser beiden Verwitterungsprozesse steht Ihnen kein Material zur Verfügung, sodass Sie auf Ihr Vorwissen zurückgreifen müssen, um die Vorgänge zu beschreiben und zu verdeutlichen. Gliedern Sie Ihre Darstellung in zwei Teile, einen zur Lösungs- und einen zur Insolationsverwitterung, und begründen Sie jeweils am Ende, wann diese Verwitterungsarten im Jahresverlauf in Fès vorrangig ablaufen. Nutzen Sie hierzu erneut das Klimadiagramm von Fès (M 3).

Lösungsverwitterung

Die Lösungsverwitterung gehört zu den **chemischen Verwitterungsarten**. Hierbei dringt entlang von Rissen und Klüften Wasser in das Gestein ein oder es kann sich in Kuhlen an der Gesteinsoberfläche sammeln. Aufgrund des Dipolcharakters der Wassermoleküle lagern sich diese an Ionen im Kristallgitter des Gesteins an. Sie lösen diese heraus, was zum Zerfall des Gesteins führt. Bei salzhaltigen Gesteinen bedingt das Lösen der Salze im Wasser den Zerfall des Gesteins.
Ein Sonderfall der Lösungsverwitterung stellt die **Kohlensäureverwitterung** dar, die vor allem in kalkhaltigen Gesteinen abläuft. Hier dringt kohlensäurehaltiges Wasser entlang von Rissen und Klüften in das Gestein ein und löst Kalk aus. Dieser wird mit dem abfließenden Wasser fortgeführt, sodass das Kalkgestein **verkarstet**. Grundsätzlich sind alle Prozesse der Lösungsverwitterung an die **Verfügbarkeit von Wasser** gebunden. Damit läuft diese Verwitterungsart vorrangig in den humiden Monaten ab.
Für Fès wäre das der Zeitraum von Oktober bis April. Außerdem beschleunigen hohe Temperaturen den Ablauf chemischer Prozesse. Folglich wären in Fès vor allem die noch warmen Herbstmonate (Oktober/November) und die wieder wärmer werdenden Frühlingsmonate (März/April) zu nennen. Eine Ausnahme hiervon stellt die **Kalklösung** dar, da kaltes Wasser mehr CO_2 speichern und somit mehr Kalk lösen kann als warmes Wasser. Daher läuft diese Verwitterungsart in Fès vor allem in den Wintermonaten (Dezember – Februar) ab.

Insolationsverwitterung

Im Gegensatz zur Lösungsverwitterung gehört die Insolationsverwitterung zu den **physikalischen Verwitterungsformen**. Aufgrund von starken Temperaturschwankungen dehnt sich das Gestein aus und zieht sich wieder zusammen. Durch diese Volumenänderungen entstehen Spannungen im Gestein, denen dieses nicht mehr standhalten kann. Es bilden sich Risse und Klüfte, sodass der Gesteinsverbund immer mehr gelockert wird. Wiederholen sich die **starken Temperaturwechsel** sowie die damit verbundenen Volumenänderungen sehr oft, kommt es zum Zerfall des Gesteins. Dies kann sich in verschiedenen Formen zeigen. Die Möglichkeiten reichen hier von kleinen **Abschuppungen** bis hin zu ganzen **Kernsprüngen**. Grundsätzlich läuft die Insolationsverwitterung ganzjährig ab, da sich immer **Temperaturunterschiede zwischen Tag und Nacht** ergeben. Dies gilt vor allem für die Sommermonate in Fès. Hier erhitzt sich das Gestein tagsüber aufgrund des hohen Einstrahlungswinkels der Sonnenstrahlen und der jahreszeitlich bedingt längeren Tagesdauer besonders stark. Gleichzeitig ist die nächtliche Abkühlung in diesen Monaten sehr intensiv, da aufgrund der absinkenden Luft im subtropisch-randtropischen Hochdruckgebiet keine Wolkenbildung möglich ist. Dadurch ergibt sich eine **sehr große Tages-Temperaturamplitude**, welche die Insolationsverwitterung begünstigt. Somit sind die Monate **Juni bis September** prädestiniert für diese Verwitterungsart.

4a **TIPP**

Teilaufgabe 4a verlangt von Ihnen, dass Sie die Aussagekraft von fünf vorgegebenen Indikatoren im Hinblick auf die wirtschaftliche Entwicklung Marokkos überprüfen. Die Indikatoren sind einer Analysespinne zu entnehmen. Eine Auswertung der Analysespinne ist aber nicht nötig.

Geeignete Indikatoren

Die Kenngröße „**BIP pro Kopf in US-$**" ist geeignet, um Aussagen über die wirtschaftliche Entwicklung eines Staates treffen zu können, da es sich hierbei um den zentralen Indikator im ökonomischen Bereich handelt. Auch der **Verbrauch von Elektrizität in kWh pro Einwohner** lässt Rückschlüsse auf den ökonomischen Entwicklungsstand eines Landes zu, da ein hoher Wert nicht nur durch die privaten Haushalte, sondern vor allem auch durch Wirtschaftsunternehmen aller Sektoren erzeugt wird. Somit deutet ein hoher Stromverbrauch immer auch auf ein wirtschaftlich prosperierendes Land hin.

Bedingt geeignete Indikatoren

Während diese beiden Indikatoren sehr hohe bzw. hohe Aussagekraft im Hinblick auf die ökonomische Entwicklung eines Staates aufweisen, trifft dies auf den **Korruptionswahrnehmungsindex** nur zum Teil zu. Aus Sicht eines Unternehmens sind Investitionen innerhalb eines Landes mit hoher Korruption als problematisch und unsicher zu betrachten, da die benötigte Rechtssicherheit nicht gewährleistet ist.

Von noch geringerer wirtschaftlicher Aussagekraft ist die **Lebenserwartung bei Geburt in Jahren**. Sie zählt eher zu den sozialen Indikatoren, da eine hohe Lebenserwartung auf eine gute Ernährungssituation, einen hohen Hygienestandard und eine ausreichende medizinische Versorgung der Bevölkerung hindeutet. Allerdings sind alle diese Aspekte von einer funktionierenden Infrastruktur abhängig, die mit öffentlichen Mitteln aufgebaut und instand gehalten wird. Eine hohe Lebenserwartung deutet somit darauf hin, dass eine gewisse wirtschaftliche Entwicklung eines Landes stattgefunden hat. Zuletzt findet sich noch die „**Bevölkerungsdichte in EW/km²**" als Indikator an der Analysespinne, der aber in wirtschaftlicher Hinsicht keinerlei Aussagekraft besitzt.

Ungeeigneter Indikator

4b **TIPP**

In **Aufgabe 4b** wird die These, dass „die wirtschaftliche Situation Marokkos auf eine positive Entwicklung schließen lässt", aufgestellt. Diese Aussage müssen Sie anhand von **vier Pro- und vier Kontra-Argumenten**, die Sie den in M 5 abgedruckten Wirtschaftsdaten Marokkos entnehmen sollen, erörtern. Die Strukturdaten Spaniens dienen Ihnen dabei lediglich als Hilfestellung, um die Werte Marokkos einordnen zu können.
Halten Sie sich unbedingt an die Vorgabe der jeweils geforderten Zahl der Argumente und achten Sie auf Ihren **Textaufbau**. Zunächst müssen Sie eine kurze Einleitung schreiben, der ein in Für und Wider gegliederter Hauptteil folgt. Auf Ihre Abwägungen müssen Sie zwingend ein zusammenfassendes Fazit folgen lassen, das stringent auf der Argumentation des Hauptteils aufbaut. Ob Sie der ursprünglich gestellten These letztlich zustimmen oder diese ablehnen, ist zweitrangig.

Um Ihnen eine Vielzahl von Argumentationsmöglichkeiten an die Hand zu geben, wird hier eine größere Zahl an Argumenten abgedruckt.

Bei einem Blick in den Altas (Diercke Weltatlas, 1. Auflage 2015, S. 274.1 und S. 274.2) erkennt man, dass Marokko ein Land mit mittlerem HDI ist, das ein mittleres Bruttonationaleinkommen und eine Armutsquote von unter 20 % aufweist. Dennoch gehört dieses Land zu den „Nehmerländern" öffentlicher Entwicklungshilfe. Vor diesem Hintergrund soll nachfolgend die These, dass „die wirtschaftliche Situation Marokkos auf eine positive Entwicklung schließen lässt", erörtert werden.

These: Positive wirtschaftliche Entwicklung Marokkos

Es gibt mehrere Argumente, welche die These stützen. So ist zunächst die geographische **Lage Marokkos** zu nennen. Der Staat besitzt **Hafenstädte** am Atlantik und am Mittelmeer, was sowohl den Import als auch den Export von Waren erleichtert.

Pro-Argumente

Außerdem liegt Marokko unweit des EU-Wirtschaftsraums. Viele Hauptliefer- und -abnehmerländer Marokkos sind EU-Staaten, somit bestehen **enge Handelsbeziehungen zur Europäischen Union**. Auch mit den USA und China (nur Import) wird reger Handel betrieben. Die Beziehungen zu diesen ökonomisch und politisch

starken Ländern, können sich für Marokko bei seiner künftigen wirtschaftlichen Entwicklung als nützlich erweisen.
Dies zeigt sich bereits heute an den **ausländischen Direktinvestitionen**, die im Vergleich zu anderen afrikanischen Staaten als relativ hoch eingeordnet werden können. Durch sie fließt Kapital von außen nach Marokko, welches die wirtschaftliche Entwicklung des Landes stützt. Vermutlich hält diese Entwicklung auch in Zukunft an, da die **Löhne** in Marokko recht **gering** sind und das Land somit für ausländische Investoren interessant bleibt. Durch weitere ADI können immer wieder neue Arbeitsplätze geschaffen werden, was den Arbeitsmarkt insgesamt stabilisiert.
Bereits heute verfügt Marokko, insbesondere im Vergleich zum EU-Land Spanien, über eine relativ **geringe Arbeitslosenquote**. Dies gilt auch für den Bereich der Jugendarbeitslosigkeit, der als besonders sensibel einzustufen ist. Bei hohen Werten arbeitsloser Jugendlicher droht die Auswanderung vieler qualifizierter junger Menschen, was sich wiederum negativ auf die Entwicklungsperspektiven Marokkos auswirken würde. Außerdem sorgt eine hohe Beschäftigungsrate dafür, dass die **Binnennachfrage** nach Waren und Dienstleistungen erhalten bleibt.
Was die Wirtschaftssektoren am BIP angeht, fällt zunächst der große Anteil des primären Sektors auf. Dieser ist einerseits sehr unproduktiv (34,7 % der Beschäftigten erwirtschaften nur 15 % des BIP), was den mittleren Entwicklungsstand Marokkos aufzeigt. Andererseits finden hier viele unqualifizierte Personen Arbeit, was diesen zumindest ein geringes Einkommen ermöglicht. Außerdem führt die **starke Landwirtschaft** dazu, dass Marokko seine eigene Bevölkerung größtenteils mit Nahrungsmitteln versorgen und sogar Lebensmittel exportieren kann. Neben Gemüse und Früchten zählen auch Düngemittel zu den Hauptexportgütern Marokkos. Vor dem Hintergrund einer steigenden Weltbevölkerung ist davon auszugehen, dass die Nachfrage nach diesen Gütern weiter zunehmen wird, wovon die marokkanische Exportwirtschaft profitieren könnte.
Trotz der Bedeutung des primären Sektors dominiert aber auch in Marokko der **tertiäre Sektor** das Bruttoinlandsprodukt. Hier ist vor allem der Tourismussektor hervorzuheben, durch den Arbeitsplätze geschaffen werden und Devisen ins Land kommen. Positiv ist zu bewerten, dass die internationalen Tourismuseinnahmen von 2010 bis 2018 um rund 1 350 US-$ gesteigert werden konnten und deren Anteil am BIP dennoch um 0,8 Prozentpunkte gesunken ist. Somit konnte der **internationale Tourismus** gestärkt und die Abhängigkeit von diesem gleichzeitig gesenkt werden.
Nicht zuletzt lohnt sich noch ein Blick auf den **Anteil der erneuerbaren Energien an der Stromerzeugung**. Dieser ist mit 42 % bereits heute genauso hoch wie in Spanien. Durch Investitionen in

diese moderne und umweltfreundliche Technologie der Energieerzeugung soll der Anteil bis zum Jahr 2030 auf über 50 % gesteigert werden. Dies würde die Abhängigkeit von Energierohstoffen, die importiert werden müssen, verringern und so zu einer **Verbesserung der Handelsbilanz** beitragen.

Kontra-Argumente

Die Handelsbilanz kann als erstes Argument herangezogen werden, das gegen die Eingangsthese spricht. Mit einem Importvolumen von 51,3 Mrd. US-$ und dem Export von Gütern im Wert von 29,4 Mrd. US-$ ergibt sich ein **Handelsdefizit** von 21,9 Mrd. US-$ pro Jahr. Das bedeutet, dass sich der Staat immer weiter verschuldet und somit sein Handlungsspielraum im Bereich der öffentlichen Investitionen eingeschränkt ist. Gleichzeitig erkennt man an diesem Handelsdefizit, dass Marokko **von bestimmten Importgütern abhängig** ist. Darunter fallen Investitionsgüter wie Maschinen und verschiedene Erdölerzeugnisse, die vor allem zur Energiegewinnung nötig sind.
Derartige Produkte werden in allen Wirtschaftssektoren benötigt. Falls es zu einer Verknappung dieser importierten Güter kommen sollte (z. B. aufgrund steigender Ölpreise, Verschlechterung von Handelsbeziehungen oder den Folgen einer Pandemie), wäre die marokkanische Wirtschaft zwangsläufig davon betroffen.
Ähnliches ist im Bereich des internationalen **Tourismus** zu beachten, der einen beträchtlichen Anteil am BIP ausmacht. Die Tourismusbranche ist insbesondere in Krisenzeiten sehr anfällig, was sich gerade in einer Pandemie deutlich zeigt. Daher ist nur schwer zu kalkulieren, wie viele Devisen hier in den folgenden Jahren erwirtschaftet werden.
Ein weiteres Problem, das den Tourismus stark treffen könnte, sind die sehr geringen und zusätzlich noch abnehmenden jährlich erneuerbaren **Wasserressourcen** pro Kopf. Neben dem Tourismus ist die Landwirtschaft stark auf die Verfügbarkeit von Wasser angewiesen und auch die Industrie sowie die privaten Haushalte benötigen sauberes Wasser. In diesem Bereich sind **Nutzungskonflikte** vorprogrammiert.
Ein weiteres Argument, das gegen einen wirtschaftlichen Aufschwung Marokkos spricht, ist die insgesamt recht geringe und bei den Frauen erschreckend niedrige **Alphabetisierungsquote**. Diese könnte dazu führen, dass letztlich **nicht genügend qualifizierte Arbeitskräfte** zur Verfügung stehen, was insbesondere ausländische Investoren abschrecken würde. Hier könnten die Betriebe auch nur schwer durch innerbetriebliche Aus- und Weiterbildung gegensteuern, da es sich bei der Alphabetisierung um eine Grundqualifikation handelt, die eine Voraussetzung für Bildung darstellt. Der Mangel an qualifizierten Arbeitskräften kann auch durch die Abwanderung derselben entstehen. Trotz der im Vergleich zu Spanien zwar niedrigeren Jugendarbeitslosigkeit bleibt festzuhalten, dass in

Marokko immer noch fast jeder vierte Jugendliche keine Arbeit findet. Gepaart mit den geringen Verdienstmöglichkeiten kann dies durchaus ein Migrationsgrund für viele junge Menschen sein. Diese fehlen dem Land dann als Basis, die den wirtschaftlichen Aufschwung tragen müsste. Selbst wenn **Arbeitslosigkeit** und **geringe Löhne** nicht zur **Auswanderung** führen, so behindern sie doch den **Binnenkonsum**, da sich die betroffenen Personen kaum etwas leisten können.

Auch die bereits beschriebene, starke Bedeutung des primären Sektors ist zu hinterfragen. Denn in der **Landwirtschaft** arbeiten viele unqualifizierte und gering entlohnte Personen. In Zeiten des Klimawandels treten aber immer öfter bedeutende **Ernteausfälle** auf, die für diese Arbeiter die Entlassung zur Folge haben. Falls eine derartige Entwicklung viele Personen betrifft, die in der Landwirtschaft tätig sind, hat dies automatisch einen wirtschaftlichen Abschwung zur Folge. Nicht zuletzt droht in diesem Fall auch eine Hungerkatastrophe für die marokkanische Bevölkerung.

Zusammenfassend kann man sagen, dass Marokko durchaus einige Kennziffern aufweist, die auf eine positive Entwicklung schließen lassen. Dieser stehen aber auch bedeutende Hindernisse entgegen. Sollte es Marokko gelingen, die beschränkenden Faktoren nachhaltig zu verbessern, kann der These durchaus zugestimmt werden. Fazit

5 **TIPP**

Aufgabe 5 nimmt den Golftourismus in Marrakesch in den Blick. Für die Aufgabenstellung wurde der Operator „beurteilen" gewählt. Da Sie den Golftourismus hinsichtlich seiner Nachhaltigkeit beurteilen sollen, sind die Kriterien bereits vorgegeben: Achten Sie darauf, dass Sie sowohl die ökonomische als auch die ökologische sowie die soziale Nachhaltigkeit in Ihrer Lösung berücksichtigen.

Diese müssen Sie als logisch strukturierten Text verfassen, der eine Einleitung, einen Hauptteil und ein Fazit umfasst. Der Hauptteil muss dabei entsprechend der Nachhaltigkeitsaspekte gegliedert werden.

Für die Bewertung Ihrer Lösung ist die Stringenz Ihres Textes ausschlaggebend. Selbstverständlich wird auch eine gewisse Breite und Tiefe Ihrer Argumentation erwartet. Zum Erreichen der vollen Punktzahl ist es aber nicht nötig, dass Sie alle unten angeführten Argumente aus den Materialien herausarbeiten. Welches Fazit sie abschließend ziehen, bleibt Ihnen überlassen.

Der Tourismus spielt in Marokko eine wichtige wirtschaftliche Rolle. So trug er im Jahr 2018 rund 8 % zum Bruttoinlandsprodukt bei (M 5). In den letzten Jahren gewann insbesondere der hochpreisige Golftourismus an Bedeutung. Für viele Standorte in Marokko stellt sich nun die Frage, ob diese Art des Tourismus mit dem Prinzip der Nachhaltigkeit vereinbar ist. Dies soll nachfolgend für den **Standort Marrakesch** beurteilt werden.

Ist Golftourismus in Marokko nachhaltig?

Im Hinblick auf die soziale Nachhaltigkeit ist ein **positiver Aspekt** des Golftourismus, dass neue **Arbeitsplätze** geschaffen werden. Diese finden sich nicht nur direkt im Bereich des Golfsports, sondern vor allem auch in der Hotellerie und im Gastgewerbe, die von der zahlungskräftigen Kundschaft profitieren. Durch die Arbeitsplätze ergeben sich für viele Marokkaner Zukunftschancen, wodurch die bestehenden **Auswanderungstendenzen**, insbesondere bei der jüngeren Bevölkerung, eventuell etwas **abgeschwächt** werden können (M 7, Z. 6).

Soziale Nachhaltigkeit

Die Bevölkerung kann gegebenenfalls auch vom **Ausbau der Infrastruktur** im Zuge der Ansiedlung des Golftourismus profitieren. Hier kann beispielsweise die Verkehrsinfrastruktur genannt werden, auch bei der Wasserversorgung sind Verbesserungen denkbar. So geht mit dem Ausbau des Golftourismus auch der Bau von Klär- und Wasseraufbereitungsanlagen einher (M 6, Z. 15). Falls diese auch durch die marokkanische Bevölkerung genutzt werden dürfen, ist durchaus von einer Erhöhung des Lebensstandards in den Gebieten rund um die Golfplätze auszugehen.

Ist dies allerdings nicht der Fall, so muss mit einer deutlichen Verschärfung der **Nutzungskonflikte** um Wasser gerechnet werden, da die Golfplätze **sehr viel Wasser zur Bewässerung** benötigen (M 6, Z. 1f., 7). Dieses fehlt dann in der Landwirtschaft, der Industrie und nicht zuletzt den privaten Haushalten. Somit findet sich an dieser Stelle auch ein erster **negativer Aspekt** im Hinblick auf die soziale Nachhaltigkeit.

Außerdem werden viele Arbeitsplätze im Bereich des Golftourismus an **ausländische Arbeitskräfte** vergeben (M 7, Z. 3). Dies betrifft insbesondere die gut bezahlten Arbeitsstellen, für die eine relativ hohe Qualifikation nötig ist. Vermutlich wird dies von der einheimischen Bevölkerung kritisch gesehen, was die Akzeptanz der Golfplätze verringert. Somit ist auch der sozioökonomische Effekt durch die geschaffenen Arbeitsplätze zu hinterfragen. Da ein großer Teil der gezahlten Löhne nicht bei der marokkanischen Bevölkerung, sondern bei ausländischen Arbeitskräften landet, wird die lokale Nachfrage nach Waren und Dienstleistungen nicht unbedingt angekurbelt.

Diese Überlegungen leiten zur ökonomischen Nachhaltigkeit über. Die angesprochenen **Arbeitsplätze**, die durch den Golftourismus geschaffen werden, sind zunächst wieder **positiv** zu betrachten. Sie führen zur Verringerung der Arbeitslosigkeit und bieten den Angestellten ein Einkommen, das ihre Kaufkraft stärkt. Gleichzeitig gehören die neu eingestellten Personen aber auch zur steuerzahlenden Bevölkerung. Somit erhöhen sich die Steuereinnahmen sowohl durch die Einkommenssteuer, aber auch durch die Steuern, welche die Tourismusunternehmen direkt an den Staat entrichten müssen. Außerdem bringen die wohlhabenden Golftouristen, die vermutlich zu einem Großteil aus Europa stammen, neue **Devisen** ins Land. Die positiven Nachhaltigkeitsaspekte aus ökonomischer Sicht resultieren also vornehmlich aus der Schaffung neuer Arbeitsplätze. Auf die damit verbundenen **negativen Aspekte** wurde bereits hingewiesen (siehe soziale Aspekte). Aber auch ökonomisch sind manche Beschäftigungsverhältnisse kritisch zu hinterfragen. So werden immer wieder **ungelernte Arbeitskräfte** eingestellt, die **den Behörden** häufig **nicht gemeldet** werden (M 7, Z. 9). So werden von manchen Unternehmen der Branche gezielt **Steuerabgaben umgangen**, was zu einer Reduktion der Staatseinnahmen führt (M 7, Z. 10). Gleichzeitig sind die öffentlichen Ausgaben für die benötigte Infrastruktur, v. a. im Bereich der Wasserwiederaufbereitung sehr hoch. Die Verpflichtung zur **Nutzung des recycelten Wassers** ist aus ökonomischer Sicht ebenfalls **problematisch**. Sie führt zu einer sinkenden Attraktivität der Golfplätze, da das Gras nicht optimal wächst und sich üble Gerüche ausbreiten (M 6, Z. 19/20).

Ökonomische Nachhaltigkeit

Aus ökologischer Sicht ist die Pflicht zur Nutzung des wiederaufbereiteten Klärwassers dagegen als sehr **positiv** hervorzuheben. So können die knappen und auch sinkenden Süßwasserressourcen des Landes geschont werden. Dies kann wiederum die Nutzungskonflikte rund um das Wasser verringern (siehe soziale Aspekte). Daher können die Investitionen in ein funktionierendes **Wassermanagement** als positiv gesehen werden, auch wenn sie sehr teuer sind.

Ökologische Nachhaltigkeit

Dennoch überwiegen im Bereich der ökologischen Nachhaltigkeit die **negativen Aspekte**. So ist der Wasserbedarf zur Bewässerung der Golfplätze, unabhängig von der Art des genutzten Wassers, extrem hoch. Die **Anlage von Golfplätzen im semiariden Klima** muss also kritisch hinterfragt werden. Selbst wenn ein großer Teil des Bewässerungswassers aus geklärtem Brauchwasser besteht, so bleibt immer noch ein Restvolumen, das durch sauberes Süßwasser gedeckt werden muss. Dies verstärkt den **Druck auf die Süßwasserressourcen** des Landes. Der Wasserbedarf der Golftouristen in den Hotelanlagen besitzt denselben Effekt. Im ariden oder semiariden Klima Marokkos reichen die natürlichen Niederschläge nicht aus, um die Wasserspeicher in den humiden Monaten wieder aufzufüllen.

Auch die Grundwasserspeicher können sich während der Regenzeit nicht wieder regenerieren. Somit muss das Wasser langfristig aus anderen Quellen stammen (z. B. fossiles Grundwasser, Wasserimporte), was die Zukunftsfähigkeit des Golftourismus sehr stark infrage stellt.

Zusammenfassend kann man sagen, dass der Golftourismus für Marokko aus ökonomischer und sozialer Sicht durchaus Vorteile mit sich bringt. **Aus ökologischer Sicht** ist der Ausbau dieser Tourismusart, die sehr viel Wasser benötigt, aber **extrem kritisch** zu sehen. Zusammen mit den negativen ökonomischen und sozialen Aspekten muss die Nachhaltigkeit des Golftourismus am Standort Marrakesch daher stark angezweifelt werden. Fazit

Baden-Württemberg Geographie ▪ Abiturprüfung 2022
Aufgabe I

Südafrika weist durch seine Lage am Atlantischen und Indischen Ozean zahlreiche naturräumliche Besonderheiten auf. Außerdem spielt Südafrika in wirtschaftlicher und gesellschaftlicher Hinsicht eine besondere Rolle innerhalb des Kontinents.

Aufgabenstellung

1 An der Küste Südafrikas treten verschiedene Klimate auf.

a *Erläutern* Sie den Jahresgang des Niederschlages der Stationen Kapstadt und Durban (M 1) aus der globalen atmosphärischen Zirkulation. 8 VP

b Die nordwestliche Küstenregion Südafrikas gehört klimatisch zur Wüste Namib, die eine typische Küstenwüste ist.

Erklären Sie die Entstehung dieser Küstenwüste ausgehend von M 2. 8 VP

2 Vor der Westküste Südafrikas befindet sich die fischreichste Region des ganzen Landes, 75 % des gesamten südafrikanischen Fischfangs stammen von hier. Grundlage hierfür ist die Verfügbarkeit von Phytoplankton.

Begründen Sie den unterschiedlichen Phytoplanktongehalt an der West- und Ostküste Südafrikas ausgehend von M 3. 6 VP

3 In weiten Teilen Südafrikas besitzen die Rückstände verwitterter Gesteine eine teils kräftige Rotfärbung.

Stellen Sie den Verwitterungsprozess *dar*, durch den es zu dieser charakteristischen Rotfärbung kommt. 5 VP

4 Die Stadtverwaltung von Kapstadt hat im Januar 2019 eine neue Strategie zur Sicherstellung der Trinkwasserversorgung bis 2040 verabschiedet.

Beurteilen Sie ausgehend von M 4 bis M 7 die von der Stadtverwaltung Kapstadts angestrebte Maßnahme der zusätzlichen Trinkwassergewinnung durch Meerwasserentsalzung im Hinblick auf ökonomische, ökologische und soziale Aspekte. 10 VP

5 Südafrikas Wirtschaft und Gesellschaft sind im Wandel.

a *Stellen* Sie drei wesentliche Aspekte der wirtschaftlichen Entwicklung Südafrikas von 1994 bis 2019 anhand einer von Ihnen unter Verwendung der Daten aus M 8 vervollständigten Analysespinne (M 12) *dar*. 11 VP

b „Die wirtschaftliche und gesellschaftliche Situation Südafrikas lässt auf eine positive zukünftige Entwicklung schließen."

Erörtern Sie diese Aussage ausgehend von M 9 bis M 11. 12 VP

60 VP

M 1 Klimadiagramme ausgewählter Stationen in Südafrika

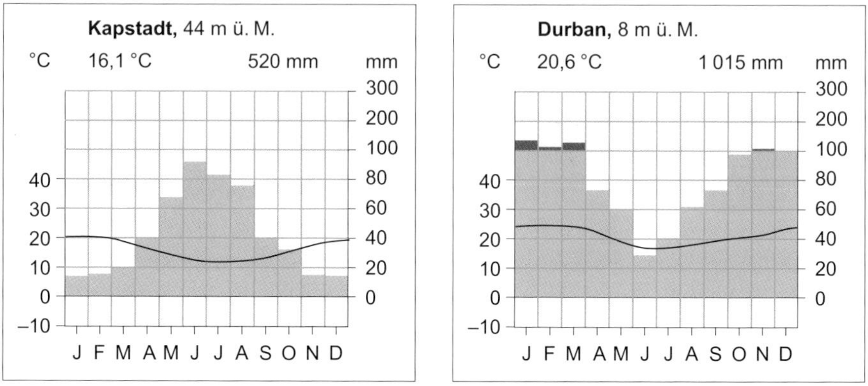

LMZ (Landesmedienzentrum Baden-Württemberg), GeoPortal

M 2 Küstenwüste Namib

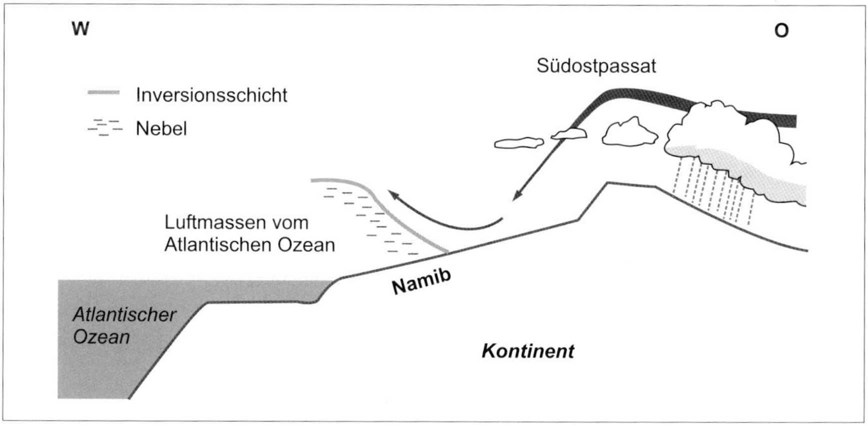

eigene Darstellung

M 3 Phytoplanktongehalt an der südafrikanischen Küste

eigene Darstellung nach https://seos-proiect.eu/oceancurrents/oceancurrents-c04-p04.de.html

M 4 „Doing nothing is not an option“

In Kapstadt hat sich die Bevölkerung von 1993 bis 2021 auf 4,7 Millionen Einwohner verdoppelt. Während die Weltgesundheitsorganisation 50 Liter Wasser pro Person und Tag als Minimalbedarf für Trinken, Kochen und Körperpflege definiert, lag der Pro-Kopf-Verbrauch in Kapstadt 2015 bei bis zu 220 Litern am Tag. Davon wurden mindestens 87 Liter kostenlos zur Verfügung gestellt, höhere Verbrauchswerte wurden häufig nicht abgerechnet. Im März 2018 gelang es nur durch drastische Sparmaßnahmen der Einwohner Kapstadts, einen „Day Zero“ – eine Abschaltung der öffentlichen Wasserversorgung – zu vermeiden. Sowohl der Stadtverwaltung als auch den Einwohnern wurde die Abhängigkeit vom Füllstand der großen Stauseen oberhalb der Stadt drastisch vor Augen geführt. In der Folge beschloss die Stadtverwaltung, es nicht beim Nichtstun zu belassen, sondern eine Strategie zur zukünftigen Sicherung der Wasserversorgung zu entwickeln: „Doing nothing is not an option“.

verändert nach: Cape Town Water Strategy – our shared water future; January 2019, 63935_capetowndraftwaterstrategy2019publi.pdf und https://worldpopulationreview.com/world-cities/cape-town-population, 07. 09. 2021

M 5 Herkunft des Trinkwassers in Kapstadt

	Stauseen	Grundwasser	Meerwasserentsalzung	Wiederaufbereitung
2018	98 %	2 %	0 %	0 %
2040*	77 %	6 %	10 %	7 %

* geplant

eigene Zusammenstellung nach: Cape Town Water Strategy – our shared water future; January 2019, 63935_capetowndraftwaterstrategy2019publi.pdf, 07. 09. 2021

M 6 Jährlicher Zufluss in die Stauseen von Kapstadt (1928–2017)

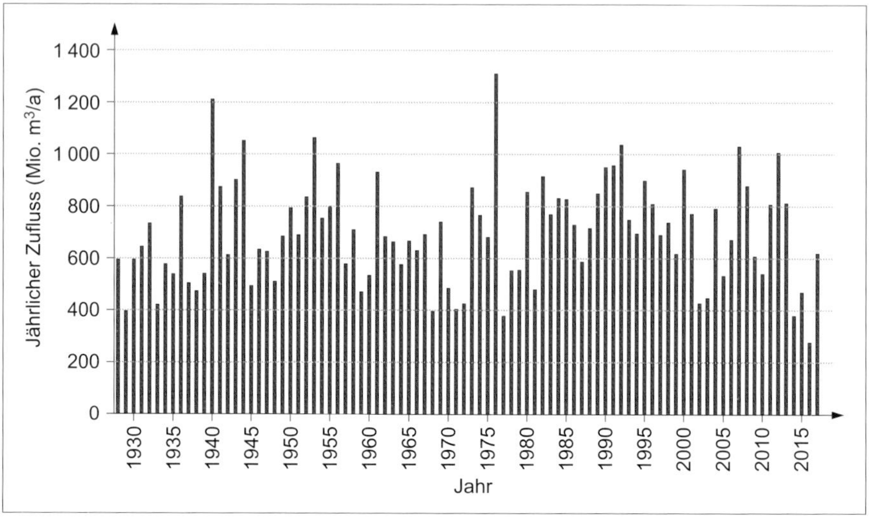

verändert nach: https://www.preventionweb.net/files/63935_capetowndraftwaterstrategy2019publi. pdf, 07. 09. 2021

M 7 Trinkwassergewinnung aus Meerwasserentsalzung

Meerwasserentsalzungsanlagen findet man vor allem in Küstenstaaten mit aridem Klima. Ein internationales Forschungsteam kam 2019 zu dem Ergebnis, dass täglich weltweit 95 Mio. Kubikmeter Süßwasser durch solche Anlagen produziert werden. Es gibt verschiedene Verfahren zur Meerwasserentsalzung, am häufigsten kommen immer noch Mehrstufen-Destillationsverfahren zum Einsatz. Bei diesen beruht die Trennung von Wasser und Salz auf großer Hitze, die zunächst erzeugt werden muss. Deshalb sind diese Entsalzungsanlagen mit einem Kraftwerk gekoppelt, in dessen Heizkessel Öl und Gas verbrannt und damit Dampfturbinen angetrieben werden. Eine weitere Verfahrenstechnik bei der Meerwasserentsalzung stellt die Umkehrosmose dar. Dabei wird das Meerwasser durch eine Art Filter mit sehr feinen Poren gedrückt, die das Salz zurückhalten. Im Hinblick auf den Energieverbrauch ist diese Technik etwas sparsamer. Da sich weltweit ein zunehmender Bedarf an Trinkwasser abzeichnet, wird mit Hochdruck an energieeffizienteren Anlagen und solchen, die verstärkt regenerative Energiequellen nutzen können, gearbeitet. Unabhängig von der Art der Meerwasserentsalzungsanlage existiert jedoch das offensichtlich unlösbare Problem, dass als Restprodukt eine stark konzentrierte Sole (Salzlauge) entsteht, die meist ins Meer zurückgeführt wird. Laut einer von den UN unterstützten Studie sind dies jährlich und weltweit ca. 142 Mio. Kubikmeter Sole. Außerdem enthält die Sole problematische Zusatzstoffe, vor allem Chlor und Polymerverbindungen. Aus Korrosionsvorgängen der Anlagen stammen eine Reihe von Schwermetallen. Bei den thermalen Verfahren liegt die Temperatur der Sole um ca. 10 K über der Temperatur des entnommenen Meerwassers.

eigener Text nach verschiedenen Quellen

M 8 Ausgewählte ökonomische Strukturdaten Südafrikas

	1994	2010	2019
Wirtschaftswachstum (in %)	3,23	3,04	0,15
Anteil der Erwerbstätigen im primären Sektor (in %)	11,03	4,86	5,09
Arbeitslosenquote (in %)	22,89	24,88	28,70
Bruttoinlandsprodukt pro Kopf (in US-$)	3 445	7 311	5 978
Handelsbilanz (in Mrd. US-$)	1,95	–5,94	–17,52

eigene Zusammenstellung nach verschiedenen Quellen

M 9 Bewertung ausgewählter Staaten nach dem „Doing Business Report“ (in Punkten)

	2010	2018	2019	2020
Deutschland	79,4	79,3	79,3	79,7
Namibia	62,3	61,1	61,4	61,4
Südafrika	68,0	65,3	66,7	67,0
Kenia	56,3	65,4	71,0	73,2

Der „Doing Business Report“ untersucht jährlich für 190 Staaten zehn ökonomische Indikatoren, wie z. B. Zeit- und Kostenaufwand im Vorfeld einer Unternehmensgründung, Zugang zu Elektrizität, Steuerbelastung sowie Zeit- und Kostenaufwand für logistische Prozesse des Warenexports und -imports. Für jeden der zehn Indikatoren werden Punkte vergeben und aus diesen ein Mittelwert gebildet (je höher der Wert, desto besser).

Einordnung: Im Jahr 2020 lag Neuseeland mit 86,8 Punkten auf dem ersten Rang der 190 Staaten, Somalia mit 20 Punkten auf dem letzten Platz.

eigene Zusammenstellung nach https://www.doingbusiness.org/en/rankings, 07. 09. 2021

M 10 Ausgewählte Daten zu Wirtschaft und Gesellschaft in Südafrika

	2002	2010	2019
Gesamtbevölkerung (in Mio.)	46,1	51,1	55,9
Anteil der Bevölkerung unter der nationalen Armutsgrenze (in %)	50	31,3	16,6
Internetnutzer (in %)	6,7	24,0	56,2
Ausländische Direktinvestitionen (in Mrd. US-$)	1,48	3,69	5,12
Kindersterblichkeit (in %)	7,44	5,12	3,5
HIV-Todesfälle (in 1 000)	370	310	71
Lebenserwartung (in Jahren)	54,3	57,7	63,9
Durchschnittsalter (in Jahren)	20,8	24,8	27,3

eigene Zusammenstellung nach verschiedenen Quellen

M 11 Soziale Disparitäten in Südafrika

Auch fast 30 Jahre nach dem Ende der Rassentrennungspolitik in Südafrika sind die sozialen Disparitäten innerhalb des Staates immer noch unübersehbar. Große Städte wie Johannesburg und Kapstadt wirken wie Wohlstandsmagnete, so hält der Zuzug der ländlichen Bevölkerung weiter an. Kapstadts Bevölkerung beispielsweise wuchs von 2,4 Millionen Menschen im Jahr 1995 auf etwa 4,7 Millionen 2021. Der Ausbau der städtischen Infrastruktur kann mit dem Wachstum der städtischen Bevölkerung kaum Schritt halten, der Großteil lebt in Marginalvierteln, sogenannten Townships. In diesen Siedlungen haben sich vielerorts informelle Strukturen mit kleinen Läden, Märkten, Kneipen und zahlreichen Taxiunternehmen etabliert. In den Townships herrscht oft ein besonderer sozialer Zusammenhalt, viele Bewohner versuchen im ländlichen Raum verbliebene Angehörige finanziell zu unterstützen. Vereinzelt verschaffen sich in den Townships jedoch auch kriminelle Gruppierungen Raum. Eine kontinuierliche Schulbildung ist für zahlreiche Kinder und Jugendliche nicht möglich, medizinische Versorgung bleibt ein Privileg Besserverdienender. In Südafrika kommen 0,91 Ärzte auf 1 000 Einwohner (Deutschland: 4,25). Seit fast drei Jahrzehnten gehört Südafrika zudem zu den Spitzenreitern der mit HIV-Infizierten und nahm 2020 mit 19,1 % der Erwachsenen nach seinen Nachbarstaaten Swasiland, Lesotho und Botsuana weltweit den vierten Platz ein.

eigener Text nach verschiedenen Quellen

M 12 Analysespinne

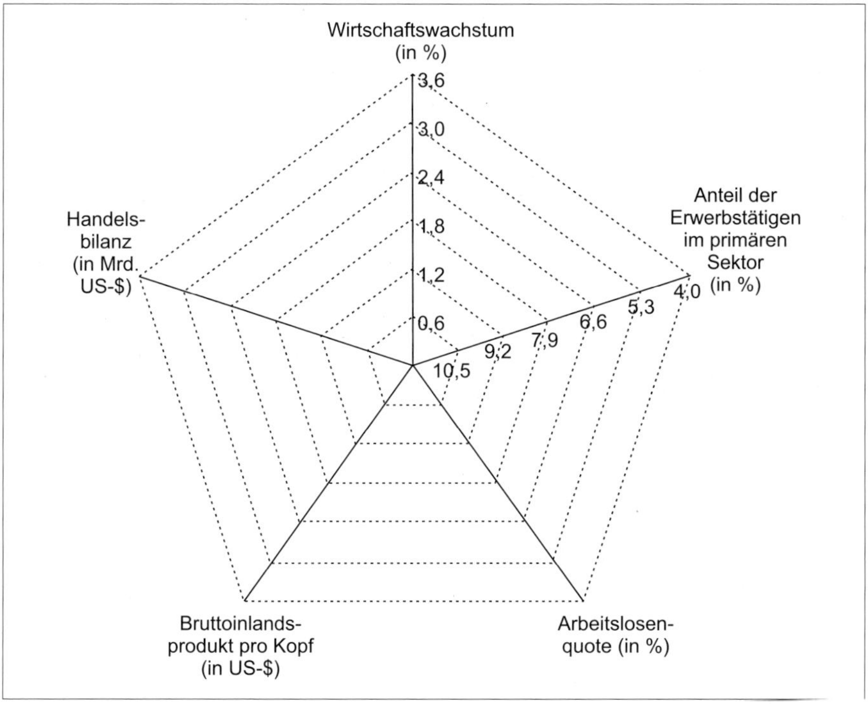

TIPP **Allgemeine Hinweise zur Lösung der Aufgabe**

Aufgabe I beschäftigt sich mit Südafrika. Zunächst werden verschiedene Aspekte der physischen Geographie untersucht. Hierbei rückt zuerst die **Klimatologie** in den Fokus (Aufgabe 1). Anschließend wird der Bereich der **Hydrosphäre** (Aufgabe 2) näher betrachtet, bevor der physisch-geographische Teil mit einer Aufgabe zur **Verwitterung** abgeschlossen wird (Aufgabe 3).
Die Aufgaben 4 und 5 sind der Kulturgeographie zuzuordnen. In Aufgabe 4 wird die Aufbereitung von **Trinkwasser aus Meerwasserentsalzungsanlagen** näher beleuchtet, während in der fünften Aufgabe die **wirtschaftliche und gesellschaftliche Situation** in Südafrika analysiert wird. Hier findet sich auch ein methodischer Schwerpunkt, da im Aufgabenteil 5 a zunächst eine **Analysespinne** mithilfe einer Vorlage erstellt werden muss.
Bei allen Teilaufgaben wird erwartet, dass Sie Ihre Antwort in einem zusammenhängenden, logisch strukturierten Text unter Verwendung der Fachsprache formulieren.

Lösungsvorschlag

1 a **TIPP**

Aufgabe 1 a fordert Sie dazu auf, den Jahresgang der Niederschläge der Stationen **Kapstadt** und **Durban** aus der globalen atmosphärischen Zirkulation zu erläutern. Da der Operator „Erläutern" im Abitur 2022 sowohl eine beschreibende als auch eine erklärende Komponente verlangt, bietet es sich an, diese beiden Bereiche zu trennen. Beschreiben Sie zunächst den Jahresgang des Niederschlags bei der jeweiligen Station. Erklären Sie anschließend Ihre Beobachtungen, indem Sie Ihr Wissen über die globale atmosphärische Zirkulation einbringen. Nutzen Sie außerdem den Atlas, um die Stationen zu verorten, die Topographie zu studieren und mithilfe geeigneter Klimakarten die Windsysteme zu analysieren. Ab dem **Abitur 2023** fordert der **Operator „Erläutern"** keine Erklärung mehr von Ihnen, sondern das Veranschaulichen von Sachverhalten mit Beispielen oder Belegen.

Niederschläge in Kapstadt

Die Station **Kapstadt** (ca. 35° s. Br.) liegt an der Südwestküste Südafrikas und weist eine **Jahresniederschlagssumme** von 520 mm auf. Die Monate April bis Oktober sind humid, wobei die Niederschlagsspitze mit rund 95 mm im Juni zu finden ist. Dem stehen die ariden Monate von November bis März entgegen. Das Niederschlagsminimum findet sich mit ca. 18 mm im Januar.

Im Juni erreicht der **Zenitstand der Sonne** seinen nördlichsten Punkt. Dadurch sind sowohl die ITC als auch der subtropisch-randtropische Hochdruckgürtel weit nach Norden verschoben. In dieser Phase gelangt Kapstadt in den Einflussbereich von **Zyklonen**, die Niederschläge mit sich bringen. So erklären sich die humiden Monate von April bis Oktober mit dem Niederschlagsmaximum im Juni. In der Zeit von November bis März liegt Kapstadt dagegen im Bereich des **subtropisch-randtropischen Hochdruckgürtels**. In den Hochdruckgebieten dominieren absinkende Luftmassen. Diese erwärmen sich während des Absinkens und können dadurch viel Wasser speichern. So wird die Wolken- und Niederschlagsbildung weitgehend unterdrückt, was letztlich zu den ariden Monaten führt.

Erklärung

Die Station **Durban** (ca. 30 s. Br.) besitzt im Vergleich zu Kapstadt eine deutlich **höhere Jahresniederschlagssumme** (1 015 mm). Sie weist nur einen ariden Monat (Juni) auf. Alle anderen Monate sind humid. Dennoch ist ein klarer Niederschlagsgang erkennbar. Während die Monate von Oktober bis März sehr hohe und relativ gleichmäßige Niederschlagsmengen aufweisen (Oktober knapp unter 100 mm, November – März über 100 mm), ist ab April ein deutliches Absinken der Niederschlagskurve zu erkennen. Im Juni ist das Niederschlagsminimum (rund 30 mm) erreicht. Ab Juli steigen die Niederschläge wieder und erreichen mit rund 125 mm ihr Maximum im Januar.

Niederschläge in Durban

Die geringeren Niederschlagswerte von April bis September lassen sich durch den Einfluss des subtropisch-randtropischen Hochdruckgürtels erklären. Das im Vergleich zu Kapstadt nördlicher gelegene Durban befindet sich in dieser Zeit **im Einflussbereich der nordwärts verlagerten Hochdruckzellen**. Hier herrschen absinkende Luftmassen vor, welche die Wolken- und Niederschlagsbildung häufig unterdrücken. Durch die Küstenlage und auflandige Winde, die feuchte Luftmassen vom Indischen Ozean mit sich führen, kommt es aber immer wieder zu Niederschlägen. Daher kann Durban während des Einflusses der Hochdruckgebiete deutliche Niederschlagsmengen verzeichnen.

Erklärung

Die starken Niederschläge von Oktober bis März sind ein Resultat der **Passatwinde**. In diesen Monaten liegt der subtropisch-randtropische Hochdruckgürtel südlich von Durban und die ITC befindet sich nördlich von Südafrika. Die daraus resultierenden Passatwinde nehmen über dem warmen Indischen Ozean viel Wasser auf. Beim Auftreffen auf Land werden diese feuchtwarmen Luftmassen zum Aufstieg gezwungen. Dieser Effekt wird durch die **Drakensberge**, die westlich von Durban liegen und Höhen bis rund 3 500 m erreichen, nochmals verstärkt. Die daraus resultierenden **(Steigungs-) Niederschläge** erklären die hohen Niederschlagsmengen von Oktober bis März.

1 b **TIPP**

In Teilaufgabe 1 b müssen Sie die **Entstehung der Küstenwüste Namib** erklären. Nutzen Sie hierzu den Atlas sowie das Material M 2.

Der Begriff „Küstenwüste" weist bereits auf die Lage der Namib an der **Westküste des afrikanischen Kontinents** hin. Im Atlantischen Ozean vor der Küste befindet sich der **Benguela-Strom**, der **kalte Wassermassen** direkt aus den antarktischen Gewässern mit sich bringt. Diese erreichen vor der Westküste des afrikanischen Kontinents die Wasseroberfläche und kühlen so die darüberliegende Luft ab. Küstenwüste Namib

Die Topographie Südwestafrikas weist im Landesinneren **parallel zur Küste** ein **Gebirge** mit Höhen bis zu 2 579 m (Brandberg, Namibia) auf. Dieses muss von den Südostpassaten überquert werden. Spätestens hier regnen sich die Luftmassen ab, die bereits einen weiten Weg vom Indischen Ozean über das südliche Afrika zurückgelegt haben. Die auf der Westseite zur Namib hin absinkenden Luftmassen sind dadurch sehr trocken und erwärmen sich während des Absinkvorgangs zur Küste hin zusätzlich.

Im Bereich der Küste gleiten diese wärmeren Luftmassen auf die kühlere Meeresluft auf und es bildet sich eine **Inversionsschicht** zwischen diesen beiden Luftmassen. Durch diese wird der Aufstieg von warmer und feuchter Luft verhindert, sodass die Wolkenbildung im Bereich der Küste ausbleibt. Deshalb sind hier auch keine Niederschläge möglich. Es entsteht lediglich **Nebel** in den unteren Luftschichten.

2 **TIPP**

Aufgabe 2 thematisiert den unterschiedlichen **Phytoplanktongehalt** in den Gewässern vor der Ost- und Westküste Südafrikas. Werten Sie hierzu zunächst M 3 aus und stellen Sie Ihre Beobachtungen argumentativ schlüssig dar.

Das Material M 3 zeigt einen **sehr hohen Phytoplanktongehalt an der Westküste Südafrikas** mit bis zu 60 mg/m³ Wasser. Im Gegensatz dazu findet sich an der Ostküste kaum Phytoplankton im Wasser. Hier werden maximal unter 4 mg/m³ gemessen. An beiden Küsten nimmt der Phytoplanktongehalt zum offenen Meer hin ab. Während der Bereich mit höheren Werten des Phytoplanktons der Westküste des Kontinents recht breit ist, sind an der Ostküste nur Phytoplanktongehalt an West- und Ostküste Südafrikas ganz in Küstennähe leicht erhöhte Werte zu finden. Diese Beobachtung lässt sich mit den **unterschiedlichen Meeresströmungen an den beiden Küsten** erklären.

An der Westküste Südafrikas fließt der kalte Benguela-Strom entlang, der aus antarktischen Gewässern stammt. Durch **Upwelling-Prozesse** gelangt das sauerstoff- und nährstoffreiche Tiefenwasser an die Meeresoberfläche. Zusammen mit der starken Sonneneinstrahlung bilden diese Wassermassen den idealen Nährboden für das Phytoplankton. Erklärung

An der Ostküste Südafrikas strömt dagegen der aus nördlicher Richtung kommende **Agulhas-Strom** entlang. Er bringt warmes Wasser aus dem Indischen Ozean vor die Küste Südafrikas. Diese Wassermassen weisen einen geringen Sauerstoff- und Nährstoffgehalt auf. Unter derartigen Bedingungen bildet sich kaum Phytoplankton, was wiederum den geringen Phytoplanktongehalt des Meerwassers erklärt.

3 **TIPP**

Bei Aufgabe 3 müssen Sie die Strukturen und Zusammenhänge, die zur **Rotfärbung der Gesteine** in vielen Gebieten Südafrikas führen, beschreiben und verdeutlichen. Hierzu müssen Sie Ihr Vorwissen aus dem Unterricht nutzen, da Ihnen keine Materialien zur Verfügung stehen.

Die rötliche Färbung, die viele Gesteine in Südafrika aufweisen, ist das Ergebnis einer chemischen Reaktion. Grundsätzlich sind für die Prozesse der **chemischen Verwitterung** Feuchtigkeit und hohe Temperaturen notwendig. In diesem Fall geht die Rotfärbung des Gesteins auf Eisenpartikel zurück, die sich im Kristallgitter wiederfinden und unter dem Einfluss von Sauerstoff und Feuchtigkeit oxidieren. Die hier vorliegende **Oxidationsverwitterung** greift das Kristallgitter des Gesteins an. Dieses wird instabil, sodass das gesamte Gefüge zerstört wird und das Gestein verwittert. Oxidationsverwitterung

4

TIPP

Aufgabe 4 thematisiert die künftige **Sicherstellung der Trinkwasserversorgung** in Kapstadt. Als Operator wurde „Beurteilen" gewählt. Das bedeutet, dass Sie die Maßnahme der zusätzlichen Trinkwassergewinnung durch Meerwasserentsalzung auf ihre Angemessenheit prüfen sollen. Die Kriterien, die Sie dabei heranziehen sollen, sind durch die Aufgabe bereits vorgegeben. Es handelt sich um die drei zentralen Aspekte der **Nachhaltigkeit:** Ökonomie, Ökologie und Soziales.
Achten Sie beim Verfassen Ihrer Antwort darauf, dass Sie Ihren Text gut strukturieren. Es wird von Ihnen erwartet, dass Sie eine kurze **Einleitung**, einen gegliederten **Hauptteil** und einen zusammenfassenden **Schlussteil** formulieren. Dabei bietet es sich an, den Hauptteil gemäß den vorgegebenen Aspekten der Nachhaltigkeit zu unterteilen.
Die Aspekte, die in der hier abgedruckten Antwort aufgeführt werden, sind **beispielhaft** zu verstehen. Sie können auch andere gut begründete Argumente anführen. Es ist folglich nicht nötig, dass Sie alle genannten Punkte in Ihrer Antwort nennen. Für die Bewertung Ihrer Lösung ist die Stringenz Ihrer Beurteilung ausschlaggebend, wenngleich eine gewisse Breite und Tiefe der Argumentation erwartet werden.

Trinkwasser aus Meerwasserentsalzungsanlagen

Kapstadt verzeichnete in den letzten Jahren einen enormen **Bevölkerungszuwachs**. Im Jahr 2021 lebten knapp fünf Millionen Menschen in der Stadt. Dadurch entstehen auch Probleme im Hinblick auf die Trinkwasserversorgung. Aufgrund des hohen Pro-Kopf-Verbrauchs mussten im Jahr 2018 drastische Sparmaßnahmen ergriffen werden. Um zukünftigen Engpässen entgegenzuwirken, plant die Stadtverwaltung den Betrieb von **Meerwasserentsalzungsanlagen**. Nachfolgend wird diese Maßnahme zur zusätzlichen Trinkwassergewinnung nach den **Aspekten der Nachhaltigkeit** (Ökonomie, Ökologie und Soziales) beurteilt.

Ökonomische Aspekte

Die derzeitige Trinkwassergewinnung Kapstadts basiert fast ausschließlich auf der Nutzung von Stauseen (98 %) im Hinterland (vgl. M 5). Der geplante Einsatz von Meerwasserentsalzungsanlagen würde diese **Abhängigkeit** deutlich **reduzieren** (um ca. 10 %). Dies wäre aus ökonomischer Sicht ein sinnvoller Schritt. Die Trinkwasserversorgung Kapstadts könnte breiter aufgestellt werden, was zu einer zuverlässigeren Versorgungslage beitragen würde. Diese **Versorgungssicherheit** würde den **Standort Kapstadt** aufwerten und ihn für ausländische Investoren attraktiv machen. Somit könnte die gesamte Region Kapstadt nicht nur von den Investitionen in die Entsalzungsanlagen, sondern auch von weiteren **ausländischen Direktinvestitionen** profitieren. Aufgrund des hohen Energiebedarfs von Meerwasserentsalzungsanlagen und vor dem Hintergrund immer teurer werdender fossiler Energieträger sowie eines weiter steigenden Umweltbewusstseins könnte Kapstadt ein interessanter Investitionsstandort für die erneuerbare Energieerzeugung werden.

Der **hohe Energiebedarf** für die Meerwasserentsalzungsanlagen ist aber **ökonomisch negativ** zu bewerten. Dadurch sind die Kosten für den Betrieb der Anlagen genauso wie die Bau- und Wartungskosten sehr hoch. Die hier investierten **staatlichen Finanzmittel** fehlen in anderen Bereichen (zum Beispiel Bildung, medizinische Versorgung). Außerdem können derartige Anlagen nur von Personen mit hoher Fachkenntnis gebaut und betrieben werden. Da in der Region bisher keine Meerwasserentsalzungsanlagen genutzt werden (vgl. M 5), müssen **qualifizierte Arbeitskräfte** aus anderen Ländern angeworben werden.

Ökologische Aspekte

Der **hohe Energieverbrauch** zum Betrieb der Meerwasserentsalzungsanlagen ist auch aus ökologischer Sicht sehr kritisch zu sehen. Bisher wird die Energie für solche Anlagen meist aus fossilen Energieträgern gewonnen, bei deren Verbrennung große Mengen an CO_2 freigesetzt werden. Außerdem entsteht unabhängig vom genutzten Verfahren (Mehrstufen-Destillationsverfahren oder Umkehrosmose, vgl. M 7, Z. 5 und Z. 9) bei der Gewinnung des Trinkwassers immer Sole als Restprodukt. Diese wird ohne weitere Aufbereitung in das Meer geleitet. Hieraus resultieren mehrere Probleme: Das Restprodukt ist mit verschiedenen chemischen Verbindungen und Schwermetallen verunreinigt (vgl. M 7, Z. 18 f.) und zudem weist die Sole eine deutlich erhöhte Temperatur im Vergleich zum Meerwasser auf (vgl. M 7, Z. 20 ff.). So hat die zurückgeführte **Sole negative Auswirkungen auf das marine Ökosystem** im Bereich der Meerwasserentsalzungsanlage.

Soziale Aspekte

In Hinblick auf den sozialen Effekt von Meerwasserentsalzungsanlagen kann festgehalten werden, dass diese ein wesentlicher Baustein in der zukünftigen **Trinkwasserversorgung** sein sollen (vgl. M 5). Vor dem Hintergrund der stark wachsenden Gesamtbevölkerung Kapstadts und der großen Abhängigkeit von der Trinkwassergewinnung aus Stauseen, die bereits heute nicht immer ausreicht (vgl. M 4), ist eine Diversifikation im Bereich der Trinkwassergewinnung unabdingbar. Nur so kann die Stadt zuverlässig mit Wasser versorgt werden. Gleichzeitig werden durch den Bau und den Betrieb der Meerwasserentsalzungsanlagen **Arbeitsplätze** geschaffen. Dies könnte die finanzielle Situation der Menschen, die hier Arbeit finden, deutlich verbessern. Allerdings wird das in den Meerwasserentsalzungsanlagen gewonnene **Trinkwasser** aufgrund der hohen Bau-, Betriebs- und Wartungskosten **sehr teuer** sein. Ohne staatliche Subventionen besteht die Gefahr, dass insbesondere Ärmere sich das Trinkwasser nicht leisten können.

Zusammenfassend kann man sagen, dass der Einsatz von Meerwasserentsalzungsanlagen zur Trinkwassergewinnung kontrovers zu diskutieren ist. Während aus **ökonomischer** und **sozialer Sicht positive Effekte** zu verzeichnen sind, weist die **ökologische Perspektive** ausschließlich **negative Aspekte** auf. Hier muss der Betrieb der Anlagen mit erneuerbaren Energien gewährleistet sowie das Restprodukt der Sole gereinigt oder einer anderen Nutzung zugeführt werden. Sollte es gelingen, die negativen ökologischen Aspekte zu minimieren, könnte der Einsatz der Meerwasserentsalzungsanlagen durchaus positiv beurteilt werden. Fazit

5a **TIPP**

Zur Bearbeitung von Aufgabe 5 a müssen Sie zunächst eine **Analysespinne** mithilfe der Daten von M 8 und der Vorlage M 12 erstellen. Achten Sie hierbei auf eine aussagekräftige Überschrift und eine saubere Darstellung. Wichtig ist auch, eine Legende zu erstellen und die Achsen sinnvoll zu skalieren. Durch die beiden bereits beschrifteten Achsen ist festgelegt, dass die jeweils positiven Werte am äußeren Rand der Analysespinne angebracht werden müssen, während die Angaben, die negativ zu bewerten sind, im Inneren der Analysespinne zu finden sind. Um mit der erstellten Grafik sinnvoll arbeiten zu können, müssen die Werte aus M 8 unbedingt korrekt übertragen werden.
Nachdem Sie die Analysespinne vervollständigt haben, müssen Sie **drei** wesentliche Aspekte aus dieser Grafik herausarbeiten. Diese gilt es dann in einem Fließtext zu beschreiben und weiter zu verdeutlichen. Um Ihnen verschiedene Lösungsmöglichkeiten aufzuzeigen, werden nachfolgend mehr als die benötigten drei Aspekte näher beleuchtet.

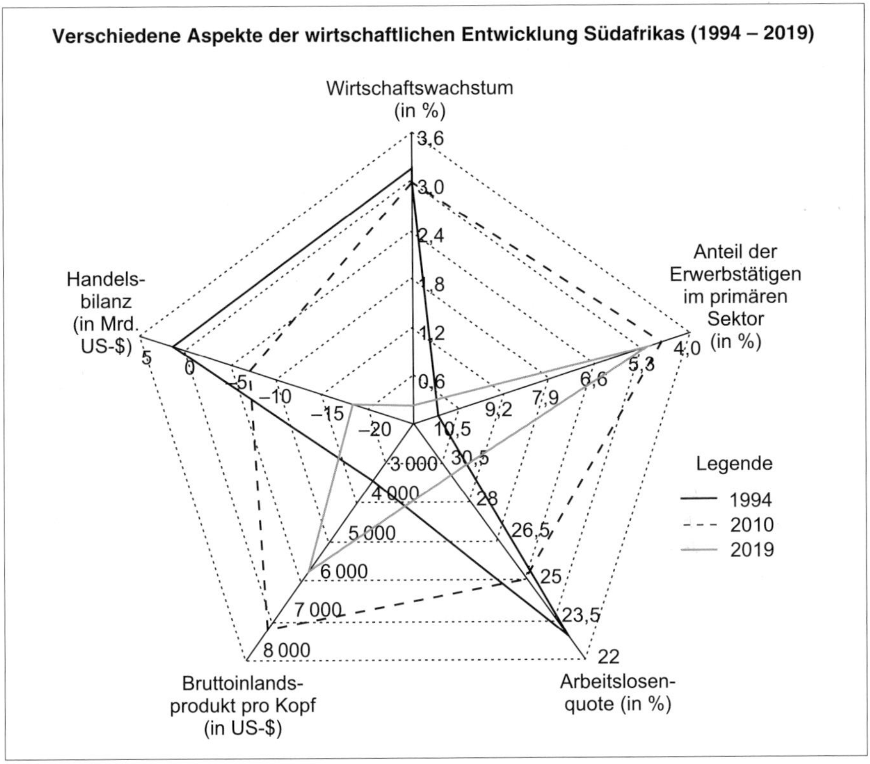

Analysiert man die Analysespinne in ihrer Gesamtheit, so ergibt sich für die einzelnen Indikatoren kein einheitliches Bild. Die **Handelsbilanz** Südafrikas beispielsweise **verschlechterte sich** von 1994 bis 2019 deutlich. Während im Jahr 1994 mit 1,95 Mrd. US-$ noch ein Handelsüberschuss erzielt wurde, war dies in den folgenden Jahren nicht mehr der Fall. Bereits im Jahr 2010 war die Handelsbilanz negativ (–5,94 Mrd. US-$). Dieser Trend setzte sich weiter fort, sodass im Jahr 2019 ein Handelsdefizit von –17,52 Mrd. US-$ verzeichnet werden musste.

Handelsbilanz

Ähnlich verhält es sich mit dem Wirtschaftswachstum. So war im Jahr 1994 mit 3,23 % ein recht starkes Wirtschaftswachstum zu erkennen. Dieser Wert wurde auch im Jahr 2010 mit 3,04 % fast erreicht. In den folgenden Jahren kann man aber von einem **Einbruch des Wirtschaftswachstums** sprechen, da 2019 nur noch ein schwaches Wachstum von 0,15 % errechnet wurde. Als positiv kann man an dieser Stelle nur festhalten, dass die südafrikanische Wirtschaft bis zum Jahr 2019 noch nicht in die Rezession gestürzt war.

Wirtschaftswachstum

Auch der Druck auf den Arbeitsmarkt nahm in den dargestellten Jahren immer stärker zu. Bereits 1994 war mit knapp 23 % eine sehr **hohe Arbeitslosigkeit** zu verzeichnen. Diese hat sich immer weiter verstärkt. So wurde 2010 eine Arbeitslosenquote von fast 25 % und 2019 von rund 29 % registriert. Somit nahm die Arbeitslosigkeit im dargestellten Zeitraum um rund sechs Prozentpunkte zu.

Arbeitslosenquote

Das **Bruttoinlandsprodukt pro Kopf** konnte zunächst von rund 3 500 US-$ (1994) auf über 7 000 US-$ (2010) mehr als verdoppelt werden. Allerdings wurde im Jahr 2019 nur noch ein Bruttoinlandsprodukt pro Kopf von rund 6 000 US-$ verzeichnet.

BIP pro Kopf

Der Anteil der Erwerbstätigen im primären Sektor weist eine ähnliche Entwicklung wie das BIP pro Kopf auf. Während 1994 noch 11 % der Bevölkerung im primären Sektor arbeiteten, waren es im Jahr 2010 nur knapp 5 %. Dies lässt sich mit der deutlich **gestiegenen Bedeutung des sekundären und tertiären Sektors** erklären und steht somit für die Industrialisierung und Tertiärisierung in diesem Zeitraum. In den folgenden Jahren stagnierte diese Entwicklung allerdings. So sank der Anteil der Personen, die in der Landwirtschaft beschäftigt waren, nicht weiter. Im Gegenteil: Im Jahr 2019 wurde sogar ein leichter Anstieg bei den Beschäftigten im primären Sektor registriert (knapp über 5 %).

Erwerbstätige im primären Sektor

5b **TIPP**

Die Teilaufgabe 5 b fordert Sie dazu auf, eine vorgegebene These zu erörtern. Hier müssen Sie **Pro- und Kontra-Argumente** gegeneinander abwägen und am Ende ein **persönliches Fazit** ziehen. Bauen Sie Ihren Text logisch auf, indem Sie mit einer kurzen Einleitung beginnen, in der Sie die vorgegebene These deutlich benennen. Gliedern Sie Ihren Hauptteil anschließend nach Für- und Wider-Argumenten und formulieren Sie abschließend einen zusammenfassenden kurzen Schlussteil, der logisch auf Ihrem Hauptteil aufbaut.
Die hier angeführten Argumente sind **beispielhaft** zu verstehen. Sie können auch andere Argumentationslinien aus den Materialien herausarbeiten. Es wird ebenso wenig erwartet, dass Sie alle hier angeführten Punkte in Ihrer Lösung aufführen. Ihr Fazit muss auch nicht der hier abgedruckten Schlussfolgerung entsprechen.

Nach dem Ende der Apartheid Anfang der 1990er-Jahre hat sich Südafrika in wirtschaftlicher und gesellschaftlicher Hinsicht stark entwickelt. Daher steht für die Zukunft die These im Raum, dass „die wirtschaftliche und gesellschaftliche Situation Südafrikas auf eine positive zukünftige Entwicklung schließen lässt“.

Einleitung

Konzentriert man sich zunächst auf das Material M 10, so fallen viele positive Entwicklungen auf, welche die These stützen. So hat sich die Gesamtbevölkerung des Landes immer weiter erhöht. Diese Entwicklung wird dadurch verstärkt, dass das Durchschnittsalter um knapp sieben Jahre gestiegen ist (2002: 20,8 Jahre; 2019: 27,3 Jahre). Somit sind künftig **ausreichend Personen im arbeitsfähigen Alter für den Arbeitsmarkt verfügbar**. Es ist in den kommenden Jahren durchaus zu erwarten, dass neue **Arbeitsplätze** in Südafrika entstehen werden, da sich die ausländischen Direktinvestitionen seit 2002 mehr als verdreifacht haben (2002: 1,48 Mrd. US-$; 2019: 5,12 Mrd. US-$). Dieser Anstieg kann als Indiz für eine positive wirtschaftliche Entwicklung herangezogen werden. Vermutlich hängt das auch mit einem Ausbau der Infrastruktur zusammen. Zumindest lässt die stark gestiegene Internetnutzung (2002: 6,7 %; 2019: 56,2 %) auf einen **Ausbau der digitalen Infrastruktur** schließen. Sollten sich diese positiven Wirtschaftsdaten stabilisieren, stünden dem Staat ausreichende Steuereinnahmen für weitergehende Investitionen zur Verfügung.

Pro-Argumente

Eine **positive Entwicklung** ist auch **im medizinischen Bereich** zu verzeichnen. So hat sich die Kindersterblichkeit von 2002 bis 2019 mehr als halbiert (2002: 7,44 %, 2019: 3,5 %). Die Zahl der HIV-Todesfälle ist in den letzten Jahren ebenfalls deutlich gesunken (2002: 370 000; 2019: 71 000). Diese Zahlen sprechen zum einen für eine bessere medizinische Versorgung der HIV-Erkrankten und zum anderen für eine bessere HIV-Prävention.

Zudem hat sich die **Einkommenssituation** in Südafrika für viele in den letzten Jahren **deutlich verbessert**. Während 2002 noch die Hälfte der Bevölkerung unter der nationalen Armutsgrenze lebte, hat sich dieser Wert bis zum Jahr 2019 auf 16,6 % verringert.

Auch M 9 liefert Anhaltspunkte, welche die These einer positiven künftigen Entwicklung Südafrikas in wirtschaftlicher Hinsicht stützen. So hat sich das Land nach einem Einbruch bei den „Doing Business-Report-Punkten" von 68 (2010) auf 65,3 Punkte (2018) gut erholt. Bereits 2019 wurde ein Anstieg um 1,4 Punkte auf 66,7 Punkte verzeichnet. Dieser Wert wurde im folgenden Jahr 2020 bestätigt.

Kontra-Argumente

Einerseits stützen diese Zahlen aus dem „Doing-Business-Report" die eingangs genannte These. Anderseits geben die Vergleichswerte anderer Staaten auch Hinweise darauf, dass sich die wirtschaftliche und gesellschaftliche Situation Südafrikas **nicht uneingeschränkt positiv entwickelt** hat. Betrachtet man den Startwert des Reports im Jahr 2010 und den letzten aufgeführten Wert im Jahr 2020, so ist kaum eine Veränderung zu verzeichnen. Das Land stagniert auf gehobenem Niveau im oberen Drittel. Allerdings haben andere Länder des afrikanischen Kontinents Südafrika mittlerweile überholt

(z. B. Kenia 2020: 73,2 Punkte), obwohl sie noch im Jahr 2010 eine deutlich schlechtere Bewertung hatten (z. B. Kenia 2010: 56,3 Punkte).
Auch M 11 liefert mehrere Punkte, die der These widersprechen. So sind die **Disparitäten** innerhalb Südafrikas noch immer klar zu erkennen. Der ländliche Raum scheint unterentwickelt zu sein, sodass viele Menschen in die Städte abwandern. Dies könnte zu einem „Ausbluten" des ländlichen Raumes führen, was wiederum das **Wohlstandsgefälle zwischen Stadt und Land** deutlich erhöhen würde. Gleichzeitig kann die **städtische Infrastruktur** nicht mit dem Bevölkerungswachstum mithalten. Es kommt zur Bildung von **Townships** und zum Entstehen eines großen informellen Sektors, wodurch dem Staat auch nennenswerte Beträge an Steuereinahmen verloren gehen. Durch die hohe **Arbeitslosigkeit** (vgl. M 8) gleiten auch immer wieder Menschen in die Kriminalität ab. Insgesamt sind die Städte von der **Segregation** gekennzeichnet, was einer positiven gesellschaftlichen Entwicklung entgegensteht.
Das **große soziale Gefälle** in den Städten und innerhalb des gesamten Landes zeigt sich auch in den Bereichen Bildung und medizinische Versorgung. Beide sind nur mit einem ausreichenden Einkommen zu erhalten. Viele Kinder (vor allem in den Townships) haben daher nur eine **unzureichende schulische Bildung**. Dies wird sich negativ auf die Verfügbarkeit von **qualifizierten Arbeitskräften** auswirken, da die schulische Grundbildung die Basis für eine universitäre oder (inner)betriebliche Aus- und Weiterbildung ist.
Zudem ist die Zahl der **HIV-Infizierten** trotz der positiven Entwicklung bei den HIV-Toten noch immer erschreckend hoch. Sollten die Ansteckungszahlen auf einem solchen Niveau bleiben, so steht dies einer positiven wirtschaftlichen Entwicklung entgegen.

Abschließend kann man festhalten, dass der These aus **wirtschaftlicher Sicht** zugestimmt werden kann, während ihr aus **gesellschaftlicher Sicht** klar widersprochen werden muss. Zusammenfassung

Norwegen wird mit seiner großen Nord-Süd-Ausdehnung sowohl klimatisch als auch wirtschaftlich vom Atlantik beeinflusst.

Aufgabenstellung

1 Im Norden Norwegens herrschen besondere Beleuchtungsverhältnisse.
Erläutern Sie anhand von M 1 den Tagesverlauf des Einstrahlungswinkels der Sonne in Tromsö für den 7. Februar und den 7. Juli. 8 VP

2 Die bergige Westküste Norwegens ist von sogenannten Fjorden – langgestreckten, bis weit ins Landesinnere reichenden Meeresarmen – durchzogen.

a Leirvik liegt am Übergang vom Atlantik zum Hardanger Fjord (M 3).
Erklären Sie die Unterschiede im Jahresgang der Wassertemperaturen von Leirvik und Stockholm (M 2). 7 VP

b Die zentralen Bereiche der langgestreckten Fjorde werden als „Klimaoasen" bezeichnet, in denen trotz der nördlichen Lage teilweise sogar Apfelanbau möglich ist. Dies trifft auch auf den Hardanger Fjord bei Norheimsund zu.
Erklären Sie die vier in M 5 dargestellten besonderen klimatischen Eigenschaften ausgehend von M 3 und M 4. 8 VP

3 Die arktische Insel Spitzbergen gehört zu Norwegen. An den Felswänden kommen dort vor allem Frostsprengung und Insolationsverwitterung vor. Das Klima ist ganzjährig humid.
Erläutern Sie anhand von M 6 die der Felsabtragung zugrunde liegenden Verwitterungsprozesse in den Zeiträumen 1 und 2. 10 VP

4 In Norwegens Fjorden wird seit vielen Jahren Aquafarming betrieben. Dies stellt eine wichtige Alternative zur traditionellen Fischerei dar. Norwegen möchte die Produktion von Lachs bis zum Jahr 2050 verfünffachen.
Erörtern Sie die vom norwegischen Staat geplante Produktionssteigerung anhand von M 7 bis M 10 unter ökonomischen und ökologischen Aspekten. 12 VP

Fortsetzung nächste Seite

5 Die Bedeutung von Standortfaktoren hängt eng mit dem Produktlebenszyklus zusammen.

a *Stellen* Sie die unterschiedlichen Anforderungen an einen Standort in „Phase 1: Entwicklung und Einführung“ sowie in „Phase IV: Schrumpfung“ hinsichtlich der Standortfaktoren „Arbeitskräfte“ und „Standortkosten“ *dar* (M 11). 7 VP

b Ein norwegisches Unternehmen beabsichtigt einen neuen wasserstoffbetriebenen Schiffsmotor zu entwickeln. Angesichts der besonderen Herausforderungen einer solchen Innovation plant das Unternehmen, sich im Katapultzentrum „Ocean Innovation“ (M 12) anzusiedeln. *Begründen* Sie diese Standortüberlegung ausgehend von M 11 bis M 13. 8 VP

60 VP

M 1 Einstrahlungswinkel der Sonne im Tagesverlauf in Tromsö am 7. Februar und am 7. Juli

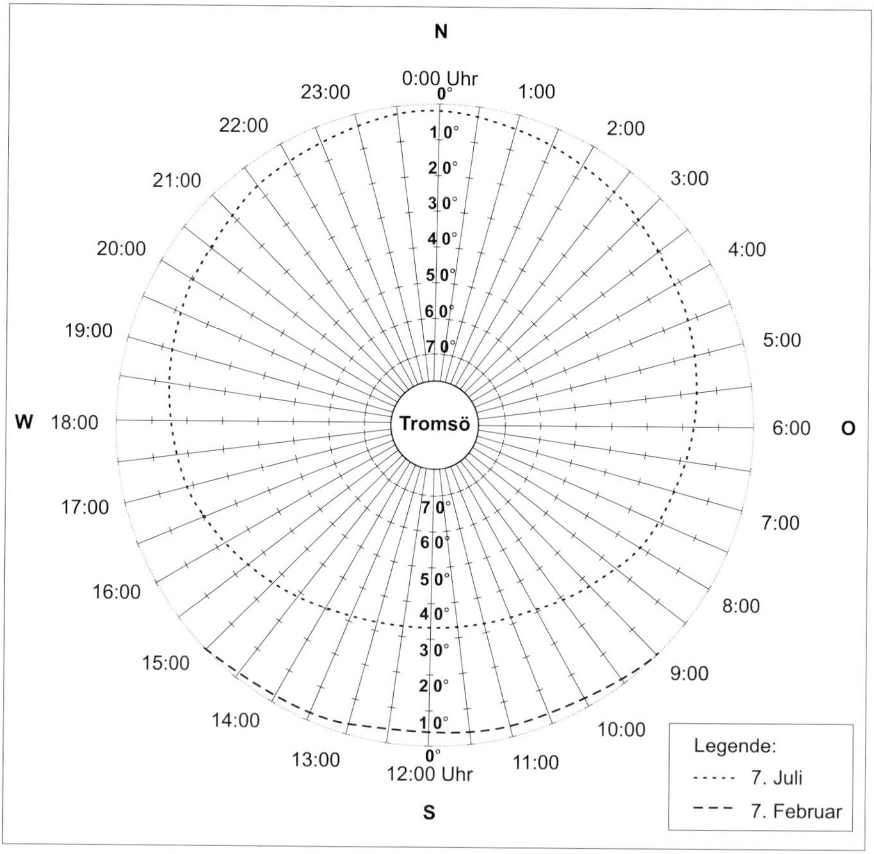

eigene Darstellung

M 2 Wassertemperaturen an der Küste von Leirvik und Stockholm

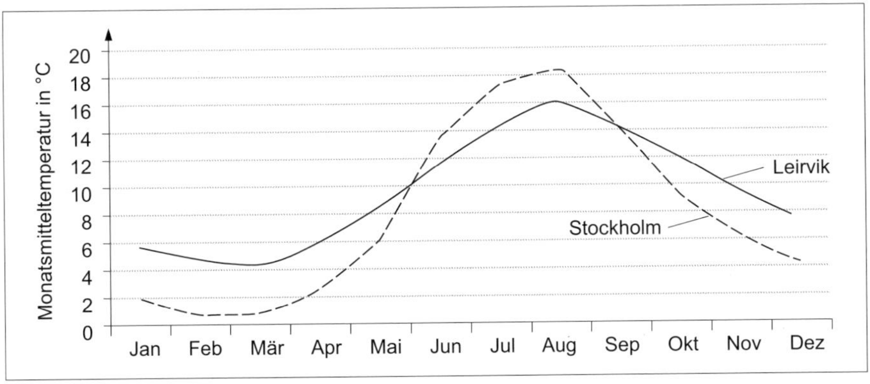

eigene Darstellung nach www.seatemperature.org, 28. 07. 2021

M 3 Karte des Hardanger Fjords

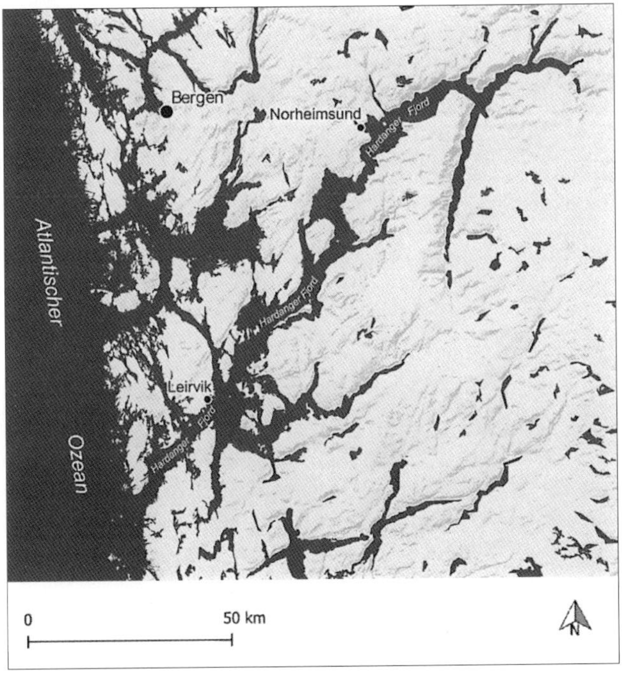

eigene Darstellung; Kartengrundlage: OpenMapTiles.org

M 4 Schematisches Profil durch den Hardanger Fjord bei Norheimsund

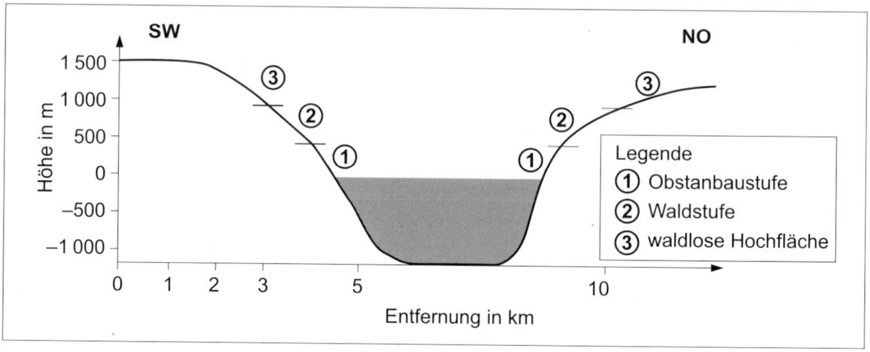

eigene Darstellung

M 5 Fjorde als Klimaoase

- In norwegischen Fjorden sind Frostschäden durch Spät- und Frühfröste sehr selten. So kommen Spätfröste während der Obstbaumblüte Ende Mai nur alle 50 Jahre vor.
- Schäden durch starke Winde sind äußerst selten.
- In den Sommermonaten erweisen sich Standorte in den Fjorden für die wärmeliebenden Obstkulturen als besonders günstig.
- Hierbei sind nicht nur süd-, sondern auch nordexponierte Hanglagen für den Apfelanbau geeignet.

eigene Darstellung nach verschiedenen Quellen

M 6 Felsabtragung an und Temperaturverlauf in einer südexponierten Felswand auf der Insel Spitzbergen (1999)

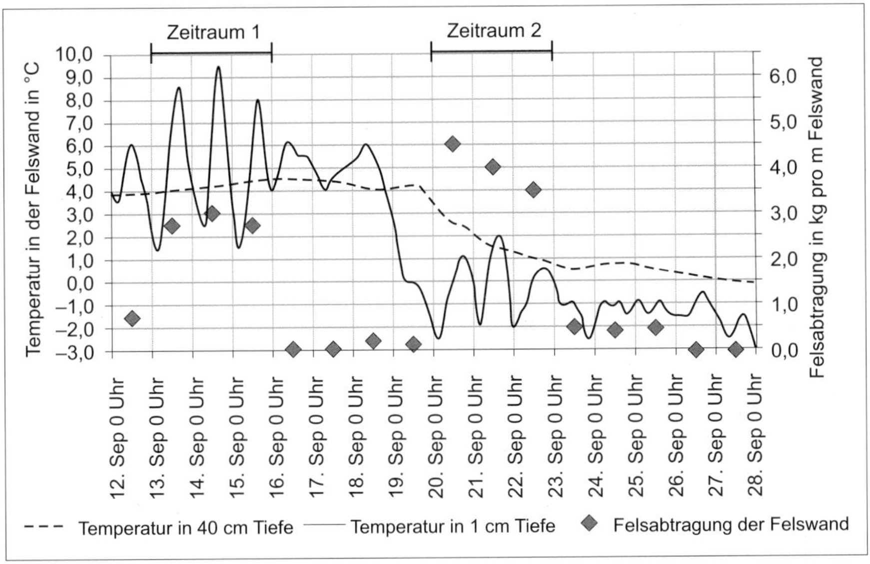

eigene Darstellung nach: A. Patrick in „Permafrost“ by Phillips, Springman & Arenson, 2003

M 7 Aquakultur in Norwegen

In Norwegen produzierten im Jahr 2020 hunderte Zuchtbetriebe 1,2 Mio. Tonnen Lachs im Wert von über 750 Mio. Euro. Deutschland ist einer der größten Abnehmer. Die Zucht ist hocheffizient und wird von der Umweltbehörde streng überwacht. Die Vergabe von Lizenzen für neue Anlagen ist – anders als in vielen Ländern der Welt – an strikte Umweltauflagen gebunden, sodass seit 2013 nur wenige neue Anlagen genehmigt wurden. Dabei steigt weltweit die Nachfrage nach derart zertifiziertem Zuchtlachs.

Das Leben von Wildlachsen beginnt im Süßwasser eines Flusses, führt die Tiere ins salzige Meer und schließlich zum Laichen zurück in den Oberlauf eines Flusses. Das macht die Zucht kompliziert. Seit den frühen 1970er-Jahren wird sie in Norwegen optimiert. Heute ist sie ein komplexer, hoch technisierter und daher auch kapitalintensiver Prozess.

In isolierten Becken züchten Spezialfirmen Lachse, die auf rasches Wachstum getrimmt sind und mit dem Leben in Freiheit nicht mehr zurechtkommen. Nachdem sie in Süßwasser-Zuchtbecken herangewachsen sind, werden sie nach sechs Monaten langsam an Salzwasser gewöhnt und anschließend in große Netzgehege in den Fjorden ausgesetzt.

Zum Schutz vor Krankheiten erfolgt zuvor eine Impfung, wodurch der Einsatz von Antibiotika stark reduziert wird.
Entkommen Zuchtlachse aus den Netzen und paaren sie sich mit ihren wildlebenden Artgenossen, so kann das deren Population gefährden. Unachtsamen Farmbetreibern drohen deshalb hohe Strafen. Eine weitere Gefährdung stellen Parasiten wie die Lachslaus dar, die das Wachstum der Fische beeinträchtigen und sie unverkäuflich machen können. Auch der Wildlachs in der Umgebung ist durch diese Parasiten gefährdet. Zur Bekämpfung der Lachsläuse setzen die Züchter einerseits auf sogenannte Putzerfische, Nützlinge, welche die Parasiten fressen, andererseits aber auch auf Pestizide, die jedoch für andere Meerestiere wie z. B. Krebse tödlich sein können.
Des Weiteren kann Wasserverschmutzung zum Problem werden, denn unter den Netzen konzentrieren sich Futterreste und Kot. Die Gezeitenströme verteilen diese Abfälle, Überdüngung und Sauerstoffmangel können die Folge sein.
Das Futter der Tiere besteht zu einem Drittel aus Fischmehl und Fischöl und zu zwei Dritteln aus pflanzlichen Produkten. Hier kommt vor allem Soja zum Einsatz – ein wichtiger Eiweißlieferant in der Tierzucht. 80 Prozent der Sojabohnen weltweit kommen aus USA, Brasilien oder Argentinien. Für die Ausweitung des Sojaanbaus wurden und werden immer noch riesige Urwald- und Savannenflächen in Ackerflächen umgewandelt.

verändert nach: Farm im Fjord, DIE ZEIT, 16. 01. 2016 und https://www.wwf.de/themen-proiekte/landwirtschaft/produkte-aus-der-landwirtschaft/soja, 18. 07. 2021

M 8 Fischproduktion aus Meeres- und Küstenaquakulturen 2003 – 2018

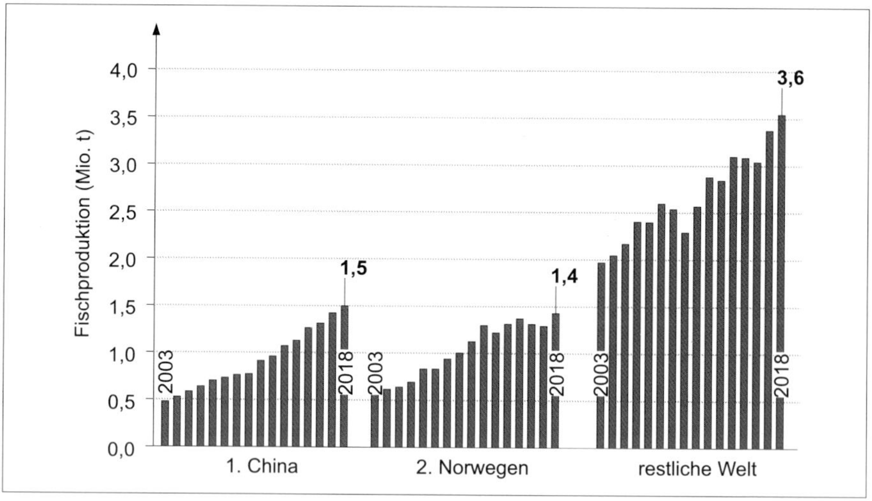

verändert nach FAO: The State of World Fisheries and Aquaculture, 2020

M 9 Benötigte Futtermenge zur Erzeugung von 1 kg Lebendgewicht

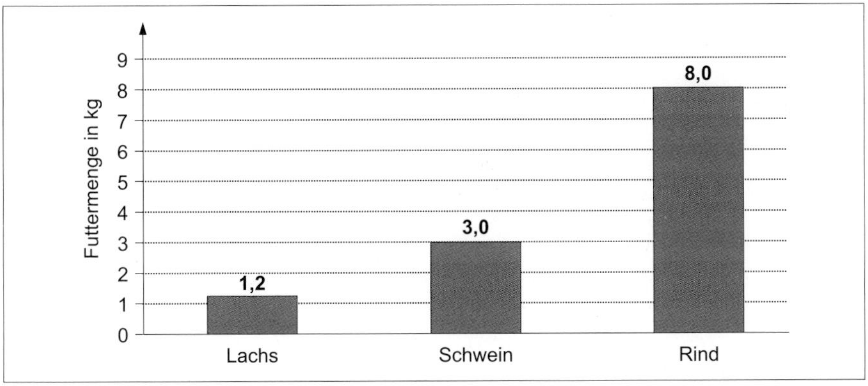

eigene Darstellung nach: Norwegen Seafood Council 2017

M 10 Zustand der weltweiten Wildfischbestände

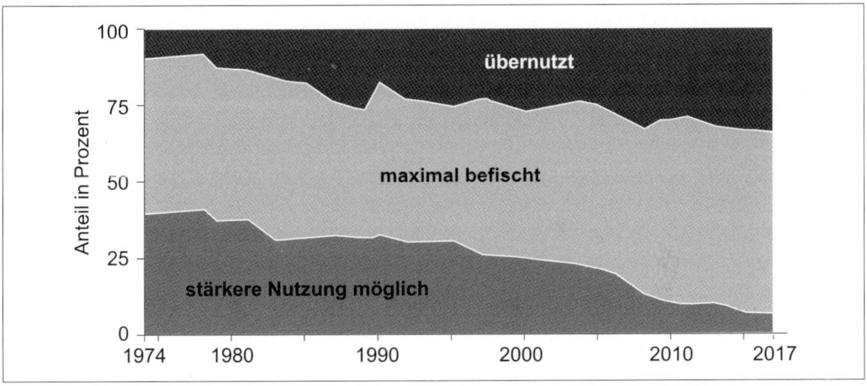

verändert nach FAO: The State of World Fisheries and Aquaculture, 2020

M 11 Modell des Produktlebenszyklus

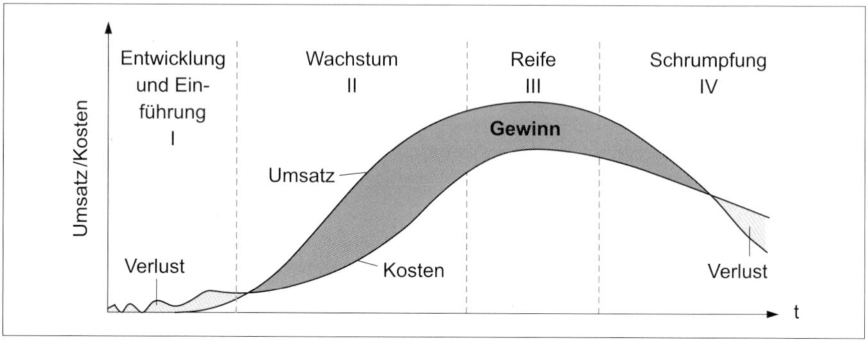

TERRA Themenband Oberstufe Entwicklungsländer, https://www2.klett.de/sixcms/media.php/229/ab_104706_b8ku8f_produktlebenszyklus.pdf, Abb: Klett Archiv / Diana Jäckel

M 12 Katapultzentrum* „Ocean Innovation" bei Bergen

Name der Einrichtung	Schwerpunkte
Universität Bergen	Meeresforschung, Energiewende, globale Herausforderungen
Marine Holmen	Forschungspark mit dem Schwerpunkt Aquakultursystem-Technologie
OCE Ocean Technology	Verbund von Technologiedienstleistern mit den Schwerpunkten Erdöl- und Erdgasproduktion, erneuerbare Energien, Produktion mariner Nahrungsmittel und Förderung mariner mineralischer Ressourcen
LAP	Labordienstleister (Windkanäle, Teststände für Motoren und Antriebe)
NCE Seafood	Zusammenschluss von Firmen im Bereich Aquafarming und Fischerei
NORCE (Norwegian Research Centre AS)	Forschungsinstitut mit den Schwerpunkten Energie, marine Technologie, Umweltforschung, Gesundheit und Sozialwissenschaften
DNV-GL	Beratungsdienstleister der marinen Industrie, u. a. für Werkstoff- und Korrosionstechnologie
cmrPrototech	Technologie-Dienstleistungen in Forschung, Entwicklung und Fertigung von Prototypen

* Katapultzentren sind Forschungs- und Innovationszentren in Norwegen, die durch das norwegische Ministerium für Wirtschaft und Fischerei entwickelt und eingerichtet werden, um attraktive Standorte für Firmen zu schaffen.

eigene Zusammenstellung nach https://www.oceaninnovation.no, 18. 07. 2021

M 13 Ausgewählte Wirtschaftsdaten

	Durchschnittliche Bruttomonatslöhne und -gehälter 2017 (in Euro)	
Norwegen	Landesdurchschnitt	4 751
	Oslo	5 361
	Hordaland (Region um Bergen)	4 701
Deutschland	Landesdurchschnitt	4 348
Europa	Landesdurchschnitt	1 615

eigene Zusammenstellung nach Daten von gtai.de und bpb.de, 18. 07. 2021

TIPP **Allgemeine Hinweise zur Lösung der Aufgabe**

Aufgabe II beschäftigt sich mit Norwegen. Die ersten drei Aufgaben sind der physischen Geographie zuzuordnen. So thematisieren die Aufgaben 1 und 2 b Aspekte der **Klimageographie**, während die Aufgabe 2 a aus dem Bereich der **Hydrosphäre** stammt. In Aufgabe 3 werden dann zwei **Verwitterungsprozesse** näher beleuchtet. Anschließend erfolgt der Wechsel in die Kulturgeographie. Den Übergang bildet Aufgabe 4, die der **Wirtschaftsgeographie** zuzuordnen ist und die sich mit dem Aquafarming beschäftigt. Die abschließende Aufgabe 5 gehört ebenfalls in den Bereich der Wirtschaftsgeographie. Allerdings rücken hier der **Produktlebenszyklus** (Teilaufgabe 5 a) und die **Standortanalyse** (Teilaufgabe 5 b) in den Fokus.
Bei allen Teilaufgaben wird erwartet, dass Sie Ihre Antwort in einem zusammenhängenden, logisch strukturierten Text unter Verwendung der Fachsprache formulieren.

Lösungsvorschlag

1 **TIPP**

Die erste Aufgabe thematisiert die **Beleuchtungsverhältnisse** in Tromsö. Lassen Sie sich von der ungewohnten Darstellung in M 1 nicht verwirren. Aus der Überschrift können Sie entnehmen, um was es geht. Ziehen Sie zunächst den Atlas zurate, um Tromsö zu lokalisieren. Beachten Sie anschließend, dass der Operator „Erläutern" im Abitur 2022 sowohl eine beschreibende als auch eine erklärende Komponente besitzt. Zunächst bietet es sich daher an, dass Sie Ihre Beobachtungen aus dem Material lediglich beschreiben. Der Abbildung können Sie entnehmen, wie viele Stunden am Tag die Sonne in Tromsö am 7. Februar und am 7. Juli scheint und wie sich der Einstrahlungswinkel im Tagesverlauf ändert. Die Erklärung dieser Beobachtungsergebnisse erfolgt dann in einem nächsten Schritt. Ab dem **Abitur 2023** fordert der **Operator „Erläutern"** keine Erklärung mehr von Ihnen, sondern das Veranschaulichen von Sachverhalten mit Beispielen oder Belegen.

Bei der Auswertung von M 1 lässt sich für den 7. Februar feststellen, dass die Sonne erst um 9 Uhr im Südosten aufgeht und bereits um 15 Uhr im Südwesten wieder untergeht. Dabei erreicht sie während der gesamten Zeit maximal einen Einstrahlungswinkel von 5° (ca. 12 Uhr). Der **Einstrahlungswinkel der Sonne** ist somit über die gesamte Dauer sehr gering. Situation am 7. Februar

Am 7. Juli stellt sich die Situation ganz anders dar: Die Sonne geht während des gesamten Tages nicht unter. Selbst um 0 Uhr ist die Sonne im Norden unter einem sehr flachen Einstrahlungswinkel (ca. 2°) am Horizont zu sehen. Im Tagesverlauf nimmt die Größe des Einstrahlungswinkels dann kontinuierlich zu. So ist die Sonne um 6 Uhr in östlicher Richtung zu sehen (Einstrahlungswinkel: ca. 16°) und um 12 Uhr wird der **Sonnenhöchststand** mit einem Einstrahlungswinkel von ca. 33° in südlicher Richtung erreicht. Anschließend sinkt der Einstrahlungswinkel (18 Uhr: ca. 16° in westlicher Richtung) wieder, bis die Sonne um 0 Uhr erneut knapp über dem Horizont zu sehen ist. Situation am 7. Juli

Die Ursachen dieses Phänomens sind in der **Kugelgestalt der Erde** und der **Schrägstellung der Erdachse** im Verhältnis zur Ekliptik zu suchen. Im Nordsommer ist die Nordhalbkugel der Sonne zugewandt, während sie im Nordwinter von der Sonne abgewandt ist. Daher sind auf der **Nordhalbkugel im Sommer höhere Sonnenstände** zu verzeichnen **als im Winter**. Ursachen

Die Stadt Tromsö liegt ungefähr bei 69° n. Br. und damit deutlich nördlich des Polarkreises (66,5° n. Br.), was sich im Auftreten von **Polartag** und **Polarnacht** bemerkbar macht. Während der 7. Juli noch ein Polartag ist, ist die Polarnacht am 7. Februar bereits vergangen. Die **Tageslänge** ist mit sechs Stunden aber immer noch sehr gering.

2a **TIPP**

Die Teilaufgabe 2a fordert Sie dazu auf, die Unterschiede im **Jahresgang der Wassertemperatur** von zwei Orten zu erklären. Ziehen Sie dazu zunächst den Atlas sowie M 3 zurate und verdeutlichen Sie sich die geographische Lage von Leirvik und Stockholm. Werten Sie danach die beiden Temperaturverläufe der Wassertemperaturen (M 2) aus und erklären Sie Ihre Beobachtungen.

Bei **Leirvik** wird die minimale Wassertemperatur mit rund 4,5 °C im März erreicht. Anschließend erwärmt sich das Wasser bis auf ca. 16 °C im August, bevor die Temperaturkurve mit dem einsetzenden Herbst wieder fällt. Wassertemperatur in Leirvik

In **Stockholm** wird das Temperaturminimum des Wassers mit rund 1 °C bereits im Februar gemessen und hält bis in den März hinein an. Anschließend steigt die Temperaturkurve deutlich und erreicht ihr Maximum mit ca. 18,5 °C im August. Genauso wie in Leirvik sinkt die Temperatur dann wieder stark ab. Wassertemperatur in Stockholm

Im Vergleich kann man also festhalten, dass die Temperaturverläufe der beiden Orte grundsätzlich ähnlich sind. Allerdings wird das Wasser in Stockholm im Winter kälter (ca. 3,5 K) und im Sommer wärmer (ca. 2,5 K) als in Leirvik. Somit ergibt sich für Stockholm mit 17,5 K auch eine größere **Temperaturamplitude** im Jahresverlauf als in Leirvik (11,5 K). Vergleich

Die Ursachen für diese **Temperaturunterschiede** sind in der **Lage** der beiden Orte zu suchen. Leirvik liegt an der Atlantikküste und profitiert von den warmen Wassermassen des Golfstroms. Diese führen zur relativ hohen Wassertemperatur im **Winter**. Hinzu kommt, dass der Atlantik mit seinem großen Wasservolumen im Winter weit weniger auskühlt als die kleinere Ostsee. Da das Binnenmeer auch nicht vom warmen **Golfstrom** profitieren kann, weist Stockholm im Vergleich eine geringere Minimaltemperatur auf. Gründe

In den Sommermonaten erwärmt sich das kleinere Wasservolumen der **Ostsee** allerdings stärker als der weit größere Atlantik, der durch die Meeresströmungen auch stärker durchmischt wird. Daher weist Stockholm im **Sommer** die deutlich höheren Wassertemperaturen auf als Leirvik.

2b **TIPP**

Teilaufgabe 2b thematisiert die **klimatischen Besonderheiten** der Fjorde. Dabei sollen Sie **vier** vorgegebene Beobachtungen mithilfe des Materials und Ihres Vorwissens erklären.

Der Einfluss des Meerwassers ist entscheidend dafür, dass es in den Fjorden sehr selten zu Frostschäden durch Spät- und Frühfröste kommt. Durch die große **Tiefe der Fjorde** mit über 1 000 m (siehe M 4) ist in diesen Meeresarmen sehr viel Wasser vorhanden, das sich nur sehr langsam erwärmt oder abkühlt. Wassermenge durch Tiefe der Fjorde

Außerdem ist das Wasser der Fjorde aufgrund des Einflusses des **Golfstroms** relativ warm. Daher wirkt das Fjordwasser wie ein großer Wärmespeicher. Diese Wärme wird auch in kalten Frühjahrs- und Herbstnächten an die Umgebung abgegeben und vermindert so das **Frostrisiko**. Fjordwasser als Wärmespeicher

Die Fjorde sind sehr **tief eingeschnittene** und **relativ enge Täler**. So erreichen die umgebenden Berge Höhen von rund 1 500 m (siehe M 4). Die Berge wirken als „Windschutz" und verhindern größere **Sturmschäden**. Dies gilt insbesondere für Fjorde, die nicht in westlicher Richtung in den Atlantik münden, sodass die starken **Westwinde** nicht direkt in die Fjorde hineinwehen können. Berge als Windschutz

In den Sommermonaten erwärmen sich die Hänge durch die höheren Einstrahlungswinkel stark. Die so entstehende Wärme hält sich in den Fjorden besonders gut, wodurch sich Temperaturwerte ergeben, die für die wärmeliebenden Obstkulturen vorteilhaft sind.

Breitenlage

Aufgrund der geographischen Breitenlage weisen die Gebiete rund um die Fjorde **in den Sommermonaten** eine **sehr lange Tagesdauer** auf. Damit geht einher, dass die Sonne zeitweise auch aus nördlichen Richtungen scheint (siehe M 1). Somit erhalten auch die Obstbäume an den nördlich exponierten Hängen zumindest phasenweise direkte Sonneneinstrahlung.

3

TIPP

Aufgabe 3 thematisiert die **Frostsprengung** und die **Insolationsverwitterung**. Der Operator „Erläutern" zeigt Ihnen an, dass Sie die Vorgänge an der südexponierten Felswand zunächst beschreiben und dann erklären sollen. Es bietet sich an, diese beiden Schritte für den jeweiligen Zeitraum getrennt abzuarbeiten. Ab dem **Abitur 2023** fordert der **Operator „Erläutern"** keine Erklärung mehr von Ihnen, sondern das Veranschaulichen von Sachverhalten mit Beispielen oder Belegen.

Zeitraum 1

Der erste Zeitraum umfasst die Tage vom 13. bis zum 15. September 1999. An diesen Tagen wurde bei den **Temperaturen in 40 cm Gesteinstiefe** ein leichter Temperaturanstieg von ca. 4 °C auf etwa 4,5 °C bestimmt. Im Bereich von **1 cm Gesteinstiefe** waren dagegen starke Temperaturschwankungen im Tagesverlauf festzustellen. An allen drei Tagen konnte eine Temperaturamplitude von circa 6,5 K bis 7 K gemessen werden. Dabei lagen die Temperaturen in beiden Gesteinstiefen jeweils deutlich über dem Gefrierpunkt (Minimaltemperatur ca. 1,5 °C, Maximaltemperatur ca. 9,5 °C). An jedem dieser drei Tage wurden etwa 2,7 kg bis 3 kg **Gestein** pro Meter Felswand **abgetragen**.

Insolations-verwitterung

Als Hauptverwitterungsform kommt in diesem Zeitraum nur die Insolationsverwitterung infrage, da alle Tage **frostfrei** waren. Durch die hohen **Temperaturamplituden** in 1 cm Gesteinstiefe an den einzelnen Tagen konnte sich das Gestein tagsüber in den äußeren Schichten stark erwärmen, während die inneren Schichten deutlich kühler blieben. Nachts kühlten die äußeren Schichten wieder stark ab. Dies brachte Spannungen im Gestein mit sich, die zu Rissen führten. Bei ständiger Wiederholung dieser **Erwärmungs- und Abkühlungsvorgänge** wird das Gesteinsgefüge instabil und es kommt zur Abtragung der Felswand.

Je nach Zusammensetzung des Gesteins ist es auch möglich, dass sich einzelne Mineralien innerhalb des Gefüges unterschiedlich stark ausdehnen. Auch dies führt zu **Spannungen**, die das Zerbrechen des Gesteins und somit die Abtragung der Felswand zur Folge haben.

Der zweite Zeitraum umfasst die Tage zwischen dem 20. und 22. September 1999. Bereits am 18. September setzte ein deutlicher Temperatursturz ein. Dieser kann in beiden Gesteinstiefen beobachtet werden. Während die Temperatur in **40 cm Gesteinstiefe** am 20. September noch rund 3,5 °C betrug, konnten am 23. September nur noch etwa 0,8 °C gemessen werden. Es wurde aber in dieser Tiefe noch kein Frost registriert. Im Gegensatz dazu schwankte die Temperatur in **1 cm Gesteinstiefe** an den drei Tagen um den Gefrierpunkt. Am 20. September wurde der Tiefstwert von –2,5 °C gemessen. Im Tagesverlauf stieg die Temperatur auf rund 1 °C. Am 21. und 22. September wiederholte sich der Frostwechsel mit ähnlichen Werten, wobei die Temperaturamplitude am 21. September mit 4 K (–2 °C bis 2 °C) am größten war. Die Masse der **abgetragenen Felswand** lag an den drei Tagen jeweils zwischen 3,5 kg und 4,5 kg pro Meter Felswand. Zeitraum 2

Der festgestellte Frostwechsel deutet schon an, dass in diesem Zeitraum die Frostsprengung die dominierende Verwitterungsform war. Sie benötigt neben dem **Frostwechsel** auch das Vorhandensein von **Wasser**, das in Gesteinsklüften gefrieren und wieder auftauen kann. Da in der Aufgabenstellung bereits vorgegeben wurde, dass alle Monate humid sind, kann davon ausgegangen werden, dass genügend Wasser vorhanden ist, das den **Gefrier- und Auftauprozess** durchlaufen kann. Durch das Gefrieren des Wassers erfolgt eine Volumenzunahme. Dadurch wird auf das umgebende Gestein Druck ausgeübt. Beim Auftauen des Wassers in den Klüften lässt dieser Druck wieder nach. Durch das ständige Wiederholen des Gefrier- und Auftauprozesses wird auf das Gesteinsgefüge immer wieder Druck ausgeübt, bis dieses dem Druck nicht mehr standhalten kann und zerbricht. So kommt es zur **Abtragung der Felswand**. Frostsprengung

4 **TIPP**

Aufgabe 4 fordert Sie dazu auf, die geplante Produktionssteigerung von norwegischem Lachs aus **Aquakulturen** zu erörtern. Dabei sollen Sie sich auf ökonomische und ökologische Aspekte beschränken. Das Erörterungsthema sollten Sie in der Einleitung nochmals kurz benennen und dann einen Hauptteil formulieren, in dem die Pro- und Kontra-Argumente einander gegenübergestellt werden. Ihr Fazit muss stringent auf Ihrer vorangegangenen Abwägung im Hauptteil aufbauen.
Die hier abgedruckte Lösung ist **beispielhaft** zu verstehen. Sie müssen in Ihrer eigenen Lösung nicht alle Argumente anführen. Selbstverständlich können Sie auch zu einem anderen Fazit kommen, solange Sie dieses gut begründen.

Die **Zucht von Lachsen** in Aquafarming-Betrieben hat in den norwegischen Fjorden seit den 1970er-Jahren Tradition. Vor dem Hintergrund des weltweiten Bevölkerungswachstums und der steigenden Nachfrage nach Lachs aus Zuchtbetrieben plant die norwegische Regierung eine Verfünffachung der Produktion bis 2050. Im Folgenden soll diese angedachte **Erhöhung der Produktion** unter **ökonomischen** und **ökologischen** Gesichtspunkten erörtert werden. Einleitung

Die **Nachfrage** nach zertifiziertem Zuchtlachs, wie er in Norwegen in den Aquafarming-Betrieben erzeugt wird, ist derzeit **sehr hoch** (siehe M 7, Z. 6 f.) und steigt stetig an. Aus diesem Grund erscheint es ökonomisch sinnvoll, die Produktion zu steigern. Hinzu kämen neue **Arbeitsplätze**, vorausgesetzt die norwegische Umweltbehörde erteilt weiteren Zuchtanlagen die Betriebserlaubnis. Dies würde wiederum das Einkommen der Menschen, die dort Arbeit finden, und auch die **Steuereinnahmen** des Staates erhöhen. Somit hätten die Beschäftigten der Aquafarmen eine höhere **Kaufkraft** und der Staat neue **Finanzmittel** für Investitionen in anderen Bereichen. Ökonomische Aspekte (Pro)

Allerdings gibt es auch einige ökonomische Aspekte, die gegen die Ausweitung der Lachsproduktion sprechen. So ist die **Konkurrenz** auf dem internationalen Markt sehr hoch, da viele Länder von der hohen Nachfrage profitieren wollen und daher ihre Fischproduktion aus Meeres- und Küstenaquakulturen ausweiten (M 8). Um auf einem derart umkämpften Markt bestehen zu können, versuchen viele Betriebe ihre **Produktionskosten** zu senken. Dies ist für die norwegischen Aquafarmen aufgrund der hohen **Umweltauflagen** (siehe M 7, Z. 5) aber kaum möglich. Durch die Auflagen steigen die **Investitionskosten** für Betriebe, die sich neu zertifizieren lassen oder ihre Produktion ausweiten wollen (siehe M 7, Z. 10). Hinzu kommt das hohe **Lohnniveau** in Norwegen. Somit wird es für norwegische Aquafarming-Unternehmen schwierig sein, im zu erwartenden **internationalen Preiskampf** zu bestehen. Ökonomische Aspekte (Kontra)

Ein ökologischer Aspekt ist, dass Lachse im Vergleich zu anderen Zuchttieren verhältnismäßig wenig **Futter** benötigen. So ist in der Schweinezucht die 2,5-fache und in der Rinderzucht mehr als die 6-fache Futtermenge zur Erzeugung von einem Kilogramm Lebendgewicht (M 9) erforderlich. Aus ökologischer Sicht spricht auch die Belastung der Wildfischbestände für eine Ausweitung der Lachszucht. So sind heute bereits mehr als 30 % der natürlichen **Fischbestände überfischt** und weitere rund 60 % sind maximal befischt (M 10). Als Argument für die Erhöhung der norwegischen Produktion können auch die im Vergleich zu anderen Ländern **hohen Umweltstandards** in Norwegen angeführt werden (siehe M 7, Z. 3 ff.). Ökologische Aspekte (Pro)

Allerdings sprechen auch mehrere ökologische Aspekte gegen eine Ausweitung der Lachszucht in Aquafarming-Betrieben. So kämpfen die Unternehmen immer wieder mit **Parasiten**, welche die Lachse befallen. Diese Parasiten können auf die Wildlachse übergehen und deren Bestände gefährden. Als Gegenmittel setzen die Aquafarmen **Pestizide** ein, die aber auch für andere Tiere (z. B. Krebse) tödlich sind (vgl. M 7, Z. 22 ff.). Somit ist durch den Parasitenbefall und dessen Bekämpfung das gesamte **Ökosystem in den Fjorden in Gefahr**. Auch Zuchtlachse, die aus den Zuchtnetzen entkommen, stellen eine Gefahr für das Ökosystem dar. Falls sich diese Lachse mit Wildlachsen paaren, kann das den gesamten Wildlachsbestand eines Fjordes gefährden (vgl. M 7, Z. 20 f.). Ein weiterer Punkt, der aus ökologischer Sicht gegen die Ausweitung der Lachszucht spricht, ist die Erzeugung des Fischfutters. Darin wird **Soja** verarbeitet, das häufig **aus Brasilien und Argentinien** stammt. Dort werden die Sojabohnen auf großen Plantagen angebaut, für die Regenwald gerodet wurde (vgl. M 7, Z. 32 ff.). Die Herstellung der pflanzlichen Produkte im Fischfutter kann also nicht als ökologisch nachhaltig zertifiziert werden. Außerdem fallen Reste des Fischfutters sowie der Kot der Fische unter die Zuchtnetze. Dadurch kommt es zur **Überdüngung** des Fjordwassers (vgl. M 7, Z. 28 ff.), was wiederum das gesamte Ökosystem des Fjordes aus dem Gleichgewicht bringen kann.

Ökologische Aspekte (Kontra)

Zusammenfassend kann man festhalten, dass eine Ausweitung der Lachszucht in den Fjorden große Gefahren für das dortige Ökosystem mit sich bringt. Der ökonomische Effekt wäre zudem für ein sehr reiches Land wie Norwegen vermutlich nicht besonders groß. Betrachtet man die Situation isoliert für Norwegen, muss von der Ausweitung der Produktion abgeraten werden. Im Hinblick auf die global steigende Nachfrage, die Überfischung der Wildbestände und die verhältnismäßig guten ökologischen Zuchtbedingungen in Norwegen, muss die Antwort allerdings differenzierter ausfallen. Wenn die hohen Umweltstandards weiter gehalten oder verbessert werden und die Zuchtbetriebe gezielt auf unterschiedliche Fjorde verteilt werden, so ist eine Erhöhung der Produktionsmenge in einem gewissen Rahmen sowohl ökonomisch als auch ökologisch vertretbar.

Fazit

5a **TIPP**

Die Teilaufgabe 5 a verknüpft die Themen „Produktlebenszyklus“ und „Standortfaktoren“. Sie müssen die Anforderungen verdeutlichen, die an die Produktionsstandorte während der **Phasen I** und **IV** des Produktlebenszyklus gestellt werden. Die Aufgabenstellung gibt vor, dass Sie sich auf die Aspekte **„Arbeitskräfte“** und **„Standortkosten“** beschränken sollen.

Phase I des Produktlebenszyklus

Die Phase I des Produktlebenszyklus beschreibt den Zeitraum der **„Entwicklung und Einführung“** des Produkts. In dieser Zeit ist intensive Forschungs- und Entwicklungsarbeit erforderlich, um das neue Produkt marktreif zu machen. Hierzu werden moderne Forschungseinrichtungen (z. B. Labore) benötigt. Diese sind wiederum auf eine gute Infrastruktur (z. B. sichere Stromversorgung, Internet) angewiesen. **Standorte**, die diesen hohen Anforderungen genügen, sind für die Unternehmen meist verhältnismäßig **teuer** (z. B. Grundstückspreise, Steuern und Abgaben). Außerdem ist für die Erforschung und Entwicklung neuer Produkte **hochqualifiziertes Personal** nötig, das entsprechend hohe Lohnkosten verursacht. Dadurch sind in dieser ersten Phase des Produktlebenszyklus sowohl die **Kosten** für die Mitarbeiter und Mitarbeiterinnen als auch für den Standort sehr **hoch**, was dazu führt, dass das Unternehmen in Phase I einen **Verlust** zu verzeichnen hat.

Phase IV des Produktlebenszyklus

In Phase IV des Produktlebenszyklus setzt die „Schrumpfung“ ein. Hier erwirtschaftet das Unternehmen nur noch einen geringen Gewinn mit dem Produkt, bevor es in die Verlustzone abrutscht. Um auch in der **Schrumpfungsphase** möglichst lange Gewinne erzielen zu können, muss das Unternehmen die **Produktionskosten senken**. Dies kann mit einer **Standortverlagerung** der Produktion in ein Niedriglohnland versucht werden. Hier ist das Personal meist deutlich weniger qualifiziert und verursacht somit niedrigere Lohnkosten für die Firma. Gleichzeitig sind die Kosten für Grundstücke und häufig auch die Steuern und Abgaben, welche die Firma an den Staat abführen muss, in diesen Ländern geringer. Hinzu kommt, dass gegebenenfalls weniger strenge Umweltauflagen in den Niedriglohnländern existieren, sodass auch hier ein Einsparungspotenzial für das Unternehmen besteht.

5b **TIPP**

Die Teilaufgabe 5b thematisiert die Standortentscheidung eines Unternehmens zur Entwicklung eines wasserstoffbetriebenen Schiffsmotors. Ihre Begründung der **Standortwahl** muss dabei auf einer sorgfältigen Auswertung der Materialien basieren. Bei der Texterstellung ist es wichtig, dass Sie Ihre Gedankengänge argumentativ schlüssig darlegen.

Einordnung in den Produktlebenszyklus

Die Entwicklung eines **wasserstoffbetriebenen Schiffsmotors** fällt in **Phase I des Produktlebenszyklus** (M 11). In dieser Phase macht das Unternehmen zwangsläufig Verluste, da es hochqualifiziertes Personal sowie gute Beziehungen und Kontakte zu diversen Forschungseinrichtungen benötigt. Analysiert man das Katapultzentrum „Ocean Innovation" bei Bergen (M 12) unter diesen Aspekten, lassen sich mehrere Vorteile für eine Ansiedlung an diesem Ort herausarbeiten, die auch die Kosten für das Unternehmen reduzieren.

Standortvorteile

Das Katapultzentrum stellt ein **Cluster** im Bereich der innovativen Ozeanforschung dar. Deshalb finden sich hier viele hochqualifizierte **Arbeitskräfte**, die unter anderem an der nahen Universität Bergen in den entsprechenden Fachrichtungen (z. B. erneuerbare Energien/Energiewende) ausgebildet wurden und ihr Wissen in die Entwicklung des Motors einbringen können. Auch der **Austausch mit anderen Unternehmen und Forschungseinrichtungen** muss unter dem Aspekt des Wissenszugewinns positiv bewertet werden. Insgesamt ergeben sich viele **Fühlungs- und Agglomerationsvorteile** durch die Nähe zu anderen spezialisierten Forschungseinrichtungen (z. B. DNV-GL, LAP, cmrPrototech). Hinzu kommt, dass in diesem Cluster bereits eine geeignete **Infrastruktur** vorhanden ist, die von dem neu angesiedelten Unternehmen genutzt werden kann. Alle bereits genannten Aspekte reduzieren die Kosten des Unternehmens während der Forschungs- und Entwicklungsphase (Phase I), auch wenn es häufig schwer ist, diese **Kostenreduktion** klar zu beziffern. Im Gegensatz dazu ist die Höhe der Wirtschaftsförderung, mit welcher der norwegische Staat das Katapultzentrum unterstützt und die damit auch dem neu angesiedelten Unternehmen zugutekommt, bereits zum Zeitpunkt der Standortentscheidung bekannt. Bezieht man abschließend noch M 13 in die Überlegungen mit ein, so erkennt man, dass die Bruttomonatslöhne rund um die Stadt Bergen sogar etwas unter dem norwegischen Landesdurchschnitt liegen, wodurch sich die Kosten für das Unternehmen in Grenzen halten sollten.

Abiturprüfung 2023
Geographie Baden-Württemberg

Um Ihnen die Prüfung 2023 schnellstmöglich zur Verfügung stellen zu können, bringen wir sie in digitaler Form heraus.

Sobald die Original-Prüfungsaufgaben 2023 freigegeben sind, können sie als PDF auf der Plattform **MyStark** heruntergeladen werden (Zugangscode vgl. Innenseite des Umschlags).

Aktuelle Prüfung

www.stark-verlag.de/mystark